Es geschah in Preußen 1842

W0365954

Horst Bosetzky

Tod im Thiergarten

Von Gontards zweiter Fall

Criminalroman

Jaron Verlag

Horst Bosetzky alias -ky lebt in Berlin und gilt als »Denkmal der deutschen Kriminalliteratur«. Mit einer mehrteiligen Familiensaga, zeitgeschichtlichen Spannungsromanen und biographischen Romanen (wie »Kempinski erobert Berlin«, 2010, und »Der König vom Feuerland« über August Borsig, 2011) avancierte er zu einem der erfolgreichsten Autoren der Gegenwart. Im Jaron Verlag veröffentlichte er daneben mehrere Bände für die Krimi-Serien »Es geschah in Berlin« (zuletzt »Mit Feuereifer«, 2011) und »Berliner Mauer-Krimis« (zuletzt mit Jan Eik »Am Tag, als Walter Ulbricht starb«, 2010). 2011 erschienen die ersten Bände seiner Mittelalter-Romanserie »Die unglaublichen Abenteuer des fabelhaften Orlando«.

Originalausgabe
1. Auflage 2011
© 2011 Jaron Verlag GmbH, Berlin
Alle Rechte vorbehalten. Jede Verwertung des Werkes und aller seiner Teile ist nur mit Zustimmung des Verlages erlaubt. Das gilt insbesondere für Vervielfältigungen, Übersetzungen, Mikroverfilmungen und die Einspeicherung und Verarbeitung in elektronischen Medien.
www.jaron-verlag.de
Umschlaggestaltung: Bauer + Möhring, Berlin
Satz: Pinkuin Satz und Datentechnik, Berlin
Druck und Bindung: CPI – Clausen & Bosse, Leck

ISBN 978-3-89773-667-2

Und alles kam, wie es kommen musste,
alles, wie es kommen musste.

Georg Hermann, Jettchen Gebert

Eins

Ludwig Dölau nähte den letzten Knopf an einen der dunkelbraunen Röcke, wie sie gutsituierte Herren derzeit gerne trugen, und sah zu seinem Meister hinüber. »Kann ick jetzt jehn, die Anna wartet schon uff mir, wir wolln jleich raus nach Moabit.«

Hoppe nickte. »Geh mit Gott, dann gehste mit keinem Spitzbuben!«

Eine Stunde später trafen sie sich am Neuen Thore, um in einer Droschke auf der staubigen Chaussee Richtung Charlottenburg zu fahren.

Dölau zeigte nach rechts. »Hier soll in nächste Zeit mächtig wat jebaut werden. Zuerst der Bahnhof für die Eisenbahn nach Hamburg, dann det Zellenjefängnis für Männa.«

Anna lachte. »Dann pass mal uff, dette da nich mal rinkommst!« Das schien leichthin gesagt, aber irgendwie hatte sie das Gefühl, dass ihr Bräutigam in etwas Anrüchiges verwickelt war. Und da sie aus ihrem Herzen nie eine Mördergrube machte, kam sie auch gleich zur Sache. »Wo hasten eijentlich det Jeld für die Droschke her?«

Er reagierte etwas unwirsch. »Warum biste denn so misstrauisch imma? Bei Hoppe ham wa nu ma reiche Kunden, und da jibt et imma een dicket Trinkjeld, wenn se mit ihre Westen und ihre Röcke zufrieden sind.«

Ihr Droschkenkutscher fluchte in einem fort, weil er andauernd »Brrr!« rufen und an den Zügeln reißen musste, damit er niemanden über den Haufen fuhr. Schon seit dem frühen Nachmittag zog eine lange Karawane von Müttern, Töchtern und Kindern nach Moabit, wobei die größeren Kinder die kleineren in Wägelchen nachziehen mussten. In Moabit gab es einen Restaurationsbetrieb neben dem anderen. Begonnen hatte es um 1700 mit dem Hugenotten Menardié, der am Fuße seines Weinbergs ein Gasthaus eröffnet hatte. Später war ein kleinwüchsiger Franzose dazugekommen, den die Berliner Martinicken genannt hatten. Um 1769 hatte dann Friedrich der Große einige Westfalen auf den Moabiter Wiesen angesiedelt, und die hatten auf ihren Anwesen weitere Gaststätten und Kneipen eröffnet. Durstige Kehlen gab es ringsum zur Genüge, denn westlich des Moabiter Weinbergs waren 1717 die königlichen Pulverfabriken errichtet und seitdem kontinuierlich ausgebaut worden, und nördlich der Invalidenstraße lag die Kaserne der Ulanen mit einem riesigen Exerzierplatz und dem Laboratorium der Artillerie dahinter. Zu den Soldaten kamen die unzähligen Arbeiter der Königlichen Eisengießerei in der Invalidenstraße und der Borsig'schen Maschinenbauanstalt im sogenannten Feuerland am Oranienburger Thor.

Als Dölau und seine Braut endlich an Ort und Stelle waren, gab es kaum noch einen freien Platz, denn inzwischen hatten sich auch die Väter, Brüder und Cousins der hiesigen Arbeiter eingefunden. Im Schatten hoher Bäume wurden die Tische zusammengerückt, die mitgebrachten »Fresskober« geöffnet und die ältesten Töchter losgeschickt, für den Nachschub an Kaffee zu sorgen. Der alte Brauch »Hier können Familien Kaffee kochen« sorgte dafür, dass man sich auch mit einem knapp bemessenen Budget ein prächtiges Vergnügen gönnen konnte.

Am späten Nachmittag begannen in den benachbarten Brauereien und Bierniederlagen die Concerte, und Dandys in billigen Handschuhen, das unechte Rohr schwingend, und junge Soldaten umkreisten die Kaffeelocale, um nach den schönen Töchtern des Landes Ausschau zu halten. Putzmacherinnen und Dienstmädchen trafen sich mit ihren Herren zu sogenannten unschuldigen Spielen wie Fanchon, Bäumchen-Verwechseln oder Blindekuh.

Auch Dölau und Anna waren mit von der Partie, sie enteilten aber bald zum Tanz. Im Saal war es heiß und stickig, aber das störte sie wenig, wenn sich ihre Körper aneinanderrieben. Dann wurden farbige Lampen und Ballons angezündet, und es wurde Zeit für romantische Gefühle. Die Herren leerten ihre Seidel in immer rascherem Tempo, und getrieben von bacchantischer Lust verschwand ein Pärchen nach dem anderen in der lauen Nacht. Viel Zeit blieb ihnen nicht, denn irgendwann erschien die Polizei zur Razzia gegen alles Unsittliche – und wer verbrachte schon gern eine Nacht in der Bezirkswache oder gar in der Stadtvogtei am Molkenmarkt No. 2!

Da Anna immer Ärger mit ihrer Herrschaft bekam, wenn sie nicht zwei Stunden vor Mitternacht zu Hause war, musste Dölau wohl oder übel an den Heimweg denken. Diesmal hatte Anna nichts gegen eine Droschke einzuwenden. Dölau bezahlte den Kutscher, als er Anna in der Georgenstraße absetzte. Zum einen war ihm nun doch das Geld ausgegangen, und zum anderen wollte er nicht beobachtet werden, wenn er Anna noch einmal umarmte und ihr dabei den Rock nach oben schob.

Als oben das Fenster aufging, riss sich Dölau von seiner

Herzensdame los und lief in Richtung Osten – nicht etwa mit schnellen Schritten, dazu war das Pflaster zu holprig und das Licht der Gaslaternen zu funzlig, sondern eher vorsichtig und tastend. An der Ecke Friedrichstraße angekommen, zögerte er einen Augenblick. Einerseits war er todmüde, andererseits aber nach der letzten Umarmung noch zu erregt, um gleich ins Bett zu gehen. Sich zur Abfuhr eine der Dirnen zu nehmen, die an der Königsmauer standen und warteten, lag nahe. Doch er konnte sich nicht entscheiden und wandte sich erst einmal nach Norden, um sich auf der Weidendammer Brücke ein wenig abzukühlen. Je näher Mitternacht rückte, desto mehr erstarb alles Leben. Zu dieser Uhrzeit gab es allenfalls noch liederliche Berliner, aber kein Berlin bei Nacht. Auf den Straßen war es geradezu öde, nur hier und dort gab es einen Schatten, der an den Häuserwänden entlangschlich oder -taumelte, oder ein lustiges Häuflein, das von einer Gesellschaft heimkehrte. Die Nachtwächter brachen alle Stunde auf, um ihre Runde zu machen, in der Zwischenzeit aber störten oder schützten sie niemanden.

Auf der Weidendammer Brücke angekommen, musste sich Dölau die Nase zuhalten, denn von den träge fließenden Wassern der Spree quollen üble Düfte nach oben, was daran lag, dass alle Fäkalien der Stadt in den Fluss gekippt wurden. Gerade rumpelte hinter ihm ein großer Wagen heran, flankiert von etwa zehn Frauen mit ihren Laternen. Das waren die sogenannten Nacht-Emmas, deren Aufgabe es war, die gefüllten Fäkalieneimer aus den Häusern zu holen und zur Spree zu schaffen. Dölau war bei ihrem Anblick jede Lust auf ein Frauenzimmer vergangen, und so machte er sich schnell auf den Heimweg. Seine Stube hatte er über einer Remise im Hof des Schneidermeisters

Hoppe in der Mittelstraße. Weit war es nicht, ging er die Friedrichstraße entlang in Richtung Belle-Alliance-Platz. Nach der Georgen- und der Dorotheen- kam schon die Mittelstraße. Er bog rechts ab. Noch hundert Schritte, dann hatte er seinen Hausflur erreicht. Er zog schon den Schlüssel hervor, da hielt eine Droschke direkt an seiner Seite, und der Kutscher beugte sich zu ihm hinunter.

»Wohnt hier einer, der Eisermann heißen tut?«

Dölau musste einen Augenblick lang überlegen. »Nein, nich det ick wüsste.«

»Komisch, ich soll ihn aber hier abholen.« Der Kutscher zog einen Zettel aus der Rocktasche und hielt ihn in den Lichtkegel seiner Laterne. »Gucken Sie mal, hier steht doch der Name ...«

Dölau reckte sich hoch, um etwas zu erkennen. Im selben Augenblick fegte ihm der Kutscher mit der Handkante den Zylinder vom Kopf, und aus dem dunklen Hauseingang sprang ein Mann, beide Arme vorgestreckt. Die Fäuste umschlossen einen Strick. Es war eine Sache von Sekunden, diesen Dölau um den Hals zu schlingen und fest zuzuziehen, immer fester ...

Preußen war durch die Kriege gegen Napoleon verarmt, so dass man in den folgenden Jahrzehnten einfacher und bescheidener leben musste. Statt des äußeren Glanzes war nun die innere Wärme gefragt, und es ging in Berlin vorwiegend bieder zu, ja spießig. Wer laut vom vereinigten Deutschen Reich mit einer Verfassung träumte, wie sie sich die Bürger in England oder den Vereinigten Staaten von Amerika erkämpft hatten, den hatten die Spione und Häscher der politischen Polizei schnell ausfindig gemacht und eingekerkert in der Berliner Hausvogtei oder dem Köpenicker Schloss. Wichtigste Behörde war der Polizeipräsident. Das fortschrittliche Bürgertum reagierte auf die politische Unterdrückung mit dem Rückzug ins Private, ging seinen künstlerischen und literarischen Interessen nach und widmete sich einem unpolitischen, geselligen Leben, während die Mehrheit der Bevölkerung in sozialer Not und keineswegs idyllisch und behaglich lebte. Andererseits aber blühten Handel und Gewerbe auf, und die Industrialisierung setzte auch in Preußen ein: Die ersten Eisenbahnen wurden gebaut oder geplant, Wissenschaft und Bildung, Kunst und Kultur erlebten eine ihrer glanzvollsten Epochen. Die Einwohnerzahl Berlins verdoppelte sich in den drei Jahrzehnten nach den Befreiungskriegen von 1813 bis 1815 von zweihunderttausend auf vierhunderttausend, womit die Preußenresidenz nach London, Paris und St. Petersburg an der vierten Stelle der europäischen Metropolen stand.

Der 8. Mai war ein Sonntag, und für Professor Heinrich Wilhelm Dove war es eine liebe Gewohnheit geworden, am Vormittag mit einem Freund durch den Thiergarten zu spazieren und In den Zelten einen Schoppen Rheinwein zu trinken. Diesmal hatte er sich am Potsdamer Platz mit Dr. August Wilhelm Danewitz verabredet, doch der Geheime Oberregierungsrath ließ ihn ein wenig warten. Dove war es recht, so hatte er noch Zeit und Muße, den Kopf in den Nacken zu legen und zu prüfen, in welche Himmelsrichtung der Wind die Wolken jagte, denn er war mit Leib und Seele Meteorologe, hatte lange über die Veränderung der Witterung durch den Wechsel von Polar- und Äquatorialströmen geforscht und ein Gesetz über die Drehungen der Winde formuliert, das sogenannte Dove'sche Gesetz. 1803 in Liegnitz geboren, hatte er sich in Königsberg habilitiert und war 1829 nach Berlin gekommen, um hier als Physiker am Friedrich-Wilhelms-Gymnasium, an der Artillerieschule sowie am Königlichen Gewerbeinstitut zu unterrichten.

Endlich kam Dr. Danewitz in einer Droschke, entlohnte den Kutscher und sprang auf die Straße, um Dove zu begrüßen. »Ich bitte um Pardon, mein Guter, aber in Hamburg wütet ein grässliches Großfeuer, und mir ist die ehrenvolle Aufgabe zugefallen, Seiner Majestät Vorschläge zu unterbreiten, wie Berlin den obdachlos gewordenen Menschen dort Hilfe leisten kann.«

Dove wusste von der Katastrophe, denn das Feuer war bereits in der Nacht vom 4. zum 5. Mai 1842 am Nikolaifleet beim Cigarrenmacher Cohen ausgebrochen. »Aufgrund der vorangegangenen Trockenheit und anhaltender Winde ist es auf gute Bedingungen getroffen.«

»Winde …«, wiederholte Dr. Danewitz, »das ist deine Domäne. Nicht immer sind sie so segensreich wie bei Ozeanquerungen unserer Handelsschiffe.«

Dove winkte ab. »Auch da werden sie ihre Funktion alsbald verloren haben. Fultons Dampfschiff verkehrt ja schon seit 35 Jahren auf dem Hudson zwischen New York und Albany, auch in Schottland und auf der Themse tut sich in dieser Hinsicht einiges, und bald wird man so kleine und leistungsfähige Kessel und Maschinen bauen können, dass man mit Dampfschiffen von New York nach Hamburg fahren kann – wenn auch nicht mit einem Schaufelrad als Antrieb, sondern mit einer Schiffsschraube, wie sie der Josef Ressel erfunden hat. Der gehört die Zukunft, wenn auch der erste Großversuch 1829 im Hafen von Triest ein Fehlschlag war.«

»Man merkt dir an, dass du nicht nur Meteorologe,

sondern auch Physiker bist«, sagte Dr. Danewitz. »Schade nur, dass bei uns in Preußen die Sache sozusagen im Sande verlaufen ist – wenn du das schiefe Bild entschuldigst.« Und er erinnerte daran, dass schon 1820 die *Princessin Charlotte* zwischen Charlottenburg und Potsdam als erstes Dampfschiff in Preußen unterwegs gewesen war, bald aber wieder außer Betrieb gesetzt wurde, da sie einen wirtschaftlichen Erfolg nicht zu erzielen vermochte.

Dove war den trockenen und sachlichen Ton seines Freundes nun satt, als sie dabei waren, in den lauschigen Thiergarten einzutauchen. Nicht umsonst hatte er Goethes *Mailied* als Sekundaner auswendig lernen müssen. Die ersten beiden Strophen hatte er noch immer parat:

Wie herrlich leuchtet
Mir die Natur!
Wie glänzt die Sonne!
Wie lacht die Flur!

Es dringen Blüten
Aus jedem Zweig,
Und tausend Stimmen
Aus dem Gesträuch ...

Hier stockte Dove, aber Dr. Danewitz war nach kurzem Überlegen in der Lage, auch die dritte Strophe beizusteuern:

Und Freud' und Wonne
Aus jeder Brust.
O Erd', o Sonne!
O Glück, o Lust!

Die Lust hatten sie zunächst einmal beim Frühschoppen im »Hofjäger«. Nachdem sie ihr Viertele getrunken hatten, machten sie sich auf den Weg, um quer durch den Thiergarten in weitem Bogen zum Brandenburger Thor zu laufen.

»Eigentlich habe ich ja die Aufgabe, eine angemessene Sommerwohnung für meine Frau und unsere Töchter zu suchen«, erklärte Dr. Danewitz. »Aber das wird ein so teurer Spaß, dass ich erst einmal erkläre, nichts Passendes gefunden zu haben. Was planst du denn in dieser Hinsicht?«

Dove verzog das Gesicht. »Eigentlich nichts, denn mein Geldbeutel ist nicht gerade prall gefüllt.«

»Die Friedrich-Wilhelms-Universität sollte dir endlich eine Professur geben!«, rief Dr. Danewitz. »Jetzt, wo du schon fünf Jahre Mitglied der Akademie der Wissenschaften bist.«

»Das mit der Professur wird wohl noch ein Weilchen dauern«, sagte Dove. »Es gibt da immer jemanden, der einem vorgezogen wird. Aber wie sieht es denn mit deinem Avancement aus?«

Nun war es an Dr. Danewitz, hörbar aufzustöhnen. »Der Dr. Wiesenburg intrigiert ständig gegen mich, weil ich ihm angeblich zu liberal bin. Nur weil ich zufällig einmal mit Ludwig Kalisch im Café gesessen und mit ihm geplaudert habe.«

Sie selbst plauderten noch über dieses und jenes, bis Dr. Danewitz mit zusammengebissenen Zähnen hervorstieß, dass er es nun nicht länger aushalten könne. »Meine Blase ...«

»Gott!« Dove musste trotz der Not des Freundes ein wenig schmunzeln. »Pass bloß auf, dass es dir nicht so ergeht wie dem wackeren Tycho de Brahe ...«

»Was ist mit dem?«, presste Dr. Danewitz hervor.

»Der hat nicht nur bei einem Duell einen Teil seiner Nase verloren, sondern ist auch an Harnverhaltung gestorben, genauer gesagt an einem Riss in seiner Blase.«

Das war zu viel für den Geheimen Oberregierungsrath: Er stürzte in die Büsche – mochte er, wurde er gesehen, auch noch so viel seiner Reputation einbüßen.

Dove wartete geduldig am Wegesrand und sah den Wolken hinterher. Plötzlich aber fuhr er zusammen, denn der Freund hatte einen Schrei ausgestoßen, der von heftigem Erschrecken kündete.

»Doch die Blase?«, rief er ins Unterholz hinein.

Da kam Dr. Danewitz auch schon auf ihn zugestürzt. »Nein, da baumelt ein Mann an einem Ast ... Da hat sich einer aufgehängt!«

Zwei

Der Criminal-Commissarius Waldemar Werpel nutzte wie jeden Sonntag den Frühstückstisch, um seinen Kindern - acht waren es - einen der Höhepunkte preußischer Geschichte nahezubringen.

»Welchen Tag haben wir, Johannes?«

»Den 28. Juni des Jahres 1815, Vater.«

»Vorzüglich, wie aus der Pistole geschossen!« Werpel nahm seinen Kaffeetopf und setzte ihn in die Mitte des Tisches. »Dieses hier ist das kleine Städtchen Waterloo in der belgischen Provinz Brabant, fünfzehn Kilometer südöstlich von Brüssel. Folgt man in südlicher Richtung der Straße nach Charleroi, so trifft man wenige Kilometer von Waterloo entfernt auf zwei Höhenrücken. Hier ...«, er markierte diese mit zwei Messern, »... zwischen diesen Erhebungen tobt dann die Schlacht, die das Ende von Napoleon Bonaparte mit sich bringt. Und wer hatte entscheidenden Anteil am Sieg der Verbündeten?«

»Der Rittmeister Waldemar Werpel!«, kam es im Chor.

»Und wo hat ihn die Kugel des Feindes getroffen?«

Wilhelm glaubte es zu wissen. »In den Hintern.«

»Setzen! Unsinn! Beim Dorfe Plancenoit. Und was hat der englische Heerführer Wellington flehentlich gerufen?«

Marie hatte gut aufgepasst. »*Ich wollte, es wäre Nacht oder die Preußen kämen.*«

»Sehr gut, meine Tochter. Und warum sprechen die Engländer von der Schlacht bei Waterloo, wir Preußen aber von der Schlacht bei Belle-Alliance?«

Emil, der Kleinste, wollte auch einmal belobigt werden und sagte, dies sei so, weil ihre Tante Auguste am Belle-Alliance-Platz wohne.

»Nein, mein Sohn, die Schlacht heißt so, weil ...«

Niemand wusste es, und so wurden alle belehrt, dass Wellington sein Hauptquartier bei Waterloo gehabt habe, während die Preußen dem Meierhof Belle-Alliance die größere Bedeutung beimaßen, weil sich dort das französische Zentrum befunden habe.

»Nun lass es einmal gut sein, Waldemar!«, sagte seine Frau.

»Wie du meinst, Minna.« Ein wenig verstimmt suchte Werpel nach anderen Gesprächsthemen. »Was habt ihr denn zuletzt in der Schule durchgenommen, Kinder?«

Der Große meldete sich und bekam das Wort erteilt. »Da war einer beim König, einer aus Persien, und der will einen Garten bauen, wo auch im Winter was wächst.«

Werpel musste einen Augenblick lang überlegen, was gemeint war. »Ach, du meinst den Persius! Aber der kommt nicht aus Persien, sondern aus Potsdam, und der will am Thiergarten ein Treibhaus bauen, einen Wintergarten. Das ist ein Haus aus Glas, und das wird im Winter geheizt, so dass du drin sitzen kannst, ohne dass du dich tot frierst.«

Johannes lachte. »Kann sich auch einer lebendig frieren?«

Werpel hob die Hand. »Du kriegst gleich 'n paar hinter die Ohren!« In diesem Augenblick wurde heftig am Klingelzug gerissen. Werpel war so wütend über diese Störung, dass er ins Berlinische fiel. »Wat soll denn der Quatsch! Sonntagsruhe is wie Friedhofsruhe, und wer die stört, den bring ick in de Hausvogtei.«

Doch das konnte er mit dem Mann, der draußen stand, schlecht machen, denn das war der Constabler Krause, der in strammer Haltung Meldung machte.

»Im Thiergarten hat sich eena uffjehängt, und Sie sollen bei ihm komm'!«

»Beim Erhängen tritt der Tod durch plötzliche Unterbrechung beziehungsweise starke Drosselung der Blutzufuhr zum Gehirn ein«, erklärte der Arzt Dr. Friedrich Kußmaul den Umstehenden. »Der Körper hängt frei, die Fußspitzen befinden sich etwa fünf Zoll über dem Boden. Es ist davon auszugehen, dass der Selbstmörder auf diesen Baumstumpf hier geklettert ist. Danach hat er seinen Strick mit einer Schlaufe um den Ast geworfen, der schräg über ihm hängt, und festgezogen, um sich eine Schlinge um den Hals zu legen, den Strick fest zu verknoten und schlussendlich in den Tod zu springen. Sie sehen hier an den Beugeseiten seiner Finger noch Fasern. Das kommt vom Festziehen des Strickes.«

Werpel dankte dem Mediziner und wandte sich an einen der herbeigeeilten Constabler. »Abschneiden und dann ins Leichenschauhaus. Der Wagner soll sich darum kümmern.«

Das erste Berliner Leichenschauhaus für die Stadtphysici, wie die Rechtsmediziner anfangs hießen, war 1811 errichtet worden. Wegen der unzumutbaren Bedingungen dort wurden ab 1839 Räume des Leichen- und Sektionshauses der Charité für diesen Zweck genutzt. 1833 war an der Friedrich-Wilhelms-Universität die »praktische

Unterrichtsanstalt für die Staatsarzneikunde« gegründet worden, wobei unter dieser Bezeichnung die Gerichtliche Medizin und die Medizinalpolizei zusammengefasst waren. Erster Lehrstuhlinhaber war der gerichtliche Stadtphysicus Wilhelm Wagner, der die Staatsarzneikunde auch als akademisches Fach etablierte.

Nachdem man den Toten abgeschnitten und auf den Wagen gelegt hatte, wandte sich Werpel an die Umstehenden und fragte sie, ob einer da sei, der den Selbstmörder kennen würde. Zuerst verneinten alle, dann trat aber Dr. Danewitz vor.

»Mir scheint, dass ich den Mann schon einmal gesehen habe, und zwar beim Schneidermeister Hoppe in der Mittelstraße. Er hat dort auf einem Tisch gesessen und Knöpfe an einen Rock genäht.«

Werpel bedankte sich und machte sich in seiner mitgebrachten Kladde weitere Notizen. Die Herren Dove und Dr. Danewitz baten schließlich, sich entfernen zu dürfen.

»Ja, selbstredend. Sie haben es gut, auf mich wartet noch einiges an Arbeit. Aber wie heißt es doch so schön: Ein immer helles Licht beleuchte deinen Weg – die Pflicht.«

Als sich alles entfernt hatte, die Zeugen, der Arzt und der Wagen mit dem Toten, schnappte sich Werpel den Constabler Krause und marschierte mit ihm Richtung Mittelstraße. Das war zu Fuß ein ganzes Stück: zuerst durch den Thiergarten hindurch zum Brandenburger Thor und dann Unter den Linden entlang bis zur Schadowstraße.

Krause murrte über den langen Marsch. »So wat müsste eijentlich vaboten werden, weil et schlimma is als det Turnen beim alten Vata Jahn.«

Streng sah Werpel ihn an, denn er wollte keine Scherereien mit seinen Oberen. »Den Namen möchte ich nicht gehört haben!« Im Zuge der Karlsbader Beschlüsse war der Turnvater und Burschenschafter Friedrich Ludwig Jahn als Demagoge verfolgt worden und hatte fünf Jahre in preußischen Gefängnissen absitzen müssen. Das Turnen war in Preußen und anderen deutschen Staaten verboten worden.

Bei Hoppe saß man gerade beim Mittagessen und war über die Störung durch die beiden Polizeibeamten nicht gerade erfreut. Schlurfend kam Hoppe die Stiege herunter und öffnete die Haustür.

»Haben Sie einen Gesellen, der abgängig ist?«, fragte Werpel ohne lange Vorrede.

Hoppe, der so beleibt war, wie es ein Schneider eigentlich niemals hätte sein dürfen, erklärte, zwar einen Gesellen zu haben, aber der schliefe sicherlich noch oben in seiner Kammer über der Stallung, weil er in den Nächten vom Sonnabend zum Sonntag immer erst spät nach Hause käme. Und sonntags würde er, anders als in der Woche, auch nicht mit der Familie essen. Was man denn von ihm wolle?

»Im Thiergarten hat sich einer aufgehängt, und der Dr. Danewitz meint, dass er ihn schon mal bei Ihnen gesehen hat.«

Hoppe brauchte ein paar Sekunden, das Gehörte richtig einzuordnen. »Der Dr. Danewitz, der lässt bei uns arbeiten, das stimmt. Und zuletzt hat ihm mein Ludwig einen neuen Rock angemessen. Aber der, der Ludwig, das ist einer von den Fröhlichen, der tut sich bestimmt nich uffhängen. Schon nicht, weil er eine Braut hat, die Anna, um die ihn alle beneiden.«

»Det is aba 'n janz schönet Luda, die Anna!« Oben war

das Fenster aufgegangen, und die Frau Schneidermeister hatte sich dieses Kommentars nicht enthalten können.

»Ruhe!«, rief Werpel nach oben. »Hier spricht nur der, der von mir vorher gefragt worden ist. Lassen Sie uns einmal Ihren Gesellen in Augenschein nehmen.«

Hoppe lotste sie durch den schmalen Hausflur in den Hof und führte sie zum Stallgebäude. Von der Seite führte eine wacklige Leiter zu einer Luke hinauf, mit der die Schlafstube des Gesellen verschlossen werden konnte.

»Die Leiter klettern Sie mal rauf, Krause«, sagte Werpel. »Ich bin doch kein ...« So schnell fiel ihm kein Tier ein, das für einen Vergleich geeignet war. »... kein Huhn, kein Affe, kein Papagei – oder was weiß ich.«

Der Constabler stieg vorsichtig nach oben, immer gegenwärtig, dass eine der Sprossen unter seinen schweren Stiefeln zersplittern könnte. Doch er kam heil oben an und zog die Luke auf, und zwar so heftig, dass es ihn fast in die Tiefe riss. »Hier is keena!«, schrie er, nachdem er den Kopf in die Kammer gesteckt hatte. »Aba hier liegt wat.« Mit einem Zettel in der Hand kraxelte er wieder nach unten.

»Geben Sie mal her, Krause!« Werpel erkannte sofort, dass es sich um einen Abschiedsbrief handelte.

Meine liebe Braut, ich bitte Dihr um Vergebung, aber ich konte nicht anders. Meine Schult wiecht zu schwer.

Dein Ludwig

»Also hat er sich wirklich erhängt«, stellte Werpel fest und fixierte den Schneidermeister. »Von Schuld ist die Rede. Wissen Sie, welchen Verbrechens er sich schuldig gemacht haben könnte?«

Hoppe brauchte nicht lange nachzudenken. »Nein, der war immer treu und redlich.«

»Det wird doch allet 'n Irrtum sin!« Pauline Hoppe hatte nun auch die sonntägliche Tafel verlassen und war auf den Hof geeilt. »Keena weeß doch nischt Jenauet nich.« Sie stieß ihrem Mann den Ellenbogen in die Seite. »Jeh doch mal mit dem Herrn Commissarius mit, Heinrich, und kiek dir den Kerl an, der sich da uffjehängt hat. Unsa Ludwig isset bestimmt nich jewesen.«

Werpel nickte. »Eine gute Idee. Hoppe, Sie begleiten mich mal zur Charité!«

»Kann ich nicht erst aufessen, das wird doch alles kalt.«

»Die Leiche ist wichtiger als Ihr totes Karnickel – also hopp, hopp!«

Zu dritt marschierten sie los, vorne Werpel und der Schneidermeister, dahinter der Constabler. Pauline Hoppe zeterte, dass es so aussehe, als hätte ihr Mann einen Mord begangen und würde nun arretiert werden. Werpel überhörte es gnädig und legte es nicht als Widerstand gegen die Staatsgewalt aus, schließlich war Sonntag heute. Weit war es nicht. Es ging die Friedrichstraße hinauf, über die Spree hinweg und dann bei der Tierärztlichen Hochschule links in die Karlstraße hinein. Der Tote aus dem Thiergarten war von den Gehilfen in einen kühlen Raum gebracht worden. Der Stadtphysicus hatte ihn noch nicht in Augenschein nehmen können, wurde Werpel mitgeteilt, denn zum einen sei heute Sonntag, und zum anderen befinde sich Herr Professor Wagner auf einer Reise nach Hamburg, um dort Brandopfer zu identifizieren.

Der Schneidermeister war ein sehr sensibler Mensch, und so musste ihn Werpel mal schieben, mal hinter sich herziehen, bis sie endlich vor der Wanne aus Zinkblech standen, in die man den Selbstmörder gelegt hatte.

»Das ist er«, hauchte Hoppe. »Gott, der Ludwig ...«

Werpel musste Hoppe stützen und dafür sorgen, dass er sich im Vorraum einen Augenblick auf einer Bank niederlassen konnte. »Und einen Schluck Wasser für ihn!«

Sie brauchten gut zehn Minuten, bis der Schneidermeister wieder einigermaßen bei Kräften war. Er hatte aber noch weiche Knie, als sie das Gelände der Charité wieder verließen und zur Georgenstraße liefen, denn Hoppe hatte sich erinnern können, dass die Braut seines Gesellen Anna hieß und Dienstmädchen in der Georgenstraße war. Bei wem allerdings, hatte er vergessen.

»Macht nichts«, war Werpels Kommentar. »Ich bin dafür bekannt, dass ich jede Nadel im Heuhaufen finde.«

Diese Arbeit überließ er allerdings dem Constabler Krause, der in der Georgenstraße an den Klingelzügen reißen und sich nach einer Dienstmagd namens Anna erkundigen musste. Beim Auskultator Krüger hatte er Glück.

»Ja, wir haben eine Anna.«

Ein Ruf ins Innere des Hauses lockte sie an die Tür.

»Bist du die Braut des Ludwig ...« Erst jetzt bemerkte Werpel, dass er den Nachnamen des Erhängten noch gar nicht eruiert hatte.

»Dölau«, half ihm Hoppe aus.

»... des Schneidergesellen Ludwig Dölau?«, vollendete Werpel seinen Satz. Nur wenn er es aussprach, konnte es als amtlich gelten.

»Ja, det bin ick, und balde heiraten wa ooch.«

»Daraus wird nun nichts mehr werden«, sagte Werpel.

Anna erschrak. »Wieso? Ham Se ihm einjespunnen?«

Werpel wurde hellhörig. »Nein. Wieso sollten wir ihn eingesperrt haben?«

»Ick meine ja nur so ...« Anna war helle und hatte sofort begriffen, dass sie da einen Fauxpas begangen hatte.

»Nun denn ...« Selbst Werpel, dem man nicht nachsagen konnte, besonders einfühlsam zu sein, zögerte, dem Dienstmädchen die Wahrheit zu sagen. Er holte tief Luft. »Einmal musst du es ja erfahren ...«

»Wat denn?« Anna ahnte die Katastrophe und begann schon zu schluchzen, ehe der Commissarius ihr eröffnet hatte, was geschehen war.

»Er hat sich heute Nacht im Thiergarten erhängt.«

Anna war einer Ohnmacht nahe und musste von Werpel und dem Constabler gestützt werden. »Det er mir det antun musste!«, schluchzte sie.

»Gott, Kind, es gibt noch tausend andere Männer auf der Welt, die du heiraten kannst«, sagte Werpel. Es war eigentlich gut gemeint, löste aber einen Weinkrampf bei Anna aus.

Ein Dienstmädchen aus der Nachbarschaft war neben der kleinen Gruppe stehen geblieben und hatte mitbekommen, worum es hier ging. Sie wartete, bis Werpel und der Constabler Anna auf einen schnell herbeigeschafften Stuhl gesetzt hatten, um dem Commissarius ins Ohr zu flüstern: »Ich weeß ooch, warum der sich uffjehangen hat. Die Anna hat nämlich ooch andre Kerle jehabt und is 'n janz liederliches Frauenzimma. Det hatta nich ertrag'n könn'n.«

Werpel nahm es interessiert zur Kenntnis. Dann wartete er, bis Anna sich so weit erholt hatte, dass man wieder mit ihr reden konnte. Er zeigte ihr den Abschiedsbrief, den sie in Dölaus Kammer gefunden hatten.

»Ist das seine Handschrift?«

»Ja, det isse«, bestätigte das Dienstmädchen.

»Meiner Meinung nach auch«, sagte Hoppe. »Aber dass er so viele Fehler drin hat …«

»Das wird die Aufwallung gewesen sein«, vermutete Werpel. »Niemand hängt sich ja zweimal auf, so dass einem beim ersten Mal die Übung dabei fehlt.«

»Ich bitte Sie!«, rief der Auskultator Krüger. »Das schickt sich nicht. Anna, du gehst am besten wieder ins Haus.«

Werpel wurde nun sehr direkt. »Mischen Sie sich da nicht ein! Dies ist ein Verhör, denn dieser Dölau war ein Verbrecher, und die hier könnte seine Komplizin gewesen sein.« Er zeigte auf das Dienstmädchen.

»Wieso soll ihr Bräutigam ein Verbrecher gewesen sein?«, fragte der Auskultator.

Werpel zeigte auf den Abschiedsbrief. »Hier! Warum sollte er sonst von einer schweren Schuld sprechen? Es handelt sich also um ein schweres Verbrechen.«

»Ick weeß von nüscht!«, rief Anna.

»Du lügst!«, herrschte Werpel sie an, denn mochte er auch als grober Klotz gelten, so viel Berufserfahrung hatte er, um genau zu spüren, ob jemand die Wahrheit sagte oder nicht. »Gut, wenn du nicht mit der Sprache raus willst, kommst du eben mit. Wir haben immer eine Zelle frei für Geschöpfe wie dich.«

Da brach es aus Anna heraus: »Ick weeß würklich von nüscht, ick weeß nur, detta manchmal mehr Jeld jehabt hat, alßa von sei'm Meesta jekriegt hat.«

»Und du hast nie nachgefragt, woher er das Geld gehabt hat?«

»Nee, hab ick nich, ick hab ihn ja jeliebt, Herr Commissarius.«

Drei

Der Königlich Preußische Major der Artillerie Christian Philipp von Gontard musste sich am Montag erst gegen Mittag auf den Weg zur Vereinigten Artillerie- und Ingenieurschule machen, wo er das Fach Physik vertrat, und so konnte er die freien Stunden nutzen, endlich den Dieb zu fangen, der seit Wochen die Gegend unsicher machte: einen Kerl, der nicht etwa bei Nacht und Nebel in gutbürgerliche Wohnungen einbrach, sondern am helllichten Tage, wenn der Hausherr seinem Broterwerb nachging, die Kinder in der Schule waren und die Frau des Hauses mit dem Dienstmädchen unterwegs war, um auf den Märkten ringsum Frisches einzukaufen.

Der Commissarius Werpel war ratlos. »Ich glaube langsam, dass dieser Mann nur in der Phantasie der Bestohlenen existiert«, hatte er zuletzt geäußert. »Die Leute selber oder ihre Dienstboten schaffen etwas beiseite, warum auch immer, und schieben es einem Phantom in die Schuhe.«

Gontard war da anderer Meinung gewesen. »Von Kammergerichtsrath Harrassowitz kann ich mir schwer vorstellen, dass er zu einer solchen Tat fähig ist. Und bei ihm ist letzte Woche eingebrochen worden.«

Werpel hatte unwirsch reagiert. »Sie sollten bei Ihren Leisten bleiben, Herr von Gontard, und mir nicht immer ins Handwerk pfuschen!«

»Ich bitte um Entschuldigung, Herr Commissarius, aber es ist nun einmal meine große Leidenschaft, dem Verbrechen auf die Spur zu kommen. Es ist ein geheimer Drang in mir, jedes Rätsel zu lösen – in welcher Profession und Wissenschaft auch immer.«

Gontard war klar, dass es sich bei dem Einbrecher um einen intelligenten Menschen handeln musste, der im Gewand eines ehrlichen Bürgers durch Berlin streifte und günstige Gelegenheiten auskundschaftete. Er hatte schon eine Zeitlang fliegende Händler, Scherenschleifer und Laufburschen beobachtet, ohne aber eine verdächtige Person entdecken zu können. Nun hatte sich Gontard eine ganz spezielle List ausgedacht, und zwar hatte er den Victualienhändler Vogel überredet, allen seinen Kunden zu erzählen, er habe eine große Erbschaft gemacht und nun sei bei ihm einiges zu holen. Wenn das kein Köder war, den Unbekannten in die Falle zu locken!

Gontard bewohnte eine Etage in einem Haus in der Dorotheenstraße und hatte bis zum Laden Victor Vogels in der Mittelstraße nur ein paar Schritte durch die Neustädtische Kirchstraße zu gehen. Er hoffte nur, keinen Bekannten zu treffen, denn so unterhaltsam kleine Plaudereien waren, sie hielten immer auf. Doch als er um die erste Ecke bog, lief er Madame Cossé in die Arme. Ihr auszuweichen war bei ihrer Körperfülle schier unmöglich. Andere Damen hätten darunter gelitten, doch als Opernsängerin war sie ausreichend exkulpiert.

»Man ist ja in dieser Stadt seines Lebens nicht mehr sicher!«, begann sie. »Wissen Sie eigentlich, Herr von Gontard, was gestern bei uns in der Mittelstraße passiert ist?«

»Nein, es tut mir leid, ich war bei meiner Familie auf unserem Gut bei Wutike.«

»Na, das hätten Sie erleben müssen!«, rief Madame Cossé. »Stehen plötzlich der Commissarius Werpel und ein Constabler beim Schneidermeister Hoppe vor der Tür und wollen Ludwig sprechen, seinen Gesellen, aber der hatte sich in der Nacht im Thiergarten aufgehängt.«

»Das ist ja weniger schön«, sagte Gontard, der auch zu Hoppes Kunden zählte und Ludwig deutlich vor Augen hatte. »Aber warum fühlen Sie sich nicht mehr sicher, Madame Cossé, wenn ein Schneidergeselle seinem Leben ein Ende macht?«

»Es ist die Angst, dass mir auch einmal in den Sinn kommen könnte, mich aufzuhängen – nach hämischen Kritiken beispielsweise.«

Gontard konnte ein Schmunzeln kaum unterdrücken. Ein Ast, der das Gewicht der Madame Cossé ausgehalten hätte, war kaum zu finden. Zum Glück aber fiel ihm eine Entgegnung ein, die wesentlich charmanter war. »Ich bitte Sie, Gnädigste, bei Ihnen ist doch die Wahrscheinlichkeit einer schlechten Kritik noch geringer als die, jetzt im Mai einen brennenden Weihnachtsbaum zu entdecken.«

»Danke für die Blumen, Herr von Gontard!« Für Madame Cossé war der Tag gerettet, und sie zog frohen Herzens weiter zur Probe.

Gontard machte, dass er zum Victualienhändler Vogel kam. Dessen Frau war in alles eingeweiht und ließ ihn in die Wohnung, ohne dass groß Worte gewechselt werden mussten.

»Am besten, Sie verstecken sich im Schlafzimmer hinter dem Vorhang«, schlug sie Gontard vor. »Denn mein Mann hat gehört, dass sich die Einbrecher immer dorthin begeben, weil sie dort, unter der Wäsche versteckt, Schmuck und Goldstücke vermuten.«

»Eine gute Idee.« Gontard nickte und setzte sich, als sie und das Dienstmädchen die Wohnung verlassen hatten, auf die Bettkante und begann, einen Criminalroman zu lesen, der ihm wärmstens empfohlen worden war. Der Titel lautete *Adele oder das grausame Verhängnis*, und geschrieben hatte ihn der Jurist Jodocus Donatus Hubertus Temme, den Gontard vor Jahren als Criminaldirector in Stendal kennengelernt hatte. Temme wäre gern nach Berlin gegangen, doch wegen seiner liberalen Gesinnung sah ihn der König gerne weit weg von seiner Residenz, und so hatte man ihn zum Hofgericht Greifswald geschickt.

Nun hieß es warten ...

Franz Karbusch stammte aus der Familie eines Lumpensammlers und hatte es anfangs durchaus als sozialen Aufstieg empfunden, mit einem kleinen Bauchladen durch Berlin und die Orte ringsum zu ziehen und auf billigem Papier gedruckte Schriften zu vertreiben, fromme Texte, Lieder, Abenteuergeschichten, Märchen, Sagen, sensationelle Nachrichten, Rezepte, Scherze und dergleichen. Je mehr Menschen aus den unteren Schichten das Lesen und das Schreiben erlernten, desto größer wurde auch die Nachfrage nach Lesefutter, und der Kolportagebuchhandel, der seine Wurzeln in Frankreich hatte, blühte auch in Preußen langsam auf – von den Herrschenden argwöhnisch beobachtet, fürchtete man doch die Verbreitung revolutionärer Gedanken.

Bevor er Beschäftigung als Kolporteur gefunden hatte, war Karbusch Mitglied einer Bande von Kollidieben gewesen und von ihr als »Kletterer« eingesetzt worden, das heißt, er hatte sich an Speditions- und Geschäftswagen herangeschlichen und dieselben erklommen, um das Kollo in einem günstigen Augenblick abzuwerfen. Die älteren Genossen hatten dann die Bergung übernommen. Von ihnen war er auch in die Zunft eingeweiht worden und hatte gelernt, mit Dietrich und Stemmeisen umzugehen. Wegen seiner vergleichsweise hohen Intelligenz war er nie erwischt worden, und Frieda, eine Näherin vom Hausvogteiplatz, hatte es geschafft, sein Leben in eine ehrbare Richtung zu lenken.

Doch als Frieda dann an der Cholera verstorben war, hatte er der Versuchung nicht widerstehen können, einfacher als durch seiner Hände Arbeit zu Geld und Gut zu kommen. Hatte er genug beisammen, wollte er nach Amerika auswandern und dort eine Kleiderfabrik eröffnen. Das war sein Lumpensammlertraum ... Seine ersten Einbrüche hatte er als »Klingelfahrer« verübt, das heißt, er hatte vorher nichts ausgekundschaftet und auf gut Glück bei reichen Leuten geklingelt. War ihm geöffnet worden, hatte er gebettelt oder um Auskunft über irgendeinen Mieter gebeten, war aber niemand zu Hause, hatte er sich mit Hilfe seines Dietrichs Zutritt verschafft und alles mitgenommen, was sich abtransportieren ließ, ohne dadurch Aufsehen zu erregen. Bald aber war er zu einem anderen System übergegangen: der gründlichen Observation vielversprechender Objekte, dem Ausbaldowern, wie es in seinen Kreisen genannt wurde. Am einfachsten war dies im Sommer, wo die fortgesetzt verhängten Fenster verrieten, dass die Herrschaften in die Sommerfrische gefahren waren. Das zurückgelassene Dienstmädchen ließ sich schnell »ablavieren«. Einmal hatte er es sogar mit zwei Kumpanen zusammen geschafft, eine ganze Wohnung mit Hilfe eines Möbelwagens auszuräumen.

In diesem Jahr führte er seine beiden Professionen –

Kolporteur und Einbrecher – in höchst geschickter Weise zusammen, und da er sein inzwischen angehäuftes kleines Vermögen niemanden sehen ließ und nach außen hin einen höchst ehrbaren Lebenswandel führte, war ihm auch noch niemand auf die Schliche gekommen. Er hatte immer Glück gehabt – selbst als er in der Neuen Friedrichstraße einen Rentier, von dem er bei einem Einbruch überrascht worden war, mit mehreren Messerstichen traktiert und fast getötet hätte, war kein Verdacht auf ihn gefallen. Er wusste aber genau, dass man sein Glück nicht überstrapazieren durfte, und hatte deshalb vor, im August dieses Jahres Berlin zu verlassen und in Holland an Bord eines Seglers zu gehen, der ihn nach New York bringen sollte.

Nun, beim Victualienhändler Vogel wollte er noch einmal fette Beute machen. Die örtlichen Verhältnisse bis hin zu den Schlössern kannte Karbusch gut, da er das Dienstmädchen regelmäßig mit Liebesromanen belieferte. Er hatte eruiert, dass Wilhelmine Vogel und ihr Mädchen das Haus immer Punkt zehn Uhr verließen, und seine heutige Tour danach ausgerichtet. Und in der Tat traten die beiden Frauen zur erwarteten Zeit auf das Trottoir hinaus und entfernten sich Richtung Schadowstraße. Karbusch wartete hinter dem Karren eines Mannes, der frischen Sand anlieferte. Ein schneller Blick die Straße hinunter zeigte ihm, dass niemand in der Nähe war, der ihm gefährlich werden konnte. Auch hinter den Fenstern des gegenüberliegenden Hauses blieb alles ruhig. Schnell zog er seinen Dietrich heraus und machte sich am Schloss zu schaffen. Seine große Umhängetasche und sein breiter Rücken boten Sichtschutz genug. Er brauchte nur Sekunden, dann war er im Haus. Da er das Dienstmädchen ausgehorcht hatte, wusste er, dass beim Victualienhändler Victor Vogel

Geld und Schmuck im Schlafzimmer versteckt waren, und so stieg er, ohne zu zögern, ins erste Stockwerk hinauf.

Wilhelmine Vogel hatte für ihre Einkäufe nie weniger als eine Stunde gebraucht, also musste er sich nicht übermäßig beeilen. In aller Ruhe legte er seine Umhängetasche auf das breite Doppelbett und setzte sich auf dessen Kante, um sich umzusehen und die Tapete zu mustern: Oft gab es da eine geheime Tür. Doch kaum hatte er sich niedergelassen, da sprang er auch schon wieder auf, denn nach all den Jahren als Einbrecher hatte er eine Witterung für drohende Gefahren entwickelt, die der eines Tieres kaum nachstand, und so wusste er von seinem Instinkt her in diesem Augenblick ganz genau, dass noch ein anderer Mensch in diesem Zimmer war. Und richtig: Die Schranktür flog auf, und ein Mann wurde sichtbar, der mit einer kleinen Pistole auf ihn zielte.

»Nehmen Sie die Arme hoch, stehen Sie auf und gehen Sie zur Tür!«

Karbusch wusste, dass sein Leben auf der Kippe stand. Jetzt entschied sich: Zuchthaus oder Amerika. Und da er nichts mehr zu verlieren hatte, riss er ein Messer aus seiner Umhängetasche und stürzte sich auf den Mann, der ihn dingfest machen wollte.

Die Vereinigte Artillerie- und Ingenieurschule war 1816 gegründet worden und seit 1823 Unter den Linden 74, Ecke Wilhelmstraße in einem repräsentativen Gebäude untergebracht, das kein Geringerer als Karl Friedrich Schinkel entworfen hatte. Hier fand in einjährigen Kursen die Aus- und Fortbildung der Lieutenants statt, die zuvor eine Kriegsschule besucht und anschließend ein zwei- bis dreijähriges Truppenpraktikum absolviert hatten. Um ihre Ausbildung abzuschließen, mussten sie am Ende ihr Examen bestehen. Lehrveranstaltungen fanden in den Fächern Artillerie- und Ingenieurwissenschaften, Mathematik, Chemie, Physik, Terrainlehre, Taktik, Kriegsgeschichte, Pferdekenntnis, Zeichnen, Englisch und Französisch statt. Dazu kamen Übungen im Terrainaufnehmen und Besuche bei den technischen Artillerie-Instituten.

Christian Philipp von Gontard vertrat das Fach Physik unter besonderer Berücksichtigung der Ballistik. Der galt auch seine heutige Einführungsveranstaltung: »Ballistik, meine Herren, leitet sich vom griechischen Wort für ›werfen‹ ab – und ist die Lehre von den geworfenen Körpern. Als Vater der Ballistik gilt der italienische Mathematiker Nicolo Tartaglia, geboren 1499 oder 1500 in Brescia, so genau weiß man das nicht, gestorben 1557 in Venedig. Er entdeckte die Wurfparabel. Sein Familienname ist nicht bekannt, er nannte sich aber selbst Tartaglia, und zwar aus folgendem Grund: Als die Franzosen im Februar 1512 seine Geburtsstadt Brescia plünderten und ein schreckliches Massaker anrichteten, wurde er von einem Soldaten mit Schwerthieben am Kopf und im Gesicht schwer verletzt, so dass er ohne Vollbart wie ein Monstrum ausgesehen hätte. Eine der Verletzungen ging quer durch den Mund und die Zähne, weshalb er eine Zeitlang nicht richtig sprechen, sondern nur stottern konnte. Das brachte ihm den Spitznamen Tartaglia, der Stotterer, ein, unter dem er noch heute bekannt ist.«

Gontard machte eine kleine Pause, um die Neugierde seiner Zuhörer zu befriedigen, denn es wurde heftig getuschelt, dass er, Gontard, dann wohl Glück gehabt habe. »Ja, meine Herren, das habe ich wohl. Die Verletzung an meiner rechten Wange ist nicht die Folge des Auftreffens eines geworfenen Körpers, sondern die eines abgewehrten Messers, mit dem ein seit langem gesuchter Einbrecher seine Festnahme durch mich verhindern wollte.«

Man klatschte Beifall, und er verbeugte sich kurz. »Danke! Nun aber zurück zu unserem zentralen Untersuchungsgebiet: der ballistischen Kurve, deren Idealisierung die Wurfparabel ist. Genauer gesagt ist die ballistische Kurve die von der idealen Wurfparabel abweichende Kurve unter Einfluss des Luftwiderstandes. Versuchen wir, dies mit Hilfe der Mathematik besser zu verstehen, und wenden uns dem ersten Newton'schen Gesetz zu, dem Trägheitsgesetz ...«

So verging der Tag, und als Gontard die Artillerieschule verließ, war er ziemlich erschöpft. Der Kampf mit Franz Karbusch forderte seinen Tribut. Es war nicht einfach gewesen, den Mann zu überwältigen. Er hatte es nicht übers Herz gebracht, auf ihn zu schießen, und nur mit Mühe und Not geschafft, dessen Messer auszuweichen. Der Griff ans Handgelenk war zwar spät gekommen, aber immerhin noch rechtzeitig genug, um Schlimmeres zu verhindern. Im Ringkampf war er dem Kolporteur dann um einiges voraus gewesen und hatte ihn schließlich nach einem Warnruf aus dem Fenster einem Constabler übergeben können.

Gontard schlenderte die Linden hinunter und hoffte, auf jemanden zu treffen, mit dem sich bei einem Schoppen Wein über das Erlebte plaudern ließ. Doch es war wie verhext: Es lief ihm niemand über den Weg, den er gut genug kannte. So blieb ihm nur der Gang ins Café. Sein Freund Friedrich Kußmaul war aber zu dieser Zeit sicherlich noch nicht bei Stehely, dazu hatte er immer zu viele wartende Patienten in seiner Praxis sitzen. Gontard überlegte einen Augenblick, dann entschloss er sich zu einem

Umweg über die Mittelstraße, wo beim Schneidermeister Hoppe eine Weste abzuholen war. Aber nicht nur dieses Kleidungsstück trieb ihn dorthin, sondern auch die Neugierde. Warum sich ein derart lebensfroher Mensch wie der Geselle Ludwig Dölau erhängt hatte, wollte ihm nicht so recht eingehen.

Hoppe entschuldigte sich vielmals, dass Gontards Weste noch nicht fertig war, doch der winkte ab. »Ich weiß: Dölau ...«

Hoppe rang die Hände. »Ja, wir sind fassungslos. Wo er immer so fröhlich gewesen ist! Aber da muss etwas gewesen sein ...«

Gontard horchte auf. »Was muss gewesen sein?«

Der Schneidermeister verwies auf den Abschiedsbrief, dessen Inhalt er auswendig kannte. »*Meine liebe Braut, ich bitte Dihr um Vergebung, aber ich konte nicht anders. Meine Schult wiecht zu schwer. Dein Ludwig.*«

»*Meine Schuld wiegt schwer ...*«, wiederholte Gontard. »Aber was das für eine Schuld ist, darüber ist noch nichts bekannt?«

»Nein, seine Braut, die Anna, weiß auch nichts Genaueres, sagt aber, dass er manchmal mehr Geld hatte, als er bei seinem Lohn hätte haben dürfen.«

Gontard fiel dazu auch nichts weiter ein als ein langgezogenes »Hm ...«. Vielleicht hatte sich Dölau auf dieselbe Art und Weise ein kleines Zubrot verdient wie dieser Karbusch, denn auch ein Schneidergeselle hörte viel und hatte immer wieder spät fertig gewordene Kleidungsstücke zu den Kunden zu bringen, konnte sich also unauffällig in der Stadt bewegen. Aber ach, was ging ihn dieser Dölau an! Was ihn interessierte waren Morde – aber keine Selbstmorde. Die waren Sache der Pfaffen.

»Wenn ich Sie höflich bitten darf, einen Augenblick zu warten, Herr von Gontard«, sagte der Schneidermeister mit einer leichten Verbeugung. »Ich werde Ihre Weste selbst mit den letzten Knöpfen versehen.«

»Gern.« Gontard hatte ja Muße genug.

Hoppe brachte ihm zudem ein Journal. »Wenn Sie sich damit ein wenig Ihre Zeit vertreiben möchten …«

Gontard bedankte sich und begann, darin zu blättern. Der Name Magnus Kahlbaum stach ihm ins Auge, den kannte er von Stehely her. Hin und wieder schrieb der etwas, diesmal war es ein Essay über das Rauchen, das in Berlin immer mehr zur Mode wurde.

IN BERLIN RAUCHT ES NICHT NUR AUS ÖFEN UND SCHORNSTEINEN

Das Kraut, das in England von Sir Walter Raleigh eingeführt wurde, hat nun auch Berlin erobert und verbreitet sich in allen Gesellschaftsschichten. Jeder – ob hoch oder niedrig – zieht den Dampf der virginischen Blätter mit mehr oder weniger Wohlbehagen in sich hinein und stößt ihn mit mehr oder weniger Andacht von sich.

Schon die Jugend, die noch das harte Holz der Schulbank drückt, schleicht sich mit einer stibitzten Cigarre heimlich ins entlegene Gartenhaus, um später von der Mutter, deren Geruchssinn sie nicht täuscht, mit dem Rohrstock gestraft zu werden – was aber auch nichts fruchtet. Später, als Commis oder Student, frönen die Jungen weiterhin dem geliebten Laster. Der Verkehr mit den Damen, die um ihre feinen Tüllesachen fürchten, erlaubt dem Commis den ersehnten Genuss aber nur nach geschlossenem Geschäft. Wird er zum Dandy, steckt er, um seine zarten Lippen besorgt, seine Cigarre in eine Spitze aus Horn. Eine akademische Laufbahn berechtigt zur Benutzung einer Pfeife. Der Beamte nimmt die möglichst lange

Röhre aus Buchsbaum oder Meerschaum, die vorn mit Silber beschlagen ist, und raucht aus ihr seine Cigarre. Der Jüngling dagegen, der des Ladenhütens überdrüssig geworden ist und sich der großen Kaste der Handlungsreisenden angeschlossen hat, gibt sich kosmopolitisch und damit der türkischen Pfeife den Vorzug. Mit Schibuck und Fez liegt er jeden Morgen, ehe er sich zum Kundenbesuch auf den Weg macht, in den Fenstern seines Gasthofes und lorgnettiert die Fürstin wie das Dienstmädchen. Gütig lächelt er auf arm und reich; sol lucet omnibus!

Von diesen hier aufgeführten Rauchern unterscheiden sich der Arbeitsmann und die Grisette. Der Arbeiter nimmt seine kurze Holz- oder – wenn es hochkommt – Thonpfeife und stopft sie mit allem möglichen Gemüse, nur nicht mit Tabak. Die Grisette und im Allgemeinen die Damen, welche die öffentlichen nächtlichen Soireen besuchen, haben den Entschluss gefasst, sich mit der Cigarre wenigstens vertraut zu machen. Sie nehmen die uns aus Frankreich und Spanien überkommene Cigarette, gefüllt mit Tabak aus Maryland, und rauchen mit einer Verwegenheit, die einen Nachtwächter rasend machen könnte.

Mit allen gemeinsam raucht der gemeine Bummler, der sich die Cigarrenreste zusammensucht, die Pfälzer ebenso gut wie die Havanna.

Alle rauchenden Menschen machen mir einen glücklichen Eindruck, und so will ich mit dem Dichterworte schließen: Wo man raucht, da magst du ruhig harren, / Böse Menschen rauchen nie Cigarren.

Gontard, der selten zur Cigarre griff, legte das Journal beiseite. Eine auffällige literarische Begabung schien ihm bei Kahlbaum nicht vorzuliegen. Aber das konnte ja noch werden, wenn man ihn in bestimmte Kreise einführte, zum Beispiel in den literarischen Verein »Tunnel über der Spree«. Während er darüber nachdachte, kam der

Victualienhändler Vogel in die Schneiderei gestürzt, um ihm überschwenglich für die Rettung seines Vermögens zu danken. Fast hätte er den Offizier umarmt. »Wie kann ich das nur wiedergutmachen, Herr von Gontard?«

»Indem Sie darüber Stillschweigen bewahren.«

»Aber einen kleinen Korb Kiebitzeier und eine Flasche Champagner darf ich Ihnen doch nach Hause schicken, oder?«

»Nun ja ...« Es gab Versuchungen, denen auch Gontard nicht widerstehen konnte.

»Ihre Weste ist fertig!«, rief Hoppe. »Sie können sie anprobieren.«

»Wunderbar!« Gontard tat es und war mit dem teuren Stück – die Vorderseite bestand aus roter Seide – so zufrieden, dass er es nach der Anprobe gar nicht ausziehen wollte. »Damit laufe ich gleich zu Stehely.«

Trotz aller Schnüffelei und Repression wurde in Berlin lebhaft über alles Politische diskutiert, vor allem in den Weinstuben, von denen es fast dreißig gab – Lutter & Wegner allen voran –, und den Conditoreien und den Lesecafés, von denen zeitweise an die hundert gezählt wurden. Es seien nur Spargnapani, Kranzler und d'Heureuse genannt, besonders Stehely & Comp. in der Charlottenstraße 53 am Gensdarmen-Markt, der französischen Kirche gegenüber. Hier lagen inländische, vor allem aber ausländische Zeitungen aus, die von der geistigen Elite Preußens begierig gelesen wurden, um das, was sich in London, Paris, St. Petersburg oder Wien getan hatte, anschließend zu diskutieren und kritisch mit der Lage in Berlin in Beziehung zu setzen. Stundenlang konnte man sich hier die Köpfe heißreden über die Pressefreiheit und eine moderne Verfassung.

Christian Philipp von Gontard bevorzugte das Stehely. Als er die Tür öffnete, um einzutreten, stieß er mit einem jungen Mann zusammen, dessen hageres, feingeschnittenes Gesicht noch ernster aussah als sonst. Es war Karl Theodor Seydel aus Minden, der nach staatswissenschaftlichem Studium, Ableistung seines Militärdienstes und Ablegung des Assessorexamens in den Dienst des preußischen Staates getreten war und derzeit im Finanzministerium arbeitete.

»Was ist denn passiert, lieber Seydel?«, fragte Gontard. »Sie sehen ja aus, als ob Sie von Ihrer eigenen Beerdigung kommen!«

»Das nicht, aber sie haben mich strafversetzt nach Oppeln.«

Gontard glaubte, den Grund zu kennen. »Weil Sie wieder einmal etwas in Gazetten veröffentlicht haben, die von Dr. Wiesenburg als regierungsfeindlich eingestuft werden?«

»Genau so ist es«, antwortete der Mann, der zwanzig Jahre später Berliner Oberbürgermeister werden sollte.

»Seien Sie froh, dass es nur Oberschlesien ist!«, sagte Gontard. »Ovid haben sie ans Schwarze Meer verbannt. Und tragen Sie es wie einen Orden!«

Sie umarmten sich kurz, dann eilte Seydel nach Hause, seine Koffer zu packen. Gontard trat ins Stehely ein und setzte sich an einen Zweiertisch in der rechten hinteren Ecke des Lesecafés, von wo aus er am besten die anderen Gäste im Auge hatte, und wartete auf seinen Freund, den Arzt Friedrich Kußmaul, der vor Jahren aus der Nähe von Karlsruhe nach Berlin gekommen war. Doch der Gute ließ noch auf sich warten, so dass Gontard Zeit genug hatte, dem Gespräch am Nebentisch zu lauschen, an dem

Christian Friedrich Scherenberg und Bernhard von Lepel saßen und über den »Tunnel über der Spree« diskutierten. Scherenberg kam aus Magdeburg, wo er sowohl als Schauspieler wie auch als Ehemann gescheitert war, und hielt sich und seine Kinder mit Abschreibearbeiten und Hauslehrertätigkeiten nur mühsam über Wasser. Er galt aber im literarischen Verein als hochbegabt, schrieb Gedichte und plante ein großes vaterländisches Versepos über die Schlachten bei Ligny und Belle-Alliance.

Bernhard von Lepel war aus Meppen nach Berlin gekommen und hier in das Kaiser Franz Garde-Grenadier-Regiment No. 2 eingetreten, verstand sich aber mehr als Schriftsteller denn als Offizier. Bernhard von Lepel war ein heiterer Mensch. »Stellen Sie sich vor, Scherenberg, ich komme heute Morgen an einer Schule vorbei, und da singen sie gerade *Wenn alle Brünnlein fließen*. In diesem Augenblick fällt mir wieder ein, dass ich Ihnen ja den Theodor Fontane für den ›Tunnel‹ empfehlen wollte.«

»Wer ist Theodor Fontane?«, fragte Scherenberg.

»Ein Apothekergehilfe aus Neuruppin, dessen Gedichte ich bemerkenswert finde. Im letzten Jahr ist er an Typhus erkrankt und kuriert sich jetzt im Oderbruch aus, in Letschin, wo sein Vater eine Apotheke besitzt.«

»Warten wir mal ab, bis er wieder in Berlin ist, dann können wir ihm ja eine Einladung ins Haus schicken.«

In diesem Augenblick kam Friedrich Kußmaul durch die Tür, und Gontard stand auf und winkte. Sie begrüßten sich mit einer angedeuteten Umarmung.

»Wie geht es dir?«, war Gontards erste Frage, als sie sich gesetzt hatten.

Kußmaul stöhnte leise auf. »Wie soll es einem Menschen gehen, dessen jüngerer Bruder als Genie gesehen wird? In Anlehnung an Hoffmann von Fallersleben könnte man sagen: Adolf, Adolf über alles.«

Die Kußmauls waren eine alte Medizinerfamilie aus dem Badischen. Vater und Großvater hatten als Physikatsärzte gearbeitet, und Friedrich wie Adolf hatten von Kind auf den Wunsch gehabt, in deren Fußstapfen zu treten.

»Adolf hat doch gerade erst sein Studium in Heidelberg begonnen«, sagte Gontard.

»Ja, aber er ist jetzt schon ungeheuer vielseitig, forscht über die Farbenerscheinungen im Grunde des menschlichen Auges und schreibt gemütvolle Verse.«

Gontard musste grinsen. »Ich kenne noch jemanden, der mit seiner ersten Profession nicht recht zufrieden ist und noch eine zweite braucht. Artillerie-Offizier und Lehrer sein reicht mir nicht, ich muss auch noch auf Verbrecherjagd gehen.«

Kußmaul winkte ab. »Ich weiß. Schließlich habe ich am Vormittag die Wunde versorgt, die das Messer des Einbrechers Franz Karbusch auf deiner Wange hinterlassen hat.«

Um von diesem Thema abzulenken, zeigte Gontard auf seine neue Weste. »Gerade eben vom Schneidermeister Hoppe abgeholt. Und diesen Knopf hier hat er persönlich angenäht, weil sein Geselle Ludwig sich ja im Thiergarten aufgehängt hat.«

»Als ob ich das nicht wüsste!«, rief Kußmaul. »Mich haben sie schließlich gerufen, um seinen Tod festzustellen.«

»Eine komische Angelegenheit«, sagte Gontard. »Hoppe und seine Braut schwören, dass er nie daran gedacht hat, Hand an sich zu legen, aber es existiert ein Abschiedsbrief, in dem von einer schweren Schuld die Rede ist, die er auf sich geladen habe.«

»Und niemand weiß, worin diese bestehen könnte?«, fragte Kußmaul.

»Nein.«

»Der Brief ist aber echt und nicht etwa gefälscht?«

»Alle sagen, es sei seine Handschrift und Tinte, Feder und Papier stammten ohne jeden Zweifel aus dem Schrank Hoppes.«

Sie konnten das Thema Dölau nicht weiter erörtern, denn in diesem Augenblick trat ein Herr an ihren Tisch, zog seinen dunkelgrauen Zylinder und fragte mit ausgesuchter Höflichkeit, ob er an ihrem Tisch Platz nehmen dürfe, denn anderswo sei kein freier Stuhl mehr zu finden.

»Aber selbstverständlich, Herr Kahlbaum, Sie dürfen sich jederzeit zu uns gesellen.«

Zu ihnen setzte sich also Magnus Kahlbaum, jener Autor, dessen Auslassungen über die Berliner Rauchergemeinde Gontard vorhin gelesen und nicht gerade als genial bewertet hatte.

Vier

Die Firma Kahlbaum & Gillieux gab es seit 1702, als sich der einheimische »Kleydermacher« Johann Georg Kahlbaum und der Schneidermeister Louis Gillieux aus der französischen Kolonie zusammengetan hatten, um Uniformen für die Grenadiere des Preußenkönigs zu schneidern. Das Geschäft expandierte, und man warf sich bald nach der Gründung auf Gesellschafts- und Brautkleider, denn im aufblühenden Berlin gab es Hofbälle und Redouten in großer Zahl, seit Andreas Schlüter das bescheidene Hohenzollernschloss an der Spree zu einer großartigen Königsresidenz umgebaut und erweitert hatte. Vor allem auf dem Werder ging es betriebsam zu, und Kahlbaum & Gillieux in der Unterwasserstraße war mittenmang. Lange Zeit war man auf einer Welle des Erfolgs geschwommen, nun aber, da man schon den einen oder anderen Gedanken an das 150. Jubiläum verschwendet hatte, war die Krise gekommen. Das mochte vielerlei Gründe haben: Vielleicht war Ludwig Kahlbaum, der das Geschäft jetzt führte, kein genialer Kaufmann, und vielleicht hatten er und sein Bruder Magnus für den privaten Gebrauch zu viel entnommen, vor allem aber fiel ins Gewicht, dass die Konkurrenz von Jahr zu Jahr größer und härter geworden war. Der Hofkleidermacher Johann Simon Freytag hatte ihnen viele gutbetuchte Kunden und Kundinnen abgeworben, und auch Nathan Israel vom Molkenmarkt lockte immer mehr Leute mit seinem »Leinwandkram« und seiner Konfektionsabteilung *en gros* in sein Geschäft. Dazu kamen als ernsthafte Konkurrenten Hermann Gerson, der 1836 sein Modehaus eröffnet hatte, Valentin Mannheimer und David Leib Levin, die in der Oberwall- beziehungsweise Gertraudenstraße Damenmäntel herstellten, und schließlich Heinrich Jordan, der in der Markgrafenstraße Wäscheausstattungen verkaufte und als Erster in eigener Werkstatt Leib- und Bettwäsche herstellte.

Der letzte männliche Spross der Familie Gillieux war am 27. Oktober 1806 verstorben – just an dem Tage, als Napoleon I. seinen Einzug in Berlin gehalten hatte. Obwohl nach der verlorenen Schlacht von Jena und Auerstedt in Preußen die Devise ausgegeben worden war »Jetzt ist Ruhe die erste Bürgerpflicht«, hatte sich Jean-Baptiste Gillieux über die Geschehnisse so erregt, dass er nach einem Schlaganfall verstorben war. Jahre zuvor aber hatte seine Tochter Cathérine einen Friedrich Kahlbaum geheiratet, und 1797 war ihr Sohn Magnus auf die Welt gekommen. In Magnus Kahlbaum floss also noch eine Menge hugenottischen Blutes, und manch einer führte seinen »unpreußischen« Charakter auf diesen Umstand zurück. Auch hätte er auf den ersten Blick als Franzose durchgehen können, war er doch auffallend schlank und schwarzhaarig und konnte einen Charme an den Tag legen, der im eher spröden Brandenburg-Preußen nur selten anzutreffen war. Zudem war er beredt und in allen Künsten zu Hause, verstand auch einiges von Philosophie und anderen Geisteswissenschaften, hatte ja auch nie seine Zeit damit verbringen müssen, als Handwerker,

Kaufmann oder Beamter des schnöden Mammons wegen von morgens bis abends anderen Herren zu dienen, denn als Teilhaber der Firma Kahlbaum & Gillieux fiel ihm das Geld sozusagen in den Schoß. Auch einer Heirat war er bislang, obwohl er nun auch schon 45 Lenze zählte, aus dem Wege gegangen, und wer ihn deswegen einen Feigling nannte, dem kam er damit, dass er im Herbst 1813, als es bei der Schlacht von Großbeeren gegen Napoleon gegangen war, so tapfer seinen Mann gestanden hatte, dass ihm ein hoher Orden verliehen worden war. Viele nannten ihn einen Müßiggänger, er aber sah sich als Flaneur und einen, der in Tradition des Taugenichts stand, wie er in Joseph von Eichendorffs Novelle beschrieben worden war: Der Taugenichts selber ist nutzlos und sieht die Welt als Ganzes auch als nutzlos an. Auf der Suche nach dem Glück und der allerschönsten Frau zieht er mit seiner Geige durch die europäischen Lande.

Nach seiner langen Reise durch Italien hatte sich Magnus Kahlbaum eine herrschaftliche Wohnung in der Neuen Friedrichstraße gemietet, deren eines Zimmer so abgedichtet worden war, dass er stundenlang Geige spielen konnte, ohne die anderen Hausbewohner übermäßig zu belästigen. Sein Lieblingsstück war die *Romance* von Étienne-Nicolas Méhul. Er widmete es der Schauspielerin Amanda Niemann, mit der er die Nacht in einem Hotel verbracht hatte, in dem man zu schweigen wusste. Nachdem er den Geigenbogen aus der Hand gelegt hatte, setzte er sich an seinen Sekretär, um ein Gedicht zu schreiben, das er ihr mit einem Boten zukommen lassen wollte:

Halt mich fest mit beiden Händen
Und lass mich augenblicklich los!
An diesem Zwiespalt muss ich noch verenden,
Was tue ich denn bloß?

Es klopfte an die Tür, und Fräulein Köster, seine Haushälterin, brachte ihm das Frühstück. Mit ihren Pudellöckchen sah sie aus, als sei sie eine Hofdame aus den Zeiten Friedrichs des Großen. Als solche fühlte sie sich auch, was dazu führte, dass sie kaum Umgang mit Frauen ihres Standes pflegte und Kahlbaum daher kaum etwas von dem berichten konnte, was das gemeine Volk bewegte. Es interessierte ihn auch wenig, obwohl er klug genug war, um zu ahnen, dass die Bürger in allen deutschen Staaten den Aufstand gegen ihre Fürsten schon gedanklich probten. Man hörte ja so einiges.

»Haben Sie spezielle Wünsche für den heutigen Tag, Herr Kahlbaum?«, fragte ihn Fräulein Köster.

»Keine, die sich erfüllen ließen«, lautete seine Antwort, und bei Lichte besehen, hatte er eigentlich überhaupt keine Wünsche, abgesehen von dem einen, den er keinem anderen mitteilen mochte, ja den er zu denken sich selbst verbot. Er konnte nicht anders, als sich treiben zu lassen und dabei zu hoffen, dass etwas Einzigartiges geschah. Nahm er Eichendorffs Novelle *Aus dem Leben eines Taugenichts*, so gehörte er recht eigentlich zu den beiden Charaktertypen, die dort agierten, das heißt, er war sowohl der Romantiker, der optimistisch in die Zukunft blickte und mutig, naturverbunden und abenteuerlustig war, dies sicherlich zu größeren Teilen – aber auch der Philister, der als pessimistisch, träge und langweilig zu bezeichnen war.

»Gehen Sie noch aus?«, wollte Fräulein Köster wissen.

Kahlbaum sah aus dem Fenster. Es war ein herrlicher Maientag. »Ja, die blaue Blume suchen.« Und er ging an sein Bücherregal, zog seinen Novalis hervor und zitierte aus dem *Heinrich von Ofterdingen*: »*Der Jüngling lag unruhig auf seinem Lager und gedachte des Fremden und seiner Erzählungen. Nicht die Schätze sind es, die ein so unaussprechliches Verlangen in mir geweckt haben, sagte er zu sich selbst; fern ab liegt mir alle Habsucht: aber die blaue Blume sehn' ich mich zu erblicken.*«

»Meine blaue Blume ist die Kornblume«, erklärte Fräulein Köster. »Und die liebe ich am meisten, wenn sie neben dem roten Mohn und der weißen Margerite wächst.«

Magnus Kahlbaum blickte auf. »Wenn ich die Wahl zwischen einem Schlacht- und einem Kornfeld habe, wähle ich auch Letzteres, obgleich ich ohne das Schlachtfeld von Großbeeren nicht der wäre, der ich heute bin.« Er wusste genau, dass er ohne sein damaliges Heldentum und die Tatsache, dass er als Jüngling bereit gewesen war, sein Leben für Preußen hinzugeben, es schwer gehabt hätte, von der politischen Polizei nicht als Demagoge verfolgt zu werden, denn zu nahe stand er der Reformpartei und wünschte sich für Preußen eine Verfassung, wie sie in den Vereinigten Staaten von Amerika beschlossen worden war.

Kahlbaum kleidete sich an und machte sich auf, durch Berlin zu streifen. Er fühlte sich ganz als Jäger. Nicht auf Rehe und Hirsche war er aus, sondern auf Begegnungen, Neuigkeiten, Abenteuer. Von der Neuen Friedrichstraße kam er rechts in die Klosterstraße und schlenderte Richtung Königstraße. Sie beide, dazu die Spandauer Straße und den Mühlendamm liebte er ganz besonders, da sie in ihrer krummen, winkligen Bauart und mit den ganz verschiedenen Häusern noch die Spuren des mehr und mehr verschwindenden Mittelalters zeigten. Die Königsstadt war der lebendigste Stadtteil, sie war das Viertel des gewerbetreibenden Volkes und der Juden. Es ging hier so geschäftig zu wie in einem Ameisenhaufen. Parterrewohnungen existierten nur in wenigen Ausnahmen, die meisten waren zu Läden und Warenlagern umgewandelt worden. Selbst die vielen Bierlocale – so Dahmeß in der Neuen Königstraße und Sichen in der alten Post – waren mehr oder weniger Geschäftslocale geworden, in denen man das Nützliche mit dem Angenehmen verband. In diesem Teil Berlins lagen auch die Gasthöfe, die von den Handlungsreisenden, den *commis voyageurs*, bevorzugt frequentiert wurden. Mit ihnen nahm Magnus Kahlbaum gern Kontakt auf, denn sie hatten immer bemerkenswerte Anekdoten zu erzählen.

Bis zur Langen Brücke kam er, ohne dass er einem bekannten Gesicht begegnet wäre. Ein wenig enttäuscht blieb er am Geländer stehen und sah auf die trüben Wasser der Spree hinunter. Ein Lastkahn trieb Richtung Schleuse. Er erinnerte sich daran, dass Friedrich der Große – fast hundert Jahre war es her – hier in finsterer Nacht gestanden hatte, um den Silberschatz der Hohenzollern heimlich fortzuschaffen und zu Geld zu machen, das er für seine Kriege brauchte.

Als Kahlbaum wieder aufblickte und weitergehen wollte, kam ihm Giacomo Meyerbeer entgegen. Man kannte sich von der »Gesellschaft der Freunde« her, einem 1792 gegründeten jüdischen Wohlfahrtsverein, in dem sich jüdische Aufklärer trafen und der sich allmählich zum kulturellen Zentrum des Berliner Judentums entwickelte. Magnus Kahlbaum hatte dort mehrfach zu Gast sein dürfen. Meyerbeer, eigentlich Jakob Meyer Beer, 1791 in der Nähe Berlins zur Welt gekommen und Sohn des jüdischen Zuckerproduzenten Jacob Herz Beer, war nach Lehr- und Wanderjahren in Wien, Paris und Italien zu einem erfolgreichen Komponisten herangereift. Seine 1831 in Paris uraufgeführte Oper *Robert le Diable* hatte ihn ganz weit nach oben gebracht, so dass er von Kennern noch mehr gefeiert wurde als Rossini und Auber. Man begrüßte sich ausgesprochen kordial.

»Was treibt Sie wieder zu uns an den grünen Strand der Spree?«, fragte Kahlbaum, um sich die Antwort gleich selber zu geben. »Natürlich: Der König hat Sie ja als Nachfolger von Spontini zum Generalmusikdirector ernannt.« Gaspare Spontini, der Italiener, hatte sich in Berlin unbeliebt gemacht. Nicht einmal richtig deutsch zu sprechen, hatte er gelernt.

»Ja, es ist eine hohe Ehre.« Meyerbeer sah zum Schloss hinüber, als habe er sich immer wieder zu bedanken. »Aber ... Nun ja, ich liebe aber auch das Pariser Leben.«

»Man hört, dass Sie abwechselnd in Berlin und in Paris leben wollen ...«

»So wird es wohl kommen, denn vier Monate im Jahr habe ich an der Berliner Oper das Amt des Dirigenten auszuüben. Ein schönes Ehrenamt.« Das war es für Meyerbeer, denn auf sein Gehalt von viertausend Thalern hatte er zugunsten der Kapelle verzichtet. »Aber morgen steht ja erst einmal die Berliner Erstaufführung meiner *Hugenotten* auf dem Programm – und da hoffe ich, Sie und Ihre Lieben im Parkett zu sehen!«

»Aber selbstredend!«, rief Magnus Kahlbaum.

Das Königliche Opernhaus Unter den Linden war unter Friedrich dem Großen nach Plänen des Freiherrn Georg Wenzeslaus von Knobelsdorff erbaut und am 7. Dezember 1742 mit der Oper *Cleopatra und Caesar* von Carl Heinrich Graun, dem preußischen Hofkapellmeister, eröffnet worden.

Magnus Kahlbaum stand am Fuße der Freitreppe, die zu einem Portikus von sechs korinthischen Säulen führte, und sah zum Giebel hinauf, wo die Inschrift *Fridericus Rex Apollini et Musis* in der Abendsonne glänzte. Er wartete auf die Familie seines Bruders, aber die beiden Frauen, Clara, seine Schwägerin, und Luise, die Ziehtochter, hatten sich – wie immer – um einiges verspätet. Alles wuselte um ihn herum, und Magnus Kahlbaum genoss den Trubel. So hatte es in der Residenz einer europäischen Großmacht zuzugehen, und bald würde sich Berlin nicht mehr hinter Paris, London, Rom und Wien zu verstecken brauchen. Welche *Queue*, dachte er, welche Warteschlange, welcher Andrang! Einige stritten sich, es wurde nach dem Constabler und nach Arretierung gerufen. Nur mit ziemlicher Not war noch von einem Unterhändler ein Billet zur Tribüne zu erlangen.

»Was wird denn gegeben?«, hörte Magnus Kahlbaum jemanden fragen.

»*Die Hugenotten* von Meyerbeer.«

»Ach herrje!«, kam der Ausruf.

»Na, wenn Sie das nicht sehen und nicht hören wollen, so gehen Sie doch ins Schauspielhaus, da wird alle Tage Schiller, Goethe oder Shakespeare gegeben. Da ist immer noch Platz. Elastisch sein, mein Herr!«

Endlich stiegen die Seinen aus der Kutsche. Magnus Kahlbaum eilte hinzu, sie zu begrüßen. Die Damen erregten in ihrer erlesenen Garderobe sofort einiges Aufsehen, und Magnus Kahlbaum flüsterte seiner Nichte ins Ohr, dass sie nicht umsonst Luise hieße: »Du siehst wirklich aus wie eine junge Königin.«

Die Zeit bis zum Beginn der Vorstellung nutzte er, um seinen Bruder und seine Schwägerin mit den *Hugenotten* vertraut zu machen, denn nur Luise, um deren Bildung er sich stets bemüht hatte, wusste in etwa, worum es beim Libretto ging, das Eugène Scribe und Émile Deschamps geschrieben hatten.

»Das große Thema ist der Zwist zwischen den Katholiken und den Hugenotten. Protagonist ist Raoul von Nangis, ein protestantischer Adliger. Er ist zur Versöhnung mit den Katholiken bereit, nicht aber sein Bruder Marcel. Für die katholische Seite stehen die Grafen Nevers und Saint-Bris, der eine wunderschöne Tochter hat: Valentine. Raoul trifft sie und ...«

»Hör auf!« Ludwig Kahlbaum, sieben Jahre älter als Magnus und durch und durch nüchterner Kaufmann, fasste sich an den Kopf. »Wer soll sich denn das alles merken? Und irgendwie interessiert es mich auch nicht, was damals in Frankreich war!«

»Liebes Bruderherz!«, rief Magnus Kahlbaum. »Alles, was die Hugenotten betrifft, sollte dich aber interessieren, schließlich waren unser Großvater und unsere Mutter genuine Hugenotten.«

»Wir sind Preußen und gehören zum Hofprediger Krummacher.«

»Gibt es auch was mit Liebe und Tod?«, fragte Clara Kahlbaum. Sie war eine geborene Kufahl, kam aus der Familie eines Kattundruckers und hätte, wie ihr Schwager Magnus hinter vorgehaltener Hand formulierte, in den

Salon einer Henriette Herz oder Rahel Varnhagen in etwa so gepasst wie ein Kiesel in eine Sammlung von Smaragden und Opalen.

»Zum Schluss gibt Saint-Bris den Befehl, Raoul, Marcel und Valentine umzubringen, als sie sich als Hugenotten bekennen«, erklärte ihr Magnus.

»Warum denn das?«

»Weil Valentine zwar Nevers heiratet, aber Raoul nicht vergessen kann – ebenso wenig, wie er sie vergessen kann. Und als sie sich treffen, da ...«

Clara Kahlbaum winkte ab. »Das ist mir alles viel zu kompliziert.«

»Und dann singen die alles auch noch«, sagte Ludwig Kahlbaum. »Ich möchte mal wissen, wie ich Geschäfte machen sollte, wenn sich meine Kunden und ich singend zu verständigen versuchen.«

Luise suchte zu vermitteln. »In der französischen *Grand opéra* ist es nun mal so, und das ist doch auch schön. Außerdem hat uns Onkel Magnus eingeladen.«

»Ja, von dem Geld, das ich mit Kahlbaum & Gillieux verdient habe«, brummte Ludwig Kahlbaum.

Magnus überhörte es und führte seine Familie ins Innere des Opernhauses und zu ihren Plätzen. Das Parkett war ausverkauft, aber der erste Rang wies noch freie Plätze auf.

Magnus Kahlbaum flüsterte seinem Bruder ins Ohr, dass dies ganz anders sei, wenn hier das Ballett auftrete. »Dort sitzt dann die Garde und die Diplomatie, bewaffnet mit Operngläsern. Und die Herren und die Engel und Nymphen nehmen Kontakt miteinander auf. Mit ihren Reizen kann so eine Tänzerin ihre jährlichen Revenuen auf ungeahnte Höhen steigen lassen.«

Ludwig runzelte die Stirn. »Da spricht wohl jemand aus Erfahrung ...«

Magnus wich einer direkten Antwort aus und kam dem Bruder mit einer Zeile aus dem *Ring des Polykrates*: »Sag doch zu mir: *Fürwahr, ich muß dich glücklich schätzen!*«

Sie setzten sich und warteten, dass sich der Vorhang heben möge. So prächtig das Haus auch war, Magnus Kahlbaum war zu sehr Ästhet, als dass er nicht seine Bedenken gehabt hätte. Vor allem das Proszenium erschien ihm zu mächtig und zu überladen, und die acht üppigen halbnackten Frauen, die sich an die Hauptpilaster schmiegten, entsprachen so gar nicht seinem Geschmack. Das war ihm zu viel Rubens. Er versuchte herauszufinden, was sie darstellen sollten. Die Klugheit, die Freude, die Kritik, die Furcht ... Schon stockte er. Vielleicht noch den Witz und die Unschuld?

»Ich freue mich schon auf den Chor«, sagte Luise.

Magnus Kahlbaum nickte. »Ja, es ist Spontinis Despotismus zu verdanken, dass er auf solche stolzen Höhen gestiegen ist, obwohl es schon wieder etwas abwärts mit ihm geht. Aber auch das Orchester verdient alle Hochachtung, denn jedes einzelne Mitglied ist ein Virtuose durch und durch, von der ersten Violine bis zum Pauken- und zum Zimbelschläger.«

Nur hatte er an diesem Abend nicht viel von der Qualität dieses Orchesters, denn Meyerbeers Oper war für ihn eine riesige Enttäuschung und mit ihren fünf Akten auch viel zu lang. Es gab auch keine Arie, die sich ihm irgendwie eingeprägt hätte. Und wenn nicht diese fürchterlichen Claqueure gewesen wären, die ihn immer wieder weckten, hätte er es seinem Bruder gleichgetan und bis zum Schlussakkord geschlafen.

»Wir treffen uns am Sonntag auf dem Friedhof«, sagte Ludwig Kahlbaum, als der letzte Ton verklungen war.

»Wieso?«, fragte Magnus Kahlbaum. »Zur Beerdigung dieser Oper hier?«

»Nein, es jährt sich der Todestag unseres Bruders.«

Für die Gemeinden der Dorotheenstädtischen und der Friedrichswerderschen Kirche war 1763 der Acker hinter dem Oranienburger Thor als Begräbnisplatz angelegt worden. Die ersten Bestattungen hatten im Jahre 1770 stattgefunden. Zwischen 1814 und 1826 war der Dorotheenstädtische Kirchhof, der von der Chausseestraße aus zu erreichen war, dreimal erheblich vergrößert worden, und inzwischen gab es hier schon die letzten Ruhestätten vieler Persönlichkeiten der berlinischen, preußischen und deutschen Geschichte zu bestaunen. So ruhten an diesem Ort Johann Gottlieb Fichte († 1814), Georg Wilhelm Friedrich Hegel († 1831), Wilhelm von Hufeland († 1836) und Karl Friedrich Schinkel († 1841).

Magnus und Luise verhielten mit Ehrfurcht vor jedem dieser Gräber, während Ludwig Kahlbaum und seine Frau nur dem Arzt und dem Baumeister die gebührende Hochachtung zukommen ließen und bei Fichte und Hegel schnell weitergingen, denn für sie war jedes Philosophieren unnützer Firlefanz.

Dann waren sie am Grab von Heinrich Kahlbaum angekommen, dem mittleren der drei Brüder, geboren 1792 und verstorben am 20. Mai 1820 nach einem Schiffsunglück in der Nordsee. Neben ihm ruhte seine Ehefrau Amalie, deren Sarg zwei Jahre nach ihm in den märkischen Sand hinabgelassen worden war. Die Schwindsucht hatte sie dahingerafft, und Luise, ihre Tochter und damals gerade einmal vier Jahre alt, war von Ludwig und Clara Kahlbaum ins Haus genommen und aufgezogen worden. Sie hatte es immer gut gehabt bei ihren Zieheltern, war verwöhnt worden wie eine kleine Prinzessin, hatte aber auch, als sie herangewachsen war, die Regie im Haushalt übernommen, da es Clara Kahlbaum an Intelligenz wie an Übersicht fehlen ließ. Nun wäre Luise Kahlbaum mit Sicherheit zu einem ebenso bornierten wie beschränkten bürgerlichen Frauenzimmer herangewachsen, wenn da nicht ihr Onkel Magnus gewesen wäre, der sie stets mit geistiger Nahrung versorgt hatte. Er war mit ihr ins Museum, ins Concert, ins Theater und zu Ausstellungen gegangen, und er hatte ihr die höhere Literatur ins Haus gebracht, denn bei Clara gab es nur Kolportageromane zu lesen. So war sie irgendwie sein Geschöpf geworden, und wer seinen Ovid kannte, verglich Magnus Kahlenbaum mit Pygmalion.

»Möge er seinen Frieden gefunden haben«, sagte Ludwig Kahlbaum, und Magnus hörte dabei deutlich die posthume Kritik heraus: Auch Heinrich hatte sich, gleich ihm, nicht dazu entschließen können, ordentlicher Kaufmann zu werden und in die Firma Kahlbaum & Gillieux einzutreten, sondern war dem Charisma Alexander von Humboldts erlegen und hatte sich der Vulkanologie zugewandt. Das sei etwas sehr Nützliches, hatte der ältere Bruder gesagt, denn mit der Erforschung der brandenburgischen Vulkane ließe sich sicherlich eine Menge Geld verdienen.

Ungleicher hätten die drei Brüder nicht sein können. Ludwig, 1790 zur Welt gekommen, war der strenge preußische Geschäftsmann, ganz fokussiert auf Berlin und sein Handelshaus. Heinrich, 1792 geboren, war der schwärmerische Kosmopolit, der die Nachfolge Alexander von Humboldts antreten wollte und hochfliegende Pläne im Kopf hatte. Und Magnus, 1797 geboren und der jüngste der drei Brüder, wollte eigentlich nichts anderes, als sich dahintreiben lassen, sich selbst lieben und bewundern und seine Lust am Leben haben.

Nachdem sie ihres Vaters, Bruders und Schwagers gebührend gedacht hatten, fuhren alle mit der Kutsche, die Ludwig Kahlbaum für elf Uhr bestellt hatte, von der Chaussee- in die Unterwasserstraße, wo Ludwig für Clara, Luise und sich die Etage über dem Handelshaus Kahlbaum & Gillieux zu einer Wohnung hatte herrichten lassen, wie sie einem Berliner Kaufmann angemessen war, der kurz davor stand, zum Commissionsrath ernannt zu werden. Die Wände des guten Zimmers waren mit mattgrüner leichter Seide bespannt, und um die weiße Decke zog sich eine schmale vergoldete Leiste. Symmetrisch waren an zwei Stellen Rosetten aufgemalt, in deren Mitte Kronleuchter aus Holzbronze mit je sechs Lichtern hingen. Die Möbel waren weiß, und auf ihrem harten Lack blitzte die Sonne. Die Seitenlehnen an den Sesseln und den beiden kleinen Bänken waren Schwanenhälsen nachgebildet. Der braune Fußboden war blank gebohnert. Alles war gediegen, nichts wirkte protzig, und man merkte sofort, dass der Hausherr der alten preußischen Devise »Mehr sein als scheinen« huldigte.

Ludwig Kahlbaum führte ein offenes Haus, und auch heute waren drei Gäste zu Tisch gebeten worden: Flora Obornik, eine Breslauer Cousine Clara Kahlbaums, die zu Besuch nach Berlin gekommen war, die Witwe Friederike Ferbitz, die von ihrem Mann, einem Fuhrunternehmer, verschiedene Häuser auf dem Werder geerbt hatte und eines von ihnen dem Handelshaus Kahlbaum & Gillieux als Lager vermietet hatte, und der Geheime Oberregierungsrath Dr. August Wilhelm Danewitz. Flora Obornik, die trotz ihres Alters von schon über dreißig Jahren noch unverehelicht war, hatte aus ihrer mitgebrachten Garderobe ein silbergraues Taffetkleid ausgewählt, dessen Hammelkeulenärmel sie später beim Speisen ziemlich hinderten. Friederike Ferbitz trug ein dunkelviolettes Kleid, hatte sich einen schwarzen Kantenschal um den mageren Hals geschlungen und sich mit viel Malachitschmuck behängt. Clara Kahlbaum hatte sich für eine Krinoline entschieden, die gerade in Mode gekommen war, und gab sich wie eine Dame von Hofe.

Doch Luise stellte sie alle in den Schatten, obwohl ihr Kleid ganz einfach war: eng das Mieder und weit der bauschige Rock, heller Linon mit schmalen violetten Streifen. Die freien Schultern waren von einem durchbrochenen Schal bedeckt. Luise half dem Mädchen beim Decken des Tisches, holte die schweren Damasttücher aus dem großen Eichenschrank im Alkoven, breitete sie über den lang ausgezogenen Tisch und verteilte dann die blaugemusterten Teller.

Als Vorspeise wurde eine Fischsuppe gereicht, dann folgte ein gewaltiger Schweinebraten, und den Abschluss bildete eine rote Grütze, die alle mit Entzücken verspeisten. Während der Gänge und insbesondere dazwischen wurde munter geplaudert, wobei Ludwig Kahlbaum darauf achtete, dass ein jeder Gast angemessen zu Worte kam und sich über sein Lieblingsthema verbreiten konnte.

Friederike Ferbitz legte als Erste los: »War'n Se ooch schon bei dem Fritzen da inne Königstraße und ham sich uff de Platte bannen lassen?«

»Sie meinen die Diorama-Bilder von Daguerre?«, fragte Magnus Kahlbaum.

»Wer? Is det eena von die Hugenotten?«

»Nein, ein waschechter Franzose aus Orléans, Louis Jacques Mandé Daguerre, Erfinder der Daguerreotypie.«

»Ich brauche keine Tüpie!«, rief die Ferbitz. »Ick habe Jeld genuch, det ick mir abmalen lassen kann, ick war beim Hofmaler selba, bei Franz Krüger.«

»Ah, bei Pferde-Krüger!« Magnus Kahlbaum nickte. Der preußische Hofmaler war ein Pferdenarr, und die Rösser gelangen ihm wesentlich besser als die Menschen. Man sagte ihm nach, er würde Ladestöcke mit Menschengesichtern malen. Wenn die Literaten bei Stehely saßen, lästerten sie ständig über Krüger. Alles bei ihm sei pulvertrocken und völlig uninspiriert. Am meisten regten sich die Progressiven über die Portraits auf, die Preußens »Gottesgnadentümler« und Militärs in ihren phantasievollen Uniformen zeigten, »herausgeputzt wie die Pfingstochsen mit speckig-feisten Gesichtern und so selbstzufrieden, dass es weh tun kann«.

»So negativ wie Sie würde ich Franz Krüger nicht sehen«, wandte Dr. Danewitz ein. »Seine kleinen Formate sind doch vorzüglich. Und solange die Welt die Daguerreotypie noch nicht kannte, musste es Maler geben, die mit ihren Farben alles bis ins letzte Detail festzuhalten wussten – preußisch korrekt, wenn Sie wollen.«

Ludwig Kahlbaum fürchtete, die Diskussion würde sich an Franz Krüger entzünden, politisch werden und damit garstig, und fragte deshalb den höheren Beamten schnell nach seinen Erlebnissen auf der Reise nach Potsdam. »Zum ersten Mal mit der Bahn, Herr Doktor?«

»Ja, es wurde ja langsam auch einmal Zeit. Und es ist

schon ein anderes Reisen als in der Kutsche.« Dr. Danewitz erinnerte an das, was der König vor drei Jahren bei der Eröffnung der Berlin-Potsdamer Eisenbahn laut *Vossischer Zeitung* zu Protokoll gegeben hatte: *Se. Maj. geruhten Ihre allerhöchste Zufriedenheit über diese Fahrt sowohl, wie über die ganze Anlage, in den huldreichsten Ausdrücken zu erkennen zu geben.*

»Wie wird es denn weitergehen?«, wollte Magnus Kahlbaum wissen.

»Nun ...« Dr. Danewitz zögerte mit einer Antwort. »Die militärische Führung drängt auf eine Strecke hin zur russischen Grenze, und unsere Kaufmannschaft, beseelt von den Gedanken eines Friedrich List, will ja auch die kleinsten Nester an die Eisenbahn anschließen. Aber unsere Kassen sind leer, Preußens Gloria ist das eine – seine Armut das andere. Die Verbindungen Köln–Antwerpen und Berlin–Hamburg sollen jedoch in den nächsten Jahren realisiert werden.«

»Ist ja auch höchste Eisenbahn!«, rief Ludwig Kahlbaum.

Dr. Danewitz seufzte. »Wenn das alles so einfach wäre! Nehmen sie die Hamburger Bahn: Da verläuft die Strecke über die Hoheitsgebiete von fünf eigenständigen Ländern innerhalb des Deutschen Bundes, als da sind die Freie und Hansestadt Hamburg, die dem dänischen König unterstehenden Herzogtümer Holstein und Lauenburg, das Großherzogtum Mecklenburg-Schwerin und unser Königreich Preußen. Dazu kommt noch Lübeck, das auch vom Bahnbau betroffen ist, da Hamburg-Bergedorf den beiden Freien Hansestädten Hamburg und Lübeck gemeinsam gehört. Aber wir haben ja am 8. November 1841 einen Staatsvertrag geschlossen, in dem die Streckenführung und die Verrechnung der Transitzölle geregelt werden.«

»Ach, wenn es doch auch eine Eisenbahn zu uns nach Breslau und nach Lissa gäbe!«, rief Flora Obornik. »Dann könntet ihr alle kommen und uns besuchen, unsere große Familie, wo sich alle lieb haben.« Sie zählte nun, die anderen auf eine fast grausame Art langweilend, alles auf, was Obornik hieß oder einen Obornik geheiratet hatte. Das waren alles ganz wunderbare Menschen, und besonders ihren Neffen Casimir lobte sie über den grünen Klee. »Der macht in Leder, und sein früherer Chef hält große Stücke auf ihn. Jetzt ist er ja sein eigener Herr.«

Magnus Kahlbaum versuchte, ihren Redefluss mit mildem Spott zu stoppen. »Ja, Leder ... Weltbekannt ist ja auch der Strumpf ...«

»Was für ein Strumpf?«

»Na, der *Lederstrumpf*, mit Namen Natty Bumppo. James Fenimore Cooper hat wunderschöne Geschichten über ihn geschrieben, die *Leatherstocking Tales*, angefangen mit *The Pioneers*.«

Clara Kahlbaum griff nun ein und verbat sich, ihrer Cousine so zuzusetzen. »Das schickt sich nicht, Magnus! Und wenn du so weitermachst mit deiner spitzen Zunge, bringen sie dich wieder in die Hausvogtei.«

Magnus Kahlbaum zuckte zusammen, denn die Zeit, die er, festgenommen als Demagoge, im Gefängnis zugebracht hatte, war ein einziger Alptraum. Er wollte heftig werden, schwieg aber des lieben Friedens wegen und sah in Richtung seines Bruders, damit der das Gespräch in andere Bahnen lenkte.

Ludwig Kahlbaum reagierte auch prompt, schickte erst Luise in die Küche, um den Braten servieren zu lassen, dann sprach er von seiner Reise nach Karlsbad, die er im Herbst zu unternehmen gedachte. »Wenn es denn nicht klüger ist, im Lande zu bleiben und sich im Thiergarten zu erholen.«

Friederike Ferbitz lachte. »Nee, lieba nich, da hängen doch dauernd welche an die Äste.«

»Hören Sie auf!«, rief Dr. Danewitz. »Ich war es doch, der vor vierzehn Tagen den Schneidergesellen entdeckt hat. Sie können sich gar nicht vorstellen, wie schrecklich es ist, wenn man gegen einen Menschen prallt, der nicht mit beiden Beinen auf dem Boden steht, sondern an einem dicken Aste baumelt!«

Nachdem die Gäste wieder gegangen waren, zogen sich die beiden Brüder ins Herrenzimmer zurück, um über die Misere von Kahlbaum & Gillieux zu reden.

»Was soll nun werden?«, begann Ludwig und blickte in den Rauch, der aus seiner Cigarre an die Zimmerdecke stieg, wie eine Wahrsagerin in ihre Kristallkugel. »Ich war gestern bei Bleichröder, aber sie sind nicht bereit, mir weiteres Geld zu geben. Wir sparen, wo wir können, aber aus eigener Kraft können wir es nicht mehr schaffen. Spätestens Ende des Jahres müssen wir Konkurs anmelden.«

Magnus lächelte. »Ich würde ja gerne in die Bresche springen, aber ...« Er zögerte etwas, dann hielt er es aber für klüger, der Attacke seines Bruders zuvorzukommen. »Amanda und die anderen Damen haben eine Menge gekostet.«

»Du könntest heiraten«, sagte Ludwig. »Eine reiche Frau wäre unsere Rettung. Die Ferbitz scheint ein Auge auf dich geworfen zu haben.«

Magnus zuckte zusammen. »Die ist fünf Jahre älter als ich und ausnehmend hässlich. Was ich noch hinnehmen könnte, wenn sie nicht so dumm wäre und jeder Satz, der von ihr zu hören ist, heftige Schmerzen bei mir auslöste.«

Ludwig fixierte ihn. »Kahlbaum & Gillieux wäre dieses Opfer wert, wie ja auch Paris eine Messe wert gewesen ist.«

Magnus reagierte nun für seine Verhältnisse ziemlich heftig. »Eher würde ich mir einen Strick nehmen und mich von den Herren Dr. Danewitz und Dove im Thiergarten finden lassen!«

Der Ältere erhob sich. »Gut, dann muss ich mir selber etwas einfallen lassen. Aber rechne in diesem Fall bitte nicht damit, dass ich auf deine Befindlichkeiten irgendwelche Rücksicht nehme!«

Fünf

Mit gedämpfter Stimme sangen die Leute auf der Straße: *Wer die Wahrheit kennet und saget sie frei, / der kommt in Berlin auf die Hausvogtei.*

Dabei musste man ein wenig differenzieren: Im Stadtvogtei-Gefängnis, Eingang Molkenmarkt 1, wurden die Criminal-Untersuchungsgefangenen aus dem Stadtgerichtsbezirks verwahrt, während die Gefangenen des Kreisgerichts am Hausvogteiplatz 14 hinter Schloss und Riegel saßen. Dazu kamen noch das Schuldgefängnis in der Cöpenicker Straße 39 und das Militair-Straf-Gefängnis in der Lindenstraße 36.

Werpel war auf dem Weg zum Molkenmarkt, um sich diesen Karbusch noch einmal zur Brust zu nehmen. Franz hieß die Kanaille. Eine tüchtige Tracht Prügel hätte der Commissarius diesem Gontard schon gegönnt – was pfuschte der ihm dauernd ins Handwerk! –, aber ein versuchter Mord war des Guten zu viel, und das wollte er dem Kolporteur schon heimzahlen.

Die Hüter ließen Werpel ein, ohne dumme Fragen zu stellen, denn man kannte ihn und hatte Angst vor der Kodderschnauze. So freundlich, ihn zu Karbusch zu geleiten, war allerdings keiner.

»Den suchen Se sich mal alleene, Sie ham doch die berühmte Neese dafor.«

Das war nun eine verdammt schwierige Aufgabe, denn in der Stadtvogtei herrschte eine drangvolle Enge. In einem Gemach lagen oft mehr als zehn Personen zusammen auf dem Fußboden oder auf langen hölzernen Bänken, die wie in einer Schulstube in Reih und Glied standen. Als Werpel in den ersten Raum schaute, fiel gerade ein Junge im Schlaf auf die Erde, schaute verdutzt umher und kletterte dann wieder auf sein hartes Lager.

»Ist hier einer, der Karbusch heißt?«, fragte Werpel.

Die Antwort bestand in einem unwilligen Grunzen, nur einer der Häftlinge bequemte sich zu ein paar Worten: »Nee, keen Karbusch, nur Zieten aus 'm Busch.«

Vor Werpel gab es einiges Geschrei. Einer, den sie sturzbesoffen hergebracht hatten, war nun wieder so weit ausgenüchtert, dass er zu jammern und zu flehen begann: »Lasst mir jetzt jeh'n, denn wenn ick morjen früh nicht bei Borsichen ufftauche, schmeißen die mir raus.«

Ein biederer Familienvater irrte umher und bat, wenigstens den Seinen in der Rochstraße anzuzeigen, dass er diese Nacht nicht nach Hause käme. »Sonst denken se noch, ick hätte mir inna Spree ertränkt.«

Ein Dritter hielt zur Legitimation seine Passkarte hoch und rief, dass der Schutzmann sich geirrt haben müsse, er sei ein ehrbarer Kattundrucker und kein Einbrecher.

Der Aufseher, ein alter Soldat, ließ sich von alledem nicht beeindrucken und zog gleichmütig an seiner Pfeife.

Werpel stolperte durch die nächste Stube, wo ihn ein pestilenzialischer Geruch empfing. Jemand musste gerade aus Versehen den Nachteimer umgestoßen haben. Um der stinkenden Brühe auszuweichen, machte der Commissarius einen Schritt zur Seite und trat dabei versehentlich einem der Gefangenen in den Hodensack. Der riss ihm in seiner Wut die Beine weg, so dass Werpel lang hinschlug und mitten unter die Inhaftierten zu liegen kam. Ohne Rücksicht auf sein Amt und seine Würde stieß und trat man nun nach ihm, so dass er reichlich lädiert war, als er endlich wieder draußen auf dem Gang angekommen war. Vor allem aber hatte er sich aber einen Floh eingefangen, der ihm noch lange zu schaffen machen sollte.

Doch Werpel war ein Mann, der niemals kapitulierte. Also suchte er weiter nach Karbusch. Ein eleganter junger Mann, wie er ihm aus den Weinhäusern vertraut war, kam mit glasigem Blick auf ihn zugetorkelt. Er konnte nicht verstehen, dass man ihn aufgegriffen hatte. »*Crapule*«, murmelte er und ließ einige andere französische Worte folgen, die Werpel nicht kannte.

»Nun setz dich endlich hin!«, herrschte ihn der Hüter an.

Der Dandy plumpste auf eine Bank und ließ den Kopf auf die Brust sinken. Doch schon Sekunden später schnellte er wieder hoch und rief nach dem Kellner.

Der Aufseher drückte ihn wieder nach unten. »Na, nu liegen Se endlich stille und schlafen Se, die andern wollen ooch schlafen.« Er wandte sich hilfesuchend an Werpel. »Det unjebildete Volk, det macht keen Theater, aba so eena von die feinen Pinkel ... Da weeß man bei Jott nich, wat man machen soll.«

»Rausschmeißen!«, rief einer aus dem Volke.

Der biedere Familienvater, der schon eingenickt war, fuhr daraufhin wieder hoch. »Ick muss nach Hause!«

»Morjen is ooch noch 'n Tag«, sagte der Wärter und schob ihn von der Tür weg. »Und wenn Se nich jleich Ruhe jeben, dann ...«

Der Mann begann zu wimmern. »Jott, wenn ick mir nur dotschießen könnte!«

»Wenn Se nich stille sind, dann lasse ick Ihnen de Zwangsjacke anlegen!«

Der elegante Herr begann nun etwas zu singen, was nach der Marseillaise klang, und wurde sofort angeschrien.

»Noch een Wort, und ick sperre Ihnen int schwarze Loch.«

»Ah, pardon, Monsieur, je ne comprends pas l'allemand, je suis Français.«

»Ach, was! *No parle français.* Ooch noch französisch sprechen, bei det wenije Jeld, wat die hier für mir ausspucken!«

Werpel machte, dass er weiterkam, und hatte nach weiteren unerfreulichen Minuten den Kolporteur Karbusch endlich gefunden.

»Kommen Sie mit in die Wachstube, ich will ein umfassendes Geständnis von Ihnen hören.«

»Ick bin unschuldig!«, rief Karbusch.

Werpel fuhr ihn an: »Und was haben Sie dann beim Victualienhändler Vogel zu suchen gehabt?«

»Die Babette hab ick jesucht, det Mädchen von die Vogels, die will ick nämlich heiraten.«

»Und beim Schneidermeister Hoppe, da hatten Sie auch eine Braut?«

»Nee, da wollte ick nur sehen, wat mein Freund Ludwig macht.«

Werpel horchte auf. »Der Dölau, der sich aufgehängt hat?«

»Jenau der.«

»Hat er mal was gesagt, dass er Kummer hatte?«

Karbusch grinste. »Da müssen Se mal den Wiesenburg fragen.«

Im Jahre 1815 hatte sich mit dem Ende des Wiener Congresses das »System Metternich« durchgesetzt: Die Zustände von 1792 sollten wiederhergestellt werden und das Feuer der französischen Revolution von 1789 nie wieder aufflammen. Die großen Monarchien Österreich, Preußen und Russland bildeten die Heilige Allianz, einen »Bund von Thron und Altar« zur Verhinderung revolutionärer Umtriebe. Das Volk hatte tapfer gekämpft, und ihm war es zu verdanken, dass Napoleon schließlich niedergerungen werden konnte. Aber nun wurde es nicht mehr gebraucht, und wer noch wagte, den König daran zu erinnern, dass er den Preußen eine fortschrittliche Verfassung versprochen hatte, wurde als Demagoge verfolgt und eingekerkert. Ein erstes Aufbegehren war das Wartburgfest, auf dem an die fünfhundert Studenten sowie einige Professoren gegen die reaktionären Kräfte in den wieder entstandenen deutschen Kleinstaaten und für einen Nationalstaat mit einer freiheitlichen Verfassung demonstrierten und den »Codex der Gendarmerie« und andere Schriftstücke der Obrigkeit verbrannten. Die Lage verschärfte sich, als am 23. März 1819 der Burschenschaftler Karl Ludwig Sand den Staatsrath und Lustspieldichter August von Kotzebue erdolchte, einen prononcierten Vertreter der Restauration. Im August 1819 kam es daraufhin zu den Karlsbader Beschlüssen. Mit der Exekutionsordnung, dem Universitäts-, dem Presse- und dem Untersuchungsgesetz erreichten sie das Verbot der öffentlichen schriftlichen Meinungsfreiheit, die Zensur der Presse, die Schließung der Turnplätze, die Überwachung der Universitäten und die Entlassung und sogar ein Berufsverbot für liberal- und nationalgesinnte Professoren, die ihre Einstellung ihren Schülern vermittelten. Dennoch brodelte es weiter im Volke, und im Mai 1832 wurden auf dem Hambacher Fest die alten Forderungen nach nationaler Einheit und Demokratie erneut mit lautem Aufschrei vorgetragen.

Um diese Volksbewegung zu bekämpfen, hatte man in Preußen 1815 eine politische Polizei geschaffen. Zuerst hatte es eine höhere oder geheime Polizei beim Innenministerium gegeben, dann entwickelte sich nach anfänglichen Kompetenzkonflikten mit der Justiz eine dem Innenministerium nahestehende, formal unabhängige staatspolizeiliche Ministerialcommission. Sie koordinierte auch die Arbeit örtlicher Polizeibehörden, die mit der Überwachung »politischer Umtriebe« betraut waren, und die staatspolizeilichen Sondercommissariate.

Eines dieser Sondercommissariate leitete Dr. Wilhelm Wiesenburg. Er war am 13. Mai 1802 in Stettin als Sohn eines Feldpolizeidirectors auf die Welt gekommen und später zum Studium der Rechtswissenschaften nach Berlin gegangen. Nachdem er am Berliner Criminalgericht seine Karriere als Auskultator, also als Referendar begonnen hatte, war er 1841 zur politischen Polizei gewechselt. Was im Brief des Paulus an die Römer am Anfang des 13. Kapitels geschrieben stand, leitete ihn in allem, was er tat: *Jedermann sei untertan der Obrigkeit, die Gewalt über ihn hat. Denn es ist keine Obrigkeit ohne von Gott; wo aber Obrigkeit ist, die ist von Gott verordnet. Wer sich nun der Obrigkeit widersetzt, der widerstrebt Gottes Ordnung; die aber widerstreben, werden über sich ein Urteil empfangen.*

Wiesenburg machte sich wie jeden Morgen auch an diesem Montag mit großer innerer Freude auf den Weg in sein Bureau. Die beiden Söhne lernten schon fleißig im Gymnasium zum Grauen Kloster, so dass allein seiner Frau Victoria auf Wiedersehen zu sagen war. Da auch sie, die Tochter eines Unteroffiziers vom 1. Garde-Dragoner-Regiment, nicht zu gefühlsmäßigen Aufwallungen neigte, geriet ihr Abschied kurz und eher geschäftsmäßig.

»Komme nicht wieder zu spät nach Hause, Wilhelm«, bat und mahnte sie.

»Wenn dienstliche Belange dies nicht verhindern, dann kannst du mit mir gegen sieben Uhr rechnen.«

Damit hauchte er ihr einen Kuss auf die Wange und verließ die Wohnung, die er im Hause Behrenstraße 27 gemietet hatte. Sein Bureau war in einem Seitenflügel des Ministeriums des Innern gelegen, Unter den Linden No. 72–73, also auf deren Nordseite zwischen Schadow- und Wilhelmstraße, nur einen Steinwurf vom Brandenburger Thor entfernt.

Mit ein paar Schritten war Wiesenburg an der Friedrichstraße und betrat das Ladenlocal des Tabakwarenhändlers Wernicke, um sich mit einem Vorrat an Cigarren auszustatten. Aber nicht allein diesem Zweck diente sein Besuch bei Wernicke, er wollte noch ein paar Worte mit dem Handlungsdiener Johann Kesselschläger wechseln, der einer seiner besten Zuträger war. Zu Wiesenburgs ausgeklügelter Strategie gehörte es, seine Spitzel immer dort zu platzieren, wo viele Männer zusammenkamen und Muße hatten, miteinander zu plaudern. Das waren nicht nur Kneipen, Lesecafés, Reitbahnen und Fabriken, sondern auch Hotels und bestimmte Geschäftslocale wie die von Cigarrenhändlern und Schneidermeistern. So hatte ihm auch der Ludwig Dölau viele nützliche Informationen geliefert, und dass der sich nun erhängt hatte war ein herber Verlust für ihn.

Als er bei Wernicke eingetreten war, gingen seine Blicke suchend umher, doch er konnte den Gehilfen nirgendwo entdecken. Überhaupt ließ sich niemand herab, ihn zu bedienen, was er für eine Kränkung hielt, und so rief er ungnädig nach hinten, ob denn da niemand sei. Endlich kam der dicke Wernicke schnaufend herbei und bat mit traurigem Hundeblick um Vergebung. Er habe dringend auf den Abtritt gemusst, und der sei nun leider hinten auf dem Hof. Er grinste. »Es kommt mit Macht, und keiner kann's halten ...«

Wiesenburg verzog das Gesicht. »So sehr bin ich an Ihren Verdauungsproblemen wirklich nicht interessiert.«

»Womit kann ich dienen, Herr Dr. Wiesenburg?«

»Warum bedient mich Johann nicht? Der kennt meine Vorlieben viel besser als Sie.«

»Es tut mir leid, aber der Johann ist bis jetzt nicht bei mir aufgekreuzt.«

»Was sind denn das für Sitten hier!«, rief Wiesenburg.

»Das ist auch für mich völlig unverständlich, er war doch sonst immer so zuverlässig.«

Der Commissarius Werpel war an diesem Montag furchtbar schlecht gelaunt. Gestern Abend hatte die Einvernahme des Kolporteurs Karbusch nichts weiter gebracht, weder hatte der sich Hinweise auf mögliche Hehler im Hintergrund entlocken lassen noch weitere Einbrüche zugegeben. Und heute Morgen kam dann die Meldung, dass schon wieder ein Selbstmörder an einem Ast im Thiergarten hing und seine Identität zu ermitteln war.

»Der Mond ist aufgegangen, ich hab mich aufgehangen«, sang der Constabler Krause, der einem vaterländischen Männerchor angehörte.

»Meinen Sie wirklich, dass das mit dem Mond zusammenhängt?«, fragte Werpel. »Es soll ja welche geben, die mondsüchtig sind, aber bisher hab ich immer gedacht, die laufen auf den Dächern herum. Dass sie sich nun aufhängen ...«

»Wir hatten mal 'n Onkel inna Familie, der war Schlafwandla, und der is nachts imma uffjestanden und hat wat jegessen.«

»Na, da ist ja nun doch ein kleiner Unterschied, ob einer nachts in die Küche geht, um was zu essen, oder in den Thiergarten, um sich aufzuhängen«, stellte Werpel fest.

»Sie, wenna Rattenjift isst, is der Untaschied würklich nich sehr jroß«, merkte Krause an.

Werpel stöhnte auf. »Kitzel mir mal eener, det ick lachen kann.«

Sie arbeiteten sich weiter vor durch das dichte Gebüsch, verliefen sich mehrmals und erreichten schließlich die Stelle, wo Dr. Kußmaul und ein Gärtner auf sie warteten.

»Das ist ja der Gehilfe vom dicken Wernicke«, stellte Werpel fest. »Bei dem kaufe ich immer meine Cigarren. Johann heißt er – wie weiter, weiß ich nicht.«

»Ick hab ihn jefunden, als ick die tote Eiche jesucht hab, die jefällt werden muss«, sagte der Gärtner.

»Sich an einer toten deutschen Eiche aufzuhängen ist recht stilvoll«, sagte Dr. Kußmaul, um sich wegen dieser Bemerkung sofort selbst zu tadeln. »Mein Zynismus ist unangebracht, ich weiß. Das ist ein armer Teufel, der nicht mehr ein noch aus wusste.«

»Den Eindruck hatte ich keineswegs.« Werpel ging um den toten Handlungsdiener herum, um etwas zu finden, das dagegen sprach, dass der junge Mann sich aus freien Stücken erhängt hatte.

Dr. Kußmaul folgte ihm. »Was Sie denken, Herr Commissarius, habe ich auch schon gedacht, aber sehen Sie die Sisalfäden hier an beiden Händen ... Das beweist, dass er sich den Strick selbst umgelegt hat. Und hier am Baumstamm sind unten ein paar kleine Äste abgeknickt, die zeigen, dass er hinaufgeklettert ist, um dann mit der Schlinge um den Hals in den Tod zu springen.«

»Das hier dürfte alles klären!«, rief Werpel, der in diesem Augenblick einen schmalen Brief in der Rocktasche des Toten entdeckt hatte und ihn nun hervorzog. Er riss ihn auf und entfaltete ein Blatt, das offenbar aus dem Sekretär des Tabakwarenhändlers stammte. Der Text war kurz, aber eindeutig.

Werther Herr Wernicke, ich muste aus dem Leben scheiden, weil mir meine Schlechtigkeit das Hertz abgeschnitten hat. Ihr Ihnen sehr ergebener Johann Kesselschläger

»Das erinnert mich an den Dölau«, sagte Dr. Kußmaul. »Den haben wir ja keine halbe Meile von hier vom Ast abgeschnitten, und in dessen Abschiedsbrief war von schwerer Schuld die Rede.«

Werpel kam ins Sinnieren. »Ob die beiden vielleicht zusammen einige Verbrechen auf dem Gewissen haben? Vielleicht waren sie mit diesem Karbusch im Bunde? Und Kesselschläger hat sich jetzt aufgehängt, nachdem ich Karbusch hinter Schloss und Riegel gebracht habe.«

Dr. Kußmaul musste lächeln. »Was das nicht eher der Herr von Gontard?«

»Der kann keinen Bürger festsetzen«, entgegnete Werpel. »Das kann nur ich.«

»Gut.« Der Arzt wollte den Commissarius nicht weiter reizen. »Aber wenn Dölau, Karbusch und Kesselschläger wirklich ein criminelles Trio gebildet haben, dann bleibt die Frage offen, warum sich Dölau schon umgebracht hat, bevor Karbusch gefasst worden ist. Dazu hätte er ja schon hellseherische Fähigkeiten haben müssen.«

»Manche Menschen ham die ebent«, erklärte der Constabler Krause. »Meine Mutta hat neulich zu meina Frau jesagt, zieh dir bei det kühle Wetta wat Warmet an, sonst akälteste dir. Und war soll ich Ihnen sagen, sie jeht nur mit ihr dünnet Kleid uff'n Markt – und nu liegt se in't Bett und hustet sich die Lunge aus 'm Leib.«

Werpel verzog das Gesicht. »Krause, holen Sie Pferd und Wagen und lassen Sie den Kesselschläger zum Leichen-Commissarius schaffen! Und der Wernicke soll einen Sarg bei Wilhelm Grieneisen bestellen.«

Dr. Wilhelm Wiesenburg hatte Sorge getragen, dass nur er und die wenigen Männer in seinem Bureau die Namen aller Spitzel kannten, die er in Berlin angeworben hatte, um rechtzeitig Kenntnis von fortschrittlichen Umtrieben zu erhalten. Auch Werpel und der Leichen-Commissarius wussten nichts von ihnen, und so kam es, dass Wiesenburg erst am nächsten Morgen bei der Lektüre der *Vossischen* vom Freitod des Handlungsdieners Johann Kesselschläger erfuhr. Diese Zeitung las er nur dienstlich und mit großem Widerwillen, denn zu offen vertrat sie die Interessen des liberalen Bürgertums, das ihm hochgradig verhasst war.

»Nach Dölau nun auch Kesselschläger ...« Wiesenburg starrte auf das Bild des neuen Königs, als fürchtete er die zornigen Blicke von Friedrich Wilhelm IV. Er rief nach Bödicke, seinem Adlatus, um sich mit ihm zu besprechen.

»Sollte das alles nur Zufall sein?«

Bödicke, ein junger Jurist aus Jüterbog, wollte das nicht

beantworten, ohne die Einzelheiten zu kennen. »Steht denn fest, dass beide Abschiedsbriefe echt sind?«

»Von Kesselschläger weiß ich es noch nicht, aber von Dölau ist mir berichtet worden, dass man die Briefe Menschen vorgelegt hat, die ihn genau gekannt haben, und die sind einhellig der Meinung gewesen, dass sie von seiner Hand stammen. Dass Dölau plötzlich Gewissensbisse bekommen haben soll ist mir völlig unverständlich, und auch bei Kesselschläger erscheint es mir undenkbar.«

Bödicke nickte. »Da kann ich Ihnen nur beipflichten. Beide haben sich bereitwillig in den Dienst der guten Sache gestellt und auch das Honorar für ihre Tätigkeit gerne eingestrichen. So kämen also nur private Gründe in Betracht.«

Wiesenburg stand auf, ging zum Fenster und sah zum Himmel hinauf. »Wenn dem nur so wäre! Das wissen aber nur die höheren Mächte mit Sicherheit. Was aber, wenn der Progress von unseren Listen weiß und nun nacheinander unsere Männer so unter Druck setzt, dass sie sich aufhängen?«

»Schwer vorstellbar ... Und es müsste schon ein sehr kluger Kopf sein, dies in Szene zu setzen. Gäbe es denn Ihrer Meinung nach einen in Berlin, dem Sie es zutrauen würden?«

Wiesenburg drehte sich um. »Ja, dem Gontard. Dem traue ich sogar zu, dass er, wenn es hart auf hart kommen sollte, seine Lieutenants in Marsch setzt, um unseren König außer Landes zu jagen. Ich habe ihn erst neulich bei Stehely belauscht, wie er von 1789 geschwärmt hat, vom Ende des Ancien Régime und davon, wie die Franzosen mit ihrem Ludwig XVI. umgegangen sind.«

Er hasste diesen Gontard.

Sechs

Nach 1730 waren die Kirchhöfe in der Friedrichstadt zu klein geworden, und Friedrich Wilhelm I. hatte den dort ansässigen Gemeinden ein Stück Land vor dem Halleschen Thor geschenkt, auf dass sie dort neue Begräbnisstätten anlegen konnten. Der größte Teil des Geländes gehörte der Jerusalems- und Neuen Kirche, kleinere Flächen standen jeweils der Dreifaltigkeits- und der Bethlehemkirche zur Verfügung. Die Bevölkerung hatte sich anfangs wenig begeistert gezeigt, zum einen wegen der weiten Wege, zum anderen wegen des hohen Grundwasserstandes, und von einem Armenfriedhof gesprochen, glich die Anlage doch eher einem Sturzacker oder einem Stoppelfeld. Dies wurde erst anders, nachdem die gesamte Friedhofsanlage 1767 eine feste Mauer aus Kalksteinen samt einem kunstvollen Portal erhalten hatte, auch ließ der Magistrat Wege und Alleen anlegen und Bäume pflanzen. Auch bei den Bestattungsbräuchen ging es nun kultivierter zu: Es wurden immer mehr Grabsteine aufgestellt und sogar manch kleines Mausoleum errichtet. Als Friedrich Wilhelm II. 1794 ein generelles Beisetzungsverbot in Kirchen und bewohnten Gegenden erlassen hatte, wurden immer mehr Berliner auf Friedhöfen außerhalb der alten Stadtmauern bestattet. So wurde im Jahre 1819 der dritte Kirchhof der Jerusalems-

und Neuen Kirchengemeinde auf einem trapezförmigen Grundstück eingerichtet, das westlich der alten Friedhöfe lag und bis an die Belle-Alliance-Straße heranreichte. Zwischen 1820 und 1837 wurde er zum wichtigsten Begräbnisplatz vor dem Halleschen Thor, und bald darauf war er mit Reihengräbern gefüllt. Den Eingang zur Belle-Alliance-Straße neben dem 1839 eingeweihten »Leichen- und Rettungsgebäude für Scheintodte« bildete ein Gittertor mit massiven Pfeilern.

Durch dieses Thor schritt am 3. Juni, einem Freitag, die Witwe Emilia Pütte. Heute vor fünf Jahren war ihr Mann gestorben, der Schulmeister und Kantor Theodor Pütte. Seit er 1832 zum Hambacher Fest gefahren war, hatte man ihm keine Ruhe mehr gelassen. Und als er eine Schrift über Thomas Jefferson verfasst und in dieser dessen Eintreten für die Trennung von Religion und Staat und die große Freiheit des Einzelnen besonders hervorgehoben hatte, war er verhaftet worden. Kurz vor seinem Tod war es ihm gelungen, einen Brief aus der Hausvogtei zu schmuggeln. Dieses letzte Lebenszeichen von ihm trug Emilia Pütte bei jedem Friedhofsbesuch eng am Herzen, und den Text konnte sie auswendig hersagen:

Ich vegetiere nun schon den vierten Tag in einer Dunkelzelle dahin. Blechblenden gehen von der unteren Fensterwand schräg hin bis über Fensterhöhe. Oben gibt es einen schmalen Schlitz, durch den das Tageslicht kaum einen Quadratfuß breit in mein Gelass hineinfällt. Ich kann weder das gegenüberliegende Dach noch ein menschliches Antlitz sehen und fühle mich über alle Maßen vereinsamt. Dieses qualvolle Leben ertragen die meisten nicht lange. Regelmäßig kommt es vor, dass einer dem Schrecken ein Ende macht, indem er sich erhängt. Auch ich werde mich vor dem lang-

samen Staatsmord durch Selbstmord retten. Mein letzter Gedanke gilt Dir, meiner innig geliebten Emilia!

Ja, ihr Theodor hatte sich wirklich das Leben genommen, hatte sich in seiner Zelle erhängt und war in der Stille der Nacht begraben worden. Eine standesgemäße Feier war ihm nicht zugestanden worden.

Dr. Wilhelm Wiesenburg hatte ein großes Vorbild - und das war Joseph Fouché, der Duc d'Otrante, geboren 1759 in Le Pellerin, gestorben 1820 in Triest, Politiker in den Zeiten der Revolution und Polizeiminister in der Kaiserzeit und der Restauration. Was Wiesenburg besonders imponierte, war die Art und Weise, in der Fouché im November 1793 in Lyon mit der Gegenrevolution fertiggeworden war. Eine Commission unter seinem Vorsitz hatte an die 1600 Todesurteile vollstrecken lassen, und Fouché war nachfolgend als *Mitrailleur de Lyon* bezeichnet worden, als der Schlächter von Lyon. Faszinierend fand Wiesenburg auch, wie Fouché Napoleon Bonaparte beim Staatsstreich des 18. Brumaire unterstützt und sich nachher als dessen Polizeiminister unentbehrlich gemacht hatte. Er hatte dazu ein ausgedehntes Spionagesystem in allen Klassen und Ständen der Gesellschaft organisiert, die Familie des Ersten Konsuls nicht ausgenommen, und es hauptsächlich mit den Erträgen der Spielpacht finanziert.

»Wir müssen wissen, was in jedem Haus, in jeder Fabrik, in jedem Restaurant und auf jedem Platz von jedem Bürger und jedem Arbeitsmann gesprochen wird«, erklärte Wiesenburg seinem Adlatus, dem Auskultator Bödicke. »Nur so können wir Schaden von der Monarchie abwenden und eine Revolution verhindern. Kleine Feuer kann man noch austreten, Bödicke, wenn aber erst der ganze Wald brennt, gibt es keine Rettung mehr. Darum sind Leute wie Dölau oder Kesselschläger besonders wichtig: Was spricht man bei seinem Schneider, was bei seinem Cigarrenhändler? Spottet man ein wenig über unseren König – was als Ventil nicht schadet –, oder sympathisiert man etwa klammheimlich mit den Brüdern vom ›Bund der Geächteten‹ beziehungsweise dem ›Bund der Gerechten‹?«

»Womit bitte?« Bödicke konnte ihm nicht folgen.

Wiesenburg musste etwas weiter ausholen, um es ihm zu erklären. »In Paris haben deutsche Emigranten vor zehn Jahren den ›Deutschen Volksverein‹ gegründet und eine Zeitschrift mit dem Namen *Der Geächtete* herausgegeben. Die wichtigsten Männer waren Jacob Venedy, Theodor Schuster und Georg Fein. Bereits 1836 spaltete sich der Verein, und der radikale Flügel bildete den ›Bund der Gerechten‹. Was die wollen, ist in einem Satz gesagt: Das vernichten, was uns lieb und teuer, was uns heilig ist.«

Sie redeten noch eine Weile über die Staatsfeinde Preußens wie über Alltägliches, als der Bureaudiener Klimke anklopfte und nach seinem Eintreten die Meldung überbrachte, dass man den Georg Fein auf dem Gensdarmen-Markt gesehen habe.

Wiesenburg sprang auf, denn wenn Fein, den Metternich *eines der gefährlichsten Werkzeuge der Revolution* genannt hatte, in Berlin konspirativ zu wirken begann, dann war die höchste Alarmstufe auszurufen. »Irgendwo muss ich doch sein Signalement abgelegt haben!« Er stürzte zu einem seiner Aktenschränke und riss ihn auf. Nach ein paar Minuten hatte er ein Dossier über Georg Fein gefunden und las Bödicke das vor, was er für wichtig hielt: »*Geboren am 8. Juni 1803 in Helmstedt. Hat Rechtswissenschaften studiert.*

Also auch hier in Berlin, aha! *Wird finanziell von seiner gutsituierten Mutter unterstützt. Redakteur der Deutschen Tribüne. Verfasst revolutionäre Druckschriften und steht in Braunschweig unter Polizeiaufsicht. Beteiligung am Frankfurter Wachensturm und Flucht in die Schweiz. Geht dann nach Paris, London und Oslo. Verkehrte mit Hoffmann von Fallersleben, Heinrich Heine und Georg Büchner.*«

»Der Mann ist ja wirklich ein großes Kaliber«, sagte Bödicke.

»Darum los, wir müssen ihn finden!«

Das Gebäude der Berliner Universität, am Platze vor dem Opernhaus und am Ende der Linden-Promenade gelegen, war in den Jahren zwischen 1748 und 1753 vom niederländischen Baumeister Jan Bouman als Palais für den Prinzen Heinrich von Preußen erbaut worden, einen Bruder Friedrichs des Großen. Im Jahre 1809 war der Bau zur Aufnahme der Friedrich-Wilhelms-Universität bestimmt worden, deren Eröffnung am 15. Oktober 1810 gefeiert werden konnte. Das schöne, drei Geschosse hohe Gebäude hatte zwei stark hervortretende Flügel, die einen mit Blumenanlagen geschmückten, zur Straße hin durch ein Eisengitter geschlossenen Vorhof umgaben. Im Erdgeschoss sowie im ersten Stock befanden sich die Hörsäle. Man plante für die nächsten Jahre einen Umbau, um die Räume dem Universitätsbetrieb besser anzupassen. Bedeutende Denker Deutschlands hatten hier schon gelehrt, so die Philosophen Arthur Schopenhauer, Johann Gottlieb Fichte und Georg Wilhelm Friedrich Hegel, der Rechtstheoretiker Friedrich Carl von Savigny und der Theologe Friedrich Daniel Ernst Schleiermacher. Bei den Philosophen beherrschte im Augenblick der vor einem

Jahr berufene Friedrich Wilhelm Joseph Schelling das Feld, im Volke am populärsten war aber wohl der Mediziner Johann Friedrich Dieffenbach, der aus Königsberg nach Berlin gekommen war und in der Gesichtschirurgie wahre Wunder vollbracht hatte. Auf den Gesellschaftsbällen der Jahre 1831/32 war ein attraktives Mädchen aufgetaucht, Elvira mit Vornamen, das ihr durch eine *Tuberculosis cutis luposa* furchtbar entstelltes Gesicht hinter einer goldenen Maske verborgen hatte. Dieffenbach nun hatte ihr Gesicht in vielen Sitzungen wieder so weit rekonstruiert, dass sie ein Jahr später in aller Öffentlichkeit und ohne Maske ihre Verlobung feiern konnte. In Berlin hatte man daraufhin gereimt:

Wer kennt nicht Doktor Dieffenbach,
den Doktor der Doktoren,
er schneidet Arm und Beine ab,
macht neue Nas' und Ohren.

Bei diesem Dieffenbach nun hatte Franz Rakow zu studieren begonnen, war dann aber bald zur Physik gewechselt und ein Schüler des Professors Gustav Magnus geworden, der auf vielen Gebieten der Physik und der Chemie geforscht hatte, so über Selen und Platin und viele Minerale. Außerdem hatte er ein Geothermometer gebaut, die Perjodsäure entdeckt und die Blutgase Sauerstoff und Kohlendioxid analysiert, vor allem aber war er durch die Beschreibung des sogenannten Magnus-Salzes bekannt geworden. Über dieses dozierte er nun auch an diesem Vormittag.

»Was Sie hier sehen, meine Herren, dieses grüne Salz, ist ein Beispiel dafür, dass Ammoniak Verbindungen mit

Metallen eingehen kann, sogar mit sogenannten Edelmetallen, in diesem Falle mit Platin. Wir zeigen diese mit der nachfolgenden Formel an.«

Rakow verzichtete darauf, die Formel von der Tafel abzuschreiben. Nach Ende der Vorlesung klopfte er nur verhalten und einzig mit der Absicht, nicht aufzufallen. Dann lief er auf den Vorhof, um seinen Freund Heinrich Pütte zu treffen, der bei August Boeckh Altertumswissenschaft studierte.

»Na, womit hat euch Boeckh heute wieder erfreut?«, fragte Rakow.

»Mit Pindar und seiner Hymne vom ersten Sprung.« Pütte schlug seine Kladde auf. *»Wasser ist das Beste, Gold aber leuchtet wie Feuer. Es leuchtet weit in der Nacht und hebt sich noch ab vom herrscherlichen Reichtum. Wenn du aber von den Siegespreisen singen willst, mein Herz, dann suche in der Weite des Himmels nicht nach etwas, das noch wärmer wäre als die Sonne, wenn sie am Tag leuchtet: Denn wir können von keinem großartigeren Wettkampf singen als dem in Olympia.«*

Rakow sah sich um, bevor er seinen kurzen Kommentar abgab. »Das wäre etwas für den Turnvater Jahn gewesen.«

Friedrich Ludwig Jahn hatte im Lützow'schen Freicorps gegen Napoleon gekämpft, sich 1813 lautstark für freie Rede, Verfassung und Einheit des Vaterlandes eingesetzt und 1815 in Jena die Urburschenschaft gegründet. Derzeit lebte er unter Polizeiaufsicht in Freyburg an der Unstrut.

Seit sie sich nach ihrer Rückkehr aus Paris an der Berliner Universität eingeschrieben hatten, wohnten beide bei Püttes Onkel Ferdinand, der an der Landsberger Straße in einer Manufactur Kutschen baute, daneben aber auch ein Fuhrgeschäft betrieb. So hatten sie ein Stück zu Fuß zu gehen: erst die Linden hinunter, dann über Schloßfreiheit und Schloßplatz zur Königstraße und diese bis zum Alexanderplatz hinauf, ehe in die Landsberger Straße einzubiegen war.

Heinrich Pütte war 1813 in Angermünde als Sohn eines Feldscherers oder Kompaniechirurgus zur Welt gekommen, also eines Mannes, dessen medizinische Aufgaben neben Aderlass und Schröpfen im Ausbrennen von Wunden mit einem Glüheisen, Herausziehen von Kugeln, Einrenken von Gliedmaßen und Amputieren bestanden hatte. 1820 hatte Traugott Pütte eine Stelle an der Charité bekommen und war mit seiner Familie nach Berlin gezogen.

Gingen die beiden Freunde nebeneinander, ergab das ein komisches Bild, denn Pütte war schlank und hochgewachsen und Rakow klein und gedrungen, und unterhielten sie sich miteinander, dann neigte Pütte seinen Kopf immer weit nach unten, denn er hörte ein wenig schwer, seit er einmal zu dicht an einem Kanonenrohr gestanden hatte. Auch vom Temperament her waren sie grundverschieden. Während Pütte als Feuerkopf galt und ständig in Bewegung war, wurde Rakow des Öfteren mit einer Schnecke verglichen, so langsam und bedächtig war er. Getroffen hatten sie sich bei einem gemeinsamen Manöver, an dem Rakow als Ulan und Pütte als Artilleriesoldat teilgenommen hatte.

Ferdinand Püttes Bureaus, Wohnräume, Fabrikhallen und Stallungen gruppierten sich um einen viereckigen Hof, und auf dem sahen die Studiosi bei ihrer Heimkehr Ludwig Urban hantieren. Der Tierarzt kam aus dem Harz, war 1829 von seinem Kavallerie-Regiment zur Königlichen

Tierarzneischule Berlin abkommandiert worden und hatte vor zwei Jahren als Tierarzt I. Klasse eine eigene Praxis eröffnet. Urban ließ sich von ihnen immer gern von Paris erzählen. Was es dort an Neuem gebe, fragte er.

»Richard Wagner hat Paris verlassen und ist nach Dresden gegangen, weil sie dort an der Hofoper *Rienzi* aufführen wollen«, antwortete Pütte. »Na, vielleicht geht es ihm an der Elbe besser als an der Seine, denn in Paris war er ja immer furchtbar in Geldnöten und hat nur in ärmlichen Verhältnissen gelebt.«

An Richard Wagner schien Dr. Urban nicht sonderlich interessiert zu sein, eher beschäftigte er sich mit Marie Joseph Motier La Fayette, der erst die Thronbesteigung Louis Philippes unterstützt hatte, sich dann aber der republikanischen Opposition angeschlossen und den Verein der Menschenrechte gegründet hatte.

»Haben Sie La Fayette eigentlich noch persönlich kennengelernt?«

Pütte musste dies verneinen. »Der Marquis ist am 20. Mai 1834 gestorben, wir sind aber erst im Juni 1935 nach Paris gekommen.«

In diesem Augenblick wurden sie von Karoline, Püttes Tante, zum Essen gerufen und mussten sich von Urban verabschieden. Bei Tische ging es immer sehr gemütlich zu.

Ferdinand Pütte platzte beinahe vor Stolz. »Denkt euch, die beiden Wagen für den Prinzen Karl sind tatsächlich vom Hofe bestellt worden: ein Tilbury und ein Cabriolet. Die bauen wir so, dass die Leute sogar in eurem geliebten Paris vor Neid erblassen würden.«

Karoline Pütte lobte ihre Hechtsuppe. »Ich habe mir die Hechte mit der Extrapost aus Wriezen kommen lassen.«

Henriette, Heinrich Püttes Cousine und mit einem Apotheker verheiratet, pries den Restaurantpark Tivoli am Kreuzberg an. »Die haben ein großes Inserat in der *Vossischen*, da sollten wir am Sonntag hin.«

Nach längerer Diskussion wurde dies beschlossen, und Pütte sagte, dass er und sein Freund Franz sich noch ein bisschen in der Stadt umsehen wollten.

Sein Onkel grinste. »Immer ran an die holde Weiblichkeit, denn auch ewige Studenten müssen einmal in den sauren Apfel beißen und heiraten.«

Seine Tante protestierte: »Ich bin doch wohl eher eine süße Birne!«

Pütte und Rakow zogen los. Auf dem Alexanderplatz herrschte munteres Treiben. Die Königsstadt, die sich im Wesentlichen zwischen dem Alexanderplatz, der Prenzlauer und der Landsberger Straße sowie dem Königsthor und dem Friedrichshain erstreckte, war seit 1700 trotz eines zeitweiligen Bauverbots ständig gewachsen. Große Textilmanufacturen und Einrichtungen des Militärs prägten das Bild dieser nordöstlichen Vorstadt. Der nördliche Teil des Platzes, den man 1805 nach Zar Alexander I. benannt hatte, wurde als Warenmarkt benutzt, der Süden diente vor allem als Paradeplatz. Die Bebauung war überwiegend dreistöckig, es dominierten das Königstädtische Theater und der »Ochsenkopf«, der ein Arbeitshaus, eine Strafanstalt und ein Armenhospital in einem war. Das Königstädtische Theater war auf Volkslustspiele und Melodramen spezialisiert, es sollte die »kleine Bourgeoisie« mit Seichtigkeiten bei Laune halten, wie die Kritiker meinten. 1824 hatte man, kaum war das Theater eröffnet worden, Henriette Sontag nach Berlin geholt und bald darauf zur Hof- und Kammersängerin ernannt. Goethe hatte sie »seine flatternde Nachtigall« genannt, und Pütte zitierte die Verse eines Predigers:

Wie preist man sie als der Oper Zierde,
Und sie vergöttert mancher gute Christ!
O, dass DER Sonntag so gefeiert würde,
Wie es DIE Sontag ist!

»Lass mich in Ruhe mit all den singenden Sägen!«, rief Rakow.

Pütte packte ihn am Arm. »Du, da geht ja der Georg Fein!«

Rakow erschrak. »Dass der es wagt ...«

Pütte hielt den Atem an. »Du, der Wiesenburg und der Bödicke sind hinter ihm her!«

»Sollen wir ihm zu Hilfe kommen?«, fragte Rakow und ballte schon die Fäuste.

»Zu spät.«

Schon hatten Wiesenburg, Bödicke und zwei Constabler den vermeintlichen Unruhestifter aufgehalten und ihn gebeten sich auszuweisen. Der Mann zog einen Reisepass aus der Tasche und empörte sich.

»Ich bin Attaché bei der österreichischen Botschaft, meine Herren! Wenn Sie Unannehmlichkeiten vermeiden wollen, dann ...«

Pütte und Rakow hörten, wie sich Wiesenburg entschuldigte. »Verzeihen Sie, Herr Dr. Titscher, aber Ihre Ähnlichkeit mit Georg Fein ... Und da dieser Mann ebenso ein Feind meines wie Ihres Herrscherhauses ist, hoffe ich auf Ihr Verständnis für unser Versehen.«

Die beiden Studenten entfernten sich nun schnell, denn es war für sie nicht ratsam, ins Blickfeld Wiesenburgs zu geraten. Da sie nichts Besseres vorhatten, steuerten sie auf ihr Lieblingscafé zu, und das war Josty & Comp., gelegen an der Stechbahn 1, am Schloßplatz also. Kaum hatten sie sich dort niedergelassen und nach Bekannten Ausschau gehalten, betrat auch schon der Buchdruckergeselle Louis Schmiedefeld das Caféhaus und bezog einen strategisch günstigen Posten gleich an der Tür. Sie wussten, dass er ein Schnüffler war und schon lange in den Diensten Wiesenburgs stand.

»Ob er unseretwegen hier ist?«, fragte Rakow.

Pütte überlegte einen Augenblick. »Das glaube ich nicht, denn wir wohnen schließlich beim Commissionsrath Ferdinand Pütte, und der darf Kaleschen für den König bauen.«

»Sie werden alle im Visier haben, die in Paris waren und mit dem ›Bund der Geächteten‹ zu tun hatten«, fürchtete Rakow.

»Pst!«, machte Pütte.

»Oder weil du etwas über Hans Böhm geschrieben hast«, hielt ihm Rakow vor.

Hans Böhm, der »Pauker von Niklashausen«, hatte zur Fastenzeit 1476 gegen die Habgier des Adels, gegen alle Standesunterschiede, Abgaben und Frondienste gepredigt und die Überführung allen privaten und hoheitlichen Besitzes an Feldern, Wiesen, Weiden, Wäldern und Gewässern in die Allmende gefordert – worauf man ihn in Würzburg als Ketzer auf dem Scheiterhaufen verbrannt hatte.

»Sei still, er starrt zu uns herüber!«, zischte Pütte.

Sieben

Christian Philipp von Gontard kam langsam zum Ende seiner Lehrveranstaltung - was auch Zeit wurde, denn im Hörsaal war es unerträglich heiß und schwül. Anfang Juni gab es in Berlin immer die ersten Gewitter.

»Kommen wir nun zu einem Punkt, meine Herren, der im ersten Augenblick Heiterkeit bei Ihnen auslösen wird, der aber für den Sieg von entscheidender Bedeutung ist: zum Schlachtruf. Das ist etwas sehr Archaisches, schon bei Homer können wir darüber etwas nachlesen, und balgen sich die Jungen bei uns auf den Höfen und Straßen, so hören wir sie schreien: ›Auf ihn mit Gebrüll!‹ Der Schlachtruf, auch Feldgeschrei genannt, hatte und hat verschiedene Zwecke zu erfüllen. Vor Einführung der Uniformen war er im Schlachtengetümmel das wichtigste Erkennungszeichen. Außerdem soll er den Korpsgeist heben und den Kampfesmut steigern, aber auch den Gegner einschüchtern. Die alten Griechen haben geschrien *›Alăla, Alăla!‹*, die Römer *›Feri, feri!‹* und die Kreuzritter *›Dieu le veut!‹*, und bei den Deutschen wie den Österreichern heißt es ›Hurra!‹ Bei der Artillerie nun hat der Schlachtruf aber noch einen ganz anderen und sehr praktischen Zweck. Bei uns wird gerufen ›Zu-Gleich!‹ Anders geht es nicht, wenn mehrere Männer ein Geschoss ansetzen, das bis zu fünfzig

Kilo schwer sein kann, wenn das Rohr nach dem Schießen zu reinigen ist, wenn das Geschütz von der Bedienungsmannschaft aus dem Schlamm zu ziehen ist. Ein weiteres Ziel ist das möglichst gleichzeitige Abfeuern der Geschosse mehrerer Geschütze, so dass nur ein einziger lauter Knall zu hören ist, was dem Feind die Ortung erschwert.« Gontard zog seine Uhr aus der Tasche. »Und nun an die Gulaschkanone! Zu-Gleich!«

Während seine Zöglinge aus dem Saal strömten, ging Gontard zu den Fenstern, um sie weit aufzureißen. Doch die Luft war draußen auch nicht besser als drinnen. Der Wind kam heute aus Nordwest und verteilte den schwarzen Rauch, der aus den Borsig'schen Essen in den Himmel quoll, über die ganze Stadt, und aus der Spree, die alle Fäkalien der Residenz aufzunehmen hatte, stieg ein Gestank auf, der bestialisch zu nennen war. Berlin brauchte dringend eine Kanalisation, wie es sie in Wien schon seit vielen Jahren gab. In London, so war zu hören, begann man gerade mit dem Bau eines ausgeklügelten Systems.

Der Pedell kam, die Tafel abzuwischen und frisches Trinkwasser auf das Pult zu stellen, und gleich nach ihm erschien auch der nächste Dozent, der Major Meno Burg. Man begrüßte sich kameradschaftlich.

»Wie geht es Ihnen?«, fragte Gontard. »In welche Richtung entfliehen Sie nach der letzten Stunde hier in unserer verehrten Anstalt?«

Meno Burg überlegte einen Augenblick. »Vielleicht unternehme ich mit meiner Frau und meinem lieben Schwager wieder wie vor sieben Jahren eine Vergnügungsreise nach den Rheingegenden, möglicherweise bleibe ich aber auch den Sommer über in Berlin, denn gerade habe ich von meiner Verlagsbuchhandlung die Anzeige erhalten, dass der erste Teil meines Werks über *Geometrische Zeichenkunst* vergriffen sei, und gleichzeitig eine Aufforderung zur Bearbeitung einer Neuauflage.«

»Da darf ich Ihnen gleichzeitig meinen Glückwunsch wie mein Beileid aussprechen«, sagte Gontard. »Aber ein Orden verpflichtet eben.«

Meno Burg war am 9. Oktober 1788 in Berlin als Sohn eines jüdischen Buchhalters auf die Welt gekommen und hatte es trotz der Ausgrenzung der Juden weit gebracht, nämlich zum Königlichen Preußischen Major an der vereinigten Artillerie- und Ingenieurschule. Im Auftrag des Prinzen August hatte er ein Lehrbuch verfasst, und *Die geometrische Zeichenkunst* war in kurzer Zeit ein Standardwerk geworden. Andere Bücher waren hinzugekommen, und seine Lehrveranstaltungen über die *Darstellende Geometrie* und über die *Konstruktionslehren des Artilleriematerials* erfreuten sich allgemeiner Beliebtheit. Am 15. Oktober 1841, dem Geburtstag des neuen Königs Friedrich Wilhelm IV. von Preußen, war ihm für seine Verdienste der Rothe Adler-Orden IV. Klasse verliehen worden.

Nachdem er sich von Meno Burg verabschiedet hatte, trat Gontard auf die Straße hinaus, ohne recht zu wissen, was er nun mit dem Rest des Tages anfangen sollte. Am besten war es wohl, er ritt ein wenig durch den Thiergarten. Sein Pferd stand in den Stallungen der Königlichen Tierarzneischule, und die war an der Luisenstraße, Ecke Philippstraße gelegen, also gegenüber der Charité. Er machte sich auf den Weg, erst die Linden hinunter Richtung Brandenburger Thor, dann nordwärts die Wilhelmstraße hinauf. Auf der Marschallbrücke stieß er mit Werner Siemens zusammen. Man kannte sich gut, da Siemens von 1835 bis 1838 als Offiziersanwärter an der Vereinigten

Artillerie- und Ingenieurschule studiert und auch einiges bei Gontard gehört hatte.

»Sie hier, Herr Artillerie-Lieutenant?« Gontard staunte. »Ich denke, Sie sitzen in Magdeburg Ihre Strafe ab ...« Siemens war zu fünf Jahren Festungshaft verurteilt worden, weil er als Sekundant an einem Duell teilgenommen hatte.

Siemens schmunzelte. »Ich habe meine Zelle zum Labor gemacht.«

»Ich weiß! Dass Sie ein Verfahren zur elektrischen Galvanisierung entwickelt haben und Ihre Haftzeit sozusagen versilbern, hat sich bis in die Residenz herumgesprochen.«

»Sie werden lachen, Herr von Gontard, man ist mir höheren Orts sehr dankbar dafür und will mich alsbald begnadigen und dann ... Raten Sie einmal, wohin ich am 1. Oktober versetzt werden soll!«

Bei dieser Fragestellung brauchte Gontard nicht lange zu raten. »An die Artillerie- und Ingenieurschule.«

»So ist es.«

Gontard drückte Siemens die Hand. »Na dann: Auf eine erfolgreiche Zusammenarbeit und dass Sie mich auch mal an Ihren Experimenten teilhaben lassen!«

»Es wird mir eine Ehre sein.«

Nach dieser erfreulichen Begegnung wanderte Gontard die Luisenstraße hinauf, bis er die Hausnummer 56 erreicht hatte. Die Fassade des 1840 nach Plänen von Hofbaurath Hesse errichteten Gebäudes war zur Luisenstraße gerichtet, man konnte den Komplex aber auch vom Tierarzneischulplatz 5 erreichen, also von der Friedrichstraße her. Das Anatomiegebäude war von keinem Geringeren als Carl Gotthard Langhans errichtet worden. Die Anstalt hatte Friedrich Wilhelm II. 1789 gestiftet, um geschickte Rossärzte für die Armee sowie Tierärzte I. Klasse und tierärztliche Beamte für ganz Preußen auszubilden.

Gontard durchquerte das weitläufige Gelände, das eine Reihe von Koppeln einschloss und in Teilen einem Parke ähnlich war, ließ das besagte Anatomiegebäude rechts liegen und wandte sich nach links, wo im Winkel der Philippstraße und der sogenannten Communication, wie der Verbindungsweg zwischen Neuem und Oranienburger Thor genannt wurde, Reitbahn, Schmiede, Ställe und andere Gebäude aufgeführt waren. Das Privileg, seinen Hengst hier einstellen zu dürfen, verdankte er seiner Stellung an der Artillerieschule wie seiner Bekanntschaft mit dem Tierarzt Dr. Ludwig Urban. Gontard begrüßte seinen Waldemar und suchte sich seine Gunst dadurch zu sichern, dass er ein paar Zuckerstücke aus der Tasche zog. Nachdem der Stallknecht das Tier hergerichtet hatte, schwang er sich in den Sattel und lenkte es in leichtem Trab zur Luisenstraße, um über den Karlplatz, die Karlstraße und die Unterbaumbrücke in den Thiergarten zu gelangen.

Im Thiergarten hatte sich in den letzten Jahren allerhand getan. Ursprünglich hatte das Gelände dem Kurfürsten von Brandenburg als Jagdrevier gedient, Friedrich der Große aber hatte die Jagd verabscheut und 1742 seinem bevorzugten Baumeister Georg Wenzeslaus von Knobelsdorff den Auftrag erteilt, Zäune niederreißen zu lassen und den Thiergarten zu einem Lustpark für die Bevölkerung umzugestalten. Nach dem Geschmack des Barock ließ er Blumenbeete, Rabatten und Spaliere in geometrischen Anordnungen anpflanzen, Wasserbecken, Labyrinthe und Zierteiche anlegen und Skulpturen aufstellen. In der Nähe durften seit 1745 Flüchtlinge aus den Hugenottenkriegen oder deren Nachkommen Zelte aufstellen und den Spaziergängern Erfrischungen verkaufen. Zwischen 1833 und 1840 wurde der Thiergarten vom preußischen Gartenkünstler und Landschaftsarchitekt Peter Joseph Lenné nach englischem Vorbild umgestaltet: Er ließ feuchte Waldgebiete trockenlegen und Reit- und Spazierwege anlegen. Es entstanden weite Rasenflächen, Seen mit kleinen Inseln und zahlreiche Brücken und Alleen. Viele Standbilder schmückten den Park und erinnerten an allerlei preußische Berühmtheiten – etwa an die beliebte Königin Luise.

Gontard liebte es, allein durch den Thiergarten zu reiten. Des Öfteren stellte er sich vor, dass es die endlosen Wälder Nordamerikas seien, denn mit heißem Herzen hatte er die in den letzten Jahren erschienenen Romane von James Fenimore Cooper gelesen, teils auf Englisch, teils – sofern sie schon übersetzt worden waren – auf Deutsch. Begonnen hatte er mit *The Spy*, aufgehört mit *Der Pfadfinder*. Die Schöngeister in seiner Umgebung, die es unter einem Ovid oder Goethe nicht taten, hatten ihn deswegen heftig getadelt. Das hatte ihn aber nicht angefochten.

Nach dem Ausritt fühlte er erneut diese Leere in sich aufsteigen, die wie eine Art Migräne war. Er wollte so unendlich viel tun und erleben – lief aber nur wie ein Hamster im Laufrad umher. Ein Tag war wie der andere. Vielleicht war es doch ein Fehler gewesen, Henriette wegen der angegriffenen Gesundheit der Kinder nach Wutike zu schicken. Manchmal waren sie ihm auf die Nerven gegangen, nun aber fehlten sie ihm. Was tun, um die Stunden zu füllen, bis es Zeit war, sich schlafen zu legen? Er überlegte eine Weile, aber ihm fiel nichts Besseres ein, als zu Stehely zu gehen und zu hoffen, dort jemanden zu treffen, der mit sich plaudern ließ.

Und er hatte Glück, denn Friedrich Kußmaul saß schon auf seinem Stammplatz.

»Nun?«, fragte er den Freund, nachdem sie sich mit einer herzlichen Umarmung begrüßt hatten. »Hast du heute schon genügend Patienten unter die Erde gebracht, dass du so früh hier sitzen kannst?«

Kußmaul reagierte darauf, indem er einen Witz erzählte, den er neulich gehört hatte. »Der Kaiser von China reist über Land und wird plötzlich krank und muss dringend einen Arzt aufsuchen. Sie kommen in eine Kleinstadt, da hängen über hundert rote Laternen vor der Praxis des Arztes. Der Kaiser schreckt zurück, denn in China war es Sitte, dass ein Arzt für jeden Patienten, der ihm weggestorben war, eine rote Laterne aufzuhängen hatte. Sie ziehen also weiter in die nächste Kleinstadt. Dort aber hängen über zweihundert rote Laternen vor der Tür des Arztes. So geht das noch den ganzen lieben langen Tag. Am Abend aber finden sie endlich einen Arzt, bei dem nur fünf rote Laternen vor dem Haus hängen. Das muss ein begnadeter Mediziner sein! Der Kaiser ist glücklich, geht in die Praxis und fragt, wie es denn käme, dass der Mann nur so wenige Todesfälle zu beklagen habe. Die Antwort: ›Ich habe meine Praxis erst heute Morgen eröffnet.‹«

Gontard musste schmunzeln. »Ich bewundere deine Fähigkeit zur Selbstironie. Ohne sie sind die meisten Menschen ungenießbar.«

»Danke für die Blumen.« Kußmaul griff zu seiner Kaffeetasse. »Darauf sollten wir anstoßen. Und wie geht es selber?«

Gontard stöhnte auf. »Besch... bescheiden schön.«

Kußmaul musterte ihn. »Ach, dann warst du das also ...«

Gontard konnte ihm nicht folgen. »Was?«

»Na, derjenige, der im Thiergarten, gleich hinter den Zelten, eine Schlinge über einen Ast geworfen, sich aber anschließend nicht aufgehängt hat.«

Gontard dachte an Dölau und Kesselschläger und konnte darüber nicht so richtig lachen. »Meinst du, dass die beiden eine Art Selbstmordepidemie ausgelöst haben? So wie damals Goethe mit seinem Werther?«

Kußmaul nickte. »Ja, sicher: Sei Berliner, häng dich auf!«

Gontard blieb ernst. »Ich finde das gar nicht so heiter, denn irgendwie habe ich das Gefühl, dass sich Dölau und Kesselschläger nicht aus freien Stücken aufgehängt haben, sondern dass sie jemand dazu gezwungen hat.«

»Du meinst, indem er sie in Hypnose versetzt hat und ihnen dann Befehl erteilt hat sich aufzuhängen?« Kußmaul hatte sich eine Weile mit dem Schamanismus beschäftigt und viel über die Hypnose gelesen, die Franz Anton Mesmer vor siebzig Jahren in die Diskussion gebracht hatte.

Gontard zuckte mit den Schultern. »Möglich ist alles. Schon Goethe wusste: *Wir sind so klug, / und dennoch spukt's in Tegel.* Da geht einer durch Berlin und versetzt andere derart in Trance, dass sie Dinge tun, die sie eigentlich nicht tun wollen.«

Kußmaul verdrehte die Augen. »Hoffentlich kommt keiner auf die Idee, auch den König ...«

»Pst!«, machte Gontard.

»Christian Philipp«, mahnte Kußmaul, »hör auf mit

deiner Spökenkiekerei! Nichts ist es mit der Hypnose! Dölau und Kesselschläger haben sich einzig und allein erhängt, weil sie irgendeine Sünde begangen haben, welche auch immer. Und was kümmert's dich eigentlich?«

»Die Langeweile. Ich muss irgendetwas zum Grübeln haben.«

Kußmaul lachte. »Dann versuche herauszufinden, warum Gott diese Welt geschaffen hat und keine andere.«

»Ich bin Major der Artillerie und kein Philosoph und Theologe.«

»Aber offenbar nicht zufrieden damit.«

So redeten sie noch eine Weile, bis Kußmaul zu einem Patienten gerufen wurde, der offenbar im Sterben lag. »Die nächste rote Laterne über meiner Haustür.«

Gontard blieb noch eine halbe Stunde bei Stehely, dann machte er sich auf den Heimweg. Er wollte eine Kleinigkeit essen und sich dann ans offene Fenster setzen und einen Roman zu Ende lesen, den Kußmaul ihm empfohlen hatte: Franz von Dingelstedts *Die neuen Argonauten.*

In der Dorotheenstraße angekommen, empfing ihn seine Wirtschafterin mit finsterer Miene. »Wer sind Sie denn, mein Herr?«

Gontard lachte. »Na, Prinz Friedrich Wilhelm.«

Minna Koblank stieß einen Laut des Unmuts aus. »Damit macht man keine Scherze! Ihre Frau hat mir anbefohlen, auf Ihren Lebenswandel zu achten, und nun kommen Sie kaum noch nach Hause.«

»Ich war nur eben mit Humboldt in Tobolsk, das dauert eben seine Zeit.«

Murrend zog sich Minna in die Küche zurück. »Wir haben noch Schinkenbraten mit Apfelrotkraut und Kartoffelklößen von gestern, das wärme ich Ihnen schnell auf.«

»Sie sind die Güte in Person.«

Nachdem Gontard gegessen hatte, war er zum Lesen zu müde und legte sich erst einmal auf sein Canapé, um ein Stündchen zu schlafen. Daraus wurde aber nichts, denn schon nach zehn Minuten wurde draußen am Klingelzug gerissen. Er schreckte hoch und verfluchte denjenigen, der ihn da geweckt hatte, bevor er so richtig eingeschlafen war.

»Minna, schicken Sie ihn weg, wer auch immer es sein mag!«, schrie er nach draußen. »Ich bin krank und nicht zu sprechen. Die Cholera ist zurück in Berlin.« Er lauschte. Seine Wirtschafterin verhandelte mit jemandem, dessen Stimme ihm bekannt vorkam, den er aber nicht sofort richtig einordnen konnte. Dann hatte er es: Dr. Wiesenburg. Auch das noch! Er hoffte, dass Minna den Kampf mit Preußens Oberschnüffler siegreich beenden würde.

Doch seine Hoffnung war vergebens. Da klopfte sie schon an seine Zimmertür. »Et is wichtich, kommen Se ma!«

Was blieb Gontard übrig, als in den Flur zu treten und Wiesenburg freudig zu begrüßen? Wer sich diesen Mann bewusst zum Feinde machte, musste ein Idiot sein – oder ein Titan. »Treten Sie ein, bringen Sie das Glück auch hier herein.« Das war das höchstzulässige Maß an Ironie.

Wiesenburg ignorierte diese Bemerkung, begrüßte Gontard steif und ein wenig herablassend und deutete mit ein paar formellen Wendungen an, dass er ihn in einer dringenden Sache sprechen müsse.

»Dann folgen Sie mir bitte in meine kleine Stube, denn im guten Zimmer hat Minna alles mit ihren Schonbezügen versehen, da sitzt es sich höchst ungemütlich.« Als könnte jemand mit Wiesenburg gemütlich beisammensitzen! »Darf ich Ihnen etwas zu trinken anbieten?«

»Nein, ich bin im Dienst.«

»Aber eine Tasse Kaffee sollte Ihnen doch erlaubt sein. Er ist auch wirklich nicht schwarz gebrannt.« Das war eine Anspielung auf die »Kaffeeschnüffler« aus den Zeiten Friedrichs des Großen, Akzisebeamte, die der König in die Häuser der Bürger geschickt hatte, um den Kaffeeschmuggel beziehungsweise das Schwarzbrennen zu unterbinden.

Wiesenburg ignorierte auch dies, denn er hatte in diesem Augenblick etwas entdeckt, das sich bestens für eine Parade mit Riposte eignete, nämlich den Roman von Franz Dingelstedt, den Gontard hatte lesen wollen. »Ah, interessant! Wissen Sie eigentlich, mein lieber Major, was Sie sich da ins Haus geholt haben?«

Gontard gab sich arglos. »Keine Ahnung, das hat mir ein Vetter aus Hessen geschickt.«

Wiesenburg hob das Buch hoch, als wäre es eine tote Ratte, und ließ es angeekelt wieder fallen. »Die Machwerke dieses Dingelstedt gehören auf den Kehricht.«

»Wieso denn das? Der Mann ist doch immerhin von Adel ...«

»Was gar nichts heißen muss, denken Sie nur an die von Bredows, von Rochows, von Quitzows und so weiter bis hin zu Caspar Gans zu Putlitz, die den ersten Hohenzollern in der Mark ja nach Kräften bekämpft haben.«

Gontard grinste. »Adel verpflichtet also nicht?«

Auch darauf ging Dr. Wiesenburg nicht ein. Sich niemals provozieren zu lassen war seine große Stärke. »Dingelstedt war Hilfslehrer in Kassel, ist aber zur Strafe nach Fulda versetzt worden, weil *Die neuen Argonauten* blasphemische Passagen enthalten. Noch schlimmer aber ist, dass er sich für diesen unsäglichen Jordan eingesetzt hat.«

»Davon habe ich nie etwas gehört«, entgegnete Gontard. Natürlich wusste er, dass Sylvester Jordan ein liberaler Staatsrechtler war, der sich um eine kurhessische Verfassung bemüht hatte und wegen angeblicher Kontakte zu republikanischen Kräften zu einer mehrjährigen Gefängnisstrafe verurteilt worden war.

»Davon haben Sie natürlich nie etwas gehört.« Wiesenburg bewies, dass auch er ironisch sein konnte. »Haben Sie Schäden am Gehör? Na sicher, wo es bei Ihrer Artillerie doch öfter heftig knallt.«

Gontard lachte. »Mir passiert bei unseren Schießübungen nie etwas. Ich stecke meinen Kopf immer in den Sand – dann sehe und höre ich nichts.«

»Bei Stehely gibt es keinen Sand«, sagte Wiesenburg, »und dort hat man viel über Jordan geredet.«

»Ja sicher, über den Jordan haben wir geredet – über den Fluss.«

»Nicht über das Sternbild Jordanus?«

»Das kenne ich gar nicht.« Gontard registrierte, dass dieser Dr. Wiesenburg alles andere als ein Dummkopf war und für intellektuelle Spielchen scheinbar offen war, was ihn nicht ganz so gefährlich machte wie Leute niederen geistigen Kalibers, aber dennoch war höchste Vorsicht geboten.

Wiesenburg glaubte, das kleine Eingangsgefecht gewonnen zu haben, rückte einen Stuhl zurecht und setzte sich. »Sie ahnen, Herr Major, weswegen ich zu Ihnen komme ...«

Jetzt hielt Gontard eine frontale Attacke für angebracht. »Aber selbstverständlich, Herr Dr. Wiesenburg, wegen der beiden Gehilfen, die Ihnen in kurzer Folge von der Fahne gegangen sind, Dölau und Kesselschläger.«

»Sie wissen eine Menge, Herr Major.« Wiesenburg rückte seine Brille gerade. »Und genau deswegen bin ich auch bei Ihnen. Uns ist nämlich nicht entgangen, dass Sie bei der Aufklärung so manch eines Criminalfalles bessere Ergebnisse aufzuweisen haben als unser localer Criminal-Commissarius.«

Gontard lächelte. »Jeder hat so seine geheimen Leidenschaften, Herr Geheimrath.«

»Und die in den Dienst Seiner Majestät zu stellen sollte Ihnen als Königlicher Preußischer Offizier nicht nur eine Ehrensache sein, sondern Sie sollten das auch als Ihre Pflicht ansehen.«

»Meine Pflichten beziehen sich ausschließlich auf meinen Dienst an der Königlichen Artillerie- und Ingenieurschule«, widersprach ihm Gontard.

»Da sind wir Juristen entschieden anderer Meinung«, sagte Wiesenburg. »Und die herrschende Meinung, lieber Major von Gontard, ist nun einmal diejenige der Herrschenden. Vor diesem Hintergrund würde ich Ihnen nicht raten, die Kooperation mit uns zu verweigern.«

Gontard sah aus dem Fenster. Wenn er ledig gewesen wäre, hätte er am nächsten Morgen die Postkutsche bestiegen und wäre nach Bremen oder Rotterdam gefahren, um sich nach Amerika einzuschiffen, aber er hatte für Henriette und die Kinder da zu sein. Außerdem liebte er dieses königlich-preußische Berlin und wollte noch erleben, dass es die Hauptstadt aller Deutschen wurde. Es war also ein doppeltes Spiel zu wagen: zugleich mit Wiesenburg zu kooperieren und sein Treiben zu konterkarieren. »Nun, Herr Geheimrath, was kann ich für Sie tun?«

»Mir zunächst sagen, wie Sie den Freitod meiner beiden ... sagen wir ruhig Zuträger ... bewerten.«

Gontard wich einer Antwort erst einmal aus. »Ist denn einwandfrei geklärt, dass Dölau und Kesselschläger wirklich freiwillig aus dem Leben geschieden sind, ich meine, dass nicht jemand mit gezückter Waffe vor ihnen gestanden und sie gezwungen hat sich zu erhängen?«

»Unsere Erkenntnisse gehen dahin, dass sie sich selbst und ohne Zwang erhängt haben.«

»Und ihre Abschiedsbriefe sind wirklich echt?«

Wiesenburg nickte. »Ich selbst habe mit der Lupe keine größeren Schriftabweichungen zwischen diesen Abschiedsbriefen und dem vorliegenden Vergleichsmaterial feststellen können.«

»Keine größeren Abweichungen?«, fragte Gontard. »Kleinere also doch?«

»Ja, aber die sind erklärlich, denn es ist ja wohl ein Unterschied, ob jemand einen Liebesbrief schreibt oder – in höchster gefühlsmäßiger Aufwallung – ein Schreiben verfasst, in dem er seinen Freitod ankündigt.«

»Da muss ich Ihnen zustimmen.« Gontard überlegte. »Soweit ich weiß, steht ja in beiden Briefen etwas von einer schweren Schuld, die sie sich aufgeladen haben, und die Frage ist, was haben Dölau und Kesselschläger gemeint: dass sie eine Straftat begangen haben, die nur noch nicht aufgeklärt ist, oder dass sie sich für die politische Polizei als Schnüffler betätigt haben?«

Wiesenburg protestierte gegen den Begriff Schnüffler. »Beide waren in gewisser Weise Diener des Staates wie wir beide auch. Aber des ungeachtet: Gegen beide besteht kein Verdacht, dass sie sich irgendwie gegen die Gesetze vergangen hätten.«

»Die Sache ist höchst mysteriös«, sagte Gontard. »So mysteriös, dass wir uns bei Stehely sogar darüber unterhalten haben, ob nicht jemand dahinterstecken könnte, der sich auf die Hypnose versteht, ob also nicht folgendes Szenarium denkbar ist: Ein Agent einer ausländischen Macht, die uns Preußen nicht wohlgesonnen ist, oder aber ein potentieller Aufrührer kann jemand durch einen Kniff dazu bringen sich aufzuhängen. Bei Naturvölkern, habe ich gehört, können Schamanen Menschen in eine solche Trance versetzen, dass sie alles tun, was ihnen eingeflüstert wird.«

Wiesenburg schien nicht recht zu wissen, ob er sich vergackeiert fühlen sollte oder ob das ein realistischer Erklärungsansatz sein konnte. »Hm ... Gibt es denn bei uns Menschen, die sich auf eine solche Hypnotisierung verstehen?«

»Der Dr. Steinicke von der Charité soll damit experimentiert haben.«

Wiesenburg notierte es dankbar.

Gontard indes feixte innerlich, denn Steinicke war ein bis auf die Knochen reaktionärer Mediziner, dem er jeden Ärger gönnte.

Acht

Der du von dem Himmel bist,
Alles Leid und Schmerzen stillest,
Den, der doppelt elend ist,
Doppelt mit Erquickung füllest.
Ach, ich bin des Treibens müde!
Was soll all der Schmerz und Lust?
Süßer Friede,
Komm, ach komm in meine Brust!

Während Magnus Kahlbaum vor dem königlichen Schloss stand und nicht wusste, was er mit diesem Tag anfangen sollte, ging ihm *Wandrers Nachtlied* immer wieder durch den Kopf. Goethe hatte es im Februar 1776 geschrieben und es einem Brief an Charlotte von Stein beigefügt. Immerhin hatte der Dichterfürst mit seiner Charlotte schöne Stunden verlebt, und wohl nicht nur platonische, während er seine Angebetete ... Ach, es war ein einziges Elend! Wie eine mechanische Puppe setzte er sich in Bewegung. Durch Berlin zu flanieren war auch heute wieder sein einziger Lebensinhalt. Er hatte wohl erkannt, dass er in eine Sackgasse geraten war, aber einen Ausweg wusste er nicht. Aber vielleicht gab es heute eine Begegnung, die alles auf einen Schlag veränderte ...

Kahlbaum schlenderte durch den Lustgarten zum Königlichen Museum hinüber, das nach Plänen von Karl Friedrich Schinkel in den Jahren 1824 bis 1828 im griechischen Stil erbaut worden war. Er sah hinauf zur viereckigen Rotunde, die sich über der Hauptmasse des Gebäudes erhob, und studierte die Gruppen der Dioskuren Castor und Pollux, die nach Modellen von Tieck in Eisen gegossen worden waren. Vielleicht hätte er sich auch als Bildhauer versuchen sollen. Vor der Fassade angekommen, gab ihm die Inschrift über dem Eingang einige Rätsel auf: *Fridericus Guilelmus III. studio antiquitatis omnigenae et artium liberalium Museum constituit 1828.* Endlich glückte ihm die Übersetzung: Friedrich Wilhelm III. errichtete dies Museum für das Studium der Alterthümer jeder Gattung und der freien Künste 1828. Hineinzugehen verspürte er allerdings nur wenig Lust, war er doch erst vor kurzem mit Luise, seiner Nichte, hier gewesen. Einen Moment verhielt er vor der schweren Granitschale und genoss die Erfrischung, die der Springbrunnen bot, dann verscheuchte ihn eine Schar tobender Schuljungen.

Nebenan war man dabei, das Terrain für das Neue Museum vorzubereiten, für das Friedrich August Stüler verantwortlich zeichnete. Im nächsten Jahr sollte mit dem Bau begonnen werden. Doch weiter! Seine innere Stimme trieb ihn voran. Er ließ das Museum hinter sich und ging über die Schloßbrücke, die vom Berliner Witz wegen ihrer acht Gruppen aus weithin leuchtendem carrarischem Marmor auch *Pont des sans-culottes* genannt wurde. Die *sans-culottes* waren auf Französisch diejenigen ohne Kniebundhosen, also Menschen, die im Gegensatz zum Adel lange Hosen trugen, die zur Arbeit taugten. Sansculottes waren demnach Landeskinder, die von körperlicher Arbeit lebten. Es waren meist kleine Handwerksmeister, Gesellen, Händler und Gastwirte. Die Sansculottes wurden politisch einflussreich, weil sie die Jakobiner unterstützten.

Vor dem Zeughaus verhielt Kahlbaum ein Weilchen und sah zum Haus der Commandantur und zur Schinkel'schen Bauschule hinüber, ohne sich aber entschließen zu können, die Straßenseite zu wechseln. Noch immer hatte er niemanden getroffen, mit dem sich die Zeit vergnüglich totschlagen ließ. Auch vor der Neuen Wache, der Universität, dem Opernhaus, der Königlichen Bibliothek und dem Palais des Prinzen von Preußen entdeckte er kein bekanntes Gesicht, obwohl er immer wieder behauptete, *tout Berlin* zu kennen. Unter den Linden war es »still belebt«. Auf den Bänken, die im Abstand von zwanzig Schritten aufgestellt waren, hockten die Älteren, die vom Flanieren müde geworden waren – aber auch jüngere Menschen beiderlei Geschlechts sowie Obdachlose. An ihnen vorbei liefen junge Stutzer mit ihren nicht mehr ganz neuen Glacéhandschuhen. Kahlbaums Hunger nach Gesprächen wurde immer größer, und so bog er, als er die Charlottenstraße erreicht hatte, rechts ab, um zur Kronenstraße zu laufen, wo beim Buchbinder Grosse einiges abzuholen war. Mit Grosse ließ sich immer trefflich plaudern, auch wenn es nur über die Pferderennen in der Hasenheide war.

Kahlbaum trat ein, begrüßte Grosse und fragte, ob sein Buch, das bei einem Wasserschaden erheblich gelitten hatte und eines neuen Einbandes bedurfte, endlich fertig sei. »Ovids *Metamorphosen*, übersetzt von Johann Heinrich Voß.«

»Nein, verzeihen Sie, Verehrtester, noch nicht, ich bitte um Vergebung.«

Kahlbaum nahm es kommentarlos hin, Ovid war ja auch nur ein Vorwand gewesen, jemanden zum Reden zu haben. »Was gibt's denn Neues in Berlin?«

Grosse stellte seinen Leimtopf beiseite und beugte sich vor. »Mir ist zu Ohren gekommen, dass unser neuer König vor 25 Jahren sogar einen Roman geschrieben haben soll – und zwar mit dem Titel *Die Geschichte von Prinz Feridoun mit der Prinzessin von Borneo*.«

Kahlbaum lachte. »Na, wenn er schon keine Kinder in die Welt setzen kann, dann wenigstens etwas Literarisches.«

»Pst!«, machte Grosse und zeigte nach hinten, wo sein Geselle Louis Schmiedefeld an der Spindelpresse stand und große Ohren machte.

»Wieso?«, fragte Kahlbaum.

»Er trägt dem Wiesenburg alles zu, was bei mir gesprochen wird«, flüsterte Grosse.

Daraufhin fing Kahlbaum mit lauter Stimme an, Friedrich Wilhelm zu lobpreisen: »Ich bewundere unseren König und seine liberale Gesinnung. Wie er den Streit mit den Katholiken beendet hat, zeigt echte Größe. Und sein sicherer Sinn für das Edle und Schöne, mein Gott! Aus dem Schinkel-Dom will er ein prunkvolles Bauwerk machen, das ist einmalig, und spätere Generationen werden ihn sicherlich ›den Großen‹ nennen.«

Damit reichte Kahlbaum dem Buchbinder die Hand und machte, dass er weiterkam. Vielleicht war bei Stehely jemand, der ihm half, aus dem Tal des Trübsals zu lichten Höhen aufzusteigen. Und richtig: Er fand Christian Philipp von Gontard und Friedrich Kußmaul in ihrer angestammten Ecke.

»Ich grüße die Herren!« Kahlbaum trat mit einer kleinen Verbeugung an ihren Tisch. »Darf ich mich zu Ihnen gesellen, wenn ich Sie mit ein paar Worten aus dem *Hyperion* erfreue?«

»Nur zu!«, rief Gontard.

»*Ach! Es kann ja nicht einmal ein schöner Traum gedeihen unter dem Fluche, der über uns lastet. Wie ein heulender Nordwind fährt die Gegenwart über die Blüten unseres Geistes und versengt sie im Entstehen.*«

Gontard legte den Finger auf den Mund. »Pst!«

»Wenn ich Ihr Arzt wäre«, sagte Kußmaul, »würde ich Schwermut bei Ihnen diagnostizieren und Sie zur Ader lassen, damit die Galle aus dem Körper kommt.«

»Das dürfte in meinem Falle aber auch nicht helfen«, sagte Kahlbaum.

»Was ist es denn?«, fragte Gontard ohne jede falsche Scham.

Kahlbaum wich ihm aus. »Etwas, das ich allein mit mir abmachen muss. Aber wenn Sie mir etwas zu meiner Zerstreuung vorschlagen könnten ...«

Kußmaul grinste. »Es soll Völker geben, welche die Asche ihrer Toten in alle Winde verstreuen ... Da sind Sie dann wirklich richtig zerstreut.«

»Das geht in Preußen garantiert nicht«, entgegnete Kahlbaum. »Noch einmal gefragt: Wie kann ich es schaffen, mich etwas aufzuheitern?«

»Ganz einfach: Wir speisen erst einmal zusammen, vielleicht bei Happold in der Grünstraße, und begeben uns dann gemeinsam zu Bettina von Arnim, wo sich heute Abend wieder einige unserer führenden Köpfe versammeln sollen und bestimmt Anregendes zu vernehmen ist.«

»Gerne.« Kahlbaum bedankte sich mit einer leichten Verbeugung.

Bettina von Arnim, eine geborene Brentano, war 1810 nach Berlin gekommen, und seit 1835 wohnte sie Unter den Linden 21, das war unweit der Friedrichstraße. 1811 hatte sie Achim von Arnim geheiratet, aber überwiegend getrennt von ihm gelebt: sie in Berlin, wo sie seine Werke herausgegeben hatte, und er in Wiepersdorf, wo er sein Gut bewirtschaftete. Trotzdem waren aus ihrer Ehe sieben Kinder hervorgegangen. Erst nach dem Tod ihres Mannes im Jahre 1831 war sie ins Licht der Öffentlichkeit gerückt und hatte sich während der Cholera-Epidemie durch ihr soziales Engagement hervorgetan. Sie hatte sich für Männer eingesetzt, die sich kritisch geäußert hatten und eine andere Ordnung wollten, so die Göttinger Sieben, Professoren der Ernst-August-Universität, den polnischen Freiheitskämpfer Ludwik Mierosławski und den Königsattentäter Heinrich Ludwig Tschech. Ihrer Fürsprache verdankten die Gebrüder Grimm ihre Lehrstühle in Berlin. Ihr Salon, in dem Dichter und Studenten ein- und ausgingen, galt als Brutstätte aufrührerischer Gedanken, obwohl sie alles andere als eine Revolutionärin war.

Als Kahlbaum an der Seite von Gontard und Kußmaul eintrat, wurde gerade eifrig über den Umbau der Domkirche diskutiert.

»Der König soll es lassen, den Dom in den Lustgarten zu setzen«, rief Bettina von Arnim. »Er soll da bauen, wo in den zerstreuten Hütten der Weber das Elend zu Hause ist!«

Das Thema Armut zog sich durch den ganzen Abend. Bettina von Arnim war gerade dabei, mit einem Schweizer Studenten zusammen eine Dokumentation über die Lage in den Elendsquartieren der Gartenstraße zu erstellen, und sprach ausführlich darüber: »Da webt der Vater den ganzen Tag über Hemden, Hosen, Jacken und Strümpfe, doch hat er selber kein heiles Hemd. Barfuß geht er und in Lumpen gehüllt. Die Kinder gehen nackt, zitternd vor Kälte liegen sie auf dem Stroh und drängen sich aneinander, um sich zu wärmen. Ich will das Buch dem König und meinen Standesgenossen widmen.«

»Die sind doch so verhärtet, dass sie den Fluch der Armut an ihrer glattpolierten Fassade gleichgültig abprallen lassen!«, rief jemand.

Auch andere kritisierten Bettina von Arnim, indem sie zum Ausdruck brachten, dass Palliativmittel die Situation nur perpetuieren würden. »Erst wenn es den Massen wirklich unerträglich schlecht geht und sie nichts anderes zu verlieren haben als ihre Ketten, wird es eine Revolution geben, welche die ganze herrschende Kaste hinwegfegt.«

»Die lässt sich nicht hinwegfegen, die ist zu stark«, sagte Gontard.

»Das denken Sie, weil Sie selber von Adel sind!«, hielt ihm ein Student entgegen.

Nun ereiferte sich auch Gontard. »Wer mit dem Kopf gegen die Wand rennt und Erfolg haben will, muss warten, bis sie marode genug geworden ist, um wirklich umzufallen. Bis dahin muss man leben und sehen, dass auch die überleben, denen es besonders elend geht. Und dafür sorgen, dass die Mauer immer weiter bröckelt.»

Kahlbaum sah sich um und prüfte die Gesichter. Zu erwarten war, dass Wiesenburgs Schnüffler auch den Weg in diesen Salon gefunden hatten. Es fiel ihm zwar niemand auf, aber das wollte nichts besagen. Was ihn zusammenfahren ließ, war eine junge Frau, die ganz hinten am Ofen saß und sich den Kopf an den Kacheln kühlte. Sie sah der, die er liebte, zum Verwechseln ähnlich. Wenn er sie eroberte, dann konnte ihn das womöglich über vieles hinwegtrösten. Als sich ihre Blicke trafen, wusste er, dass er leichtes Spiel haben würde, denn sie senkte nicht sofort den Blick, wie es der Anstand erfordert hätte, sondern lächelte kokett zu ihm herüber. Sie schien ohne Begleitung gekommen zu sein, gehörte also wohl zum Freundeskreis der Hausherrin. Kahlbaum überlegte, welchen Zufall er bemühen konnte, um in ihre Nähe zu gelangen. Ein paar Minuten musste er warten, dann wollte sich eine Mücke auf Gontards Nacken niederlassen – und er nutzte diese Chance. Er scheuchte sie in Richtung Ofen und folgte ihr dann mit immer neuen Versuchen, sie in der Luft zu zerklatschen. So gelangte er in die Nähe der Schönen, um das Insekt direkt vor ihr zu erlegen.

»Eine entsetzliche Vorstellung, dass dieses Raubtier Ihr schönes Antlitz verunstaltet hätte«, sagte er mit einer kleinen Verbeugung und fügte hinzu: »*Den Dank, Dame, begehr' ich nicht!*«

Sie lächelte. »Dies hier ist kein Löwengarten, und ein Kampfspiel ist auch nicht zu erwarten.«

»Oh, aus Schillers *Der Handschuh* ...« Kahlbaum staunte. »Sind Sie Schauspielerin?«

»Ja, wenn auch mehr Tänzerin.«

Bald wusste er, dass sie Cäcilie hieß, Cilly, und kurz vor Mitternacht schlichen sie beide in ihre Kammer. Für ein kleines Geschenk war sie bereit, ihr Bett mit ihm zu teilen. Doch so lange er das Vorspiel auch dehnte, bei ihm wollte sich nichts regen.

Sie bemerkte es. »Du denkst an eine andere?«

»Ja, ich muss jemanden vergessen.«

Das kannte sie und wusste, dass sich die Männer bei solcher Ausgangslage immer die Seele aus dem Leib rammelten. Sie hatte Mitleid mit ihm und zog ihn zwischen ihre Schenkel. Auch das half nichts.

Kahlbaum rollte sich wieder von ihr herunter und setzte sich auf die Bettkante. »Es tut mir leid.«

»Mir auch. Aber sei nicht traurig darüber, es zeigt dir nur, wie sehr du an der anderen hängst. Tue alles, um sie für dich zu gewinnen, anders wirst du nie glücklich werden.«

Kahlbaum küsste sie. »Ich danke dir, Cilly.«

Dann zog er sich an und machte sich auf den Heimweg.

Das Blut lief ihm übers Gesicht, so dass er nichts mehr sehen konnte. Egal, die Kameraden rissen ihn mit. Der Regen wurde so stark, dass er ihm das Blut aus den Augen wusch. Vor ihm stand eine Mauer aus Menschen. Sächsische Grenadiere in ihren krebsroten Röcken mit gelbem Kragen und hohen Bärenfellmützen. Alle Gewehre waren nutzlos geworden, das nasse Pulver ließ nur einen Kampf mit Bajonett und Kolben zu. Neben ihm stürmte ein Kamerad aus Pommern. Der fasste seine Flinte am Lauf und schlug mit dem Kolben auf die Sachsen ein. Sein erster Hieb fällte einen Gegner. »So flutscht dat better!«, rief er. Kahlbaum wollte ihm nacheifern, doch der Feind war schneller als er. Sein Schädel zerplatzte wie ein Kürbis.

Magnus Kahlbaum fuhr hoch und schrie so entsetzlich, dass Fräulein Köster aus ihrer Kammer herbeigeeilt kam und an die Tür klopfte.

»Sind Sie verletzt? Soll ich nach einem Arzt schicken?«

»Nein, danke, nur wieder mein Alptraum. Die Schlacht bei Großbeeren, wie sich die Sachsen auf dem Friedhof verschanzt haben und wir das Dorf zurückerobern.«

»Gehen Sie bloß zum Arzt, sonst enden Sie noch mal in der Irrenanstalt.«

»Nur, wenn Sie mitkommen«, brummte Kahlbaum. Aber sie hatte recht, er sollte wirklich einmal einen Spezialisten konsultieren.

So machte er sich am nächsten Morgen auf zur Charité. Von der Neuen Friedrichstraße war es nicht weit, er hatte aber im Zickzack zu laufen und verglich sich mit einem Segelschiff, das wegen widriger Winde zu kreuzen hatte. Aber das Flanieren war wie immer ein Spaß. Er kam über die Spandauer Brücke zum Hackeschen Markt, schlenderte dann die Oranienburger Straße entlang, um am Neuen Posthof in die Artilleriestraße abzubiegen und über die Johannesstraße, den Platz an der Tierschule sowie die Karl- zur Charitéstraße zu gelangen. Als er den ausgedehnten Krankenhauskomplex vor sich hatte, wurde ihm ein wenig blümerant, insbesondere als er am Leichenschauhaus vorbeikam, das mit seinem Obduktionssaal zwischen den beiden Hauptgebäuden gelegen war und eine ähnliche Bestimmung hatte wie die Morgue zu Paris, nämlich alle aufgefundenen unbekannten Leichen aufzunehmen.

Sein Unbehagen verstärkte sich aber noch, als er endlich in der Neuen Charité angekommen war, in der man eine Abteilung für Irre und Wahnwitzige eingerichtet hatte. Die alte Irrenanstalt in der Krausenstraße war 1798 abgebrannt, und die Charité war genötigt worden, einen Teil der Patienten aufzunehmen. Verantwortlicher Arzt war Professor Ernst Horn aus Braunschweig, der die Gleichstellung der Geisteskranken mit den anderen Erkrankten an der Charité erreicht hatte. Mit Zwangsmaßnahmen wie Drehbrett, Tretmühle und langfristiger Isolation durch Unterbringung in einem Sack hatte er versucht, die Irren,

Deliranten und Krampfenden zu heilen. Vor Horn hatte man Kahlbaum gewarnt, ihm aber einen Assistenten empfohlen, den Dr. Cornelius Steinicke. Den suchte er nun. Ein Pförtner wies ihm den Weg. Es war ein Innenhof zu durchqueren, auf dem an die dreißig Patienten mit Holzgewehren exerzierten. Kahlbaum wurde fast übel, als er das sah. Er erinnerte sich, in der *Vossischen Zeitung* gelesen zu haben, dass durch solche Übungen und durch minutiös geplante Tagesabläufe, also durch Strenge und Disziplin die Kranken lernen sollten, ein Gegengewicht zum inneren und äußeren Chaos in ihrem Leben zu finden. Magnus Kahlbaum sah sich selbst mit einem Holzgewehr in der Hand, wie er mit dem Kolben auf einen Stein einschlug, um sein Großbeeren-Trauma zu überwinden ...

Als er endlich das Zimmer von Dr. Steinicke gefunden hatte und anklopfen wollte, zögerte er, denn von drinnen stritten sich lautstark zwei Männer, und die eine Stimme kam ihm bekannt vor: Das war eindeutig Dr. Wiesenburg von der politischen Polizei. Der andere musste also Dr. Steinicke sein.

Dr. Wiesenburg: Mir ist zugetragen worden, dass sie die Kunst dieses Mesmer beherrschen und Leute hypnotisieren können.

Dr. Steinicke: Ja, ich experimentiere damit, weil ich glaube, dass man damit unter Umständen Kranke heilen und von ihrem Wahn befreien kann.

Dr. Wiesenburg: Es heißt, dass Menschen unter Hypnose Taten begehen können, die ihnen an sich wesensfremd sind ...

Dr. Steinicke: Was bezwecken Sie mit dieser Frage?

Dr. Wiesenburg: Was ich damit bezwecke? Herauszufinden, warum sich zwei meiner Männer erhängt haben, ohne dass es vorher auch nur die geringsten Anzeichen dafür gegeben hätte.

Dr. Steinicke: Und nun meinen Sie, ich hätte die beiden ...

Dr. Wiesenburg: Pardon, aber ich habe jeder Spur nachzugehen.

Dr. Steinicke: Ich betrachte unsere Unterhaltung hiermit als beendet!

Die Tür flog auf, und Kahlbaum musste schnell beiseite springen, um sie nicht an den Kopf zu bekommen. Er verbarg sich hinter einem Pfeiler, denn er hatte keine Lust auf eine Begegnung mit Wiesenburg. Er wartete ein paar Minuten mit dem Anklopfen, um Dr. Steinicke die Möglichkeit zu geben, sich von dem Recontre mit Preußens oberstem Demagogenjäger ein wenig zu erholen. Aber das klang immer noch nach, als Kahlbaum endlich eingetreten war und sich vorgestellt hatte.

»Ich bin absolut königstreu, habe immer auf Metternichs Seite gestanden und die Karlsbader Beschlüsse verteidigt – und nun soll ich angeblich mit meiner Hypnose Wiesenburgs Leute in den Selbstmord treiben! Ungeheuerlich!«

Kahlbaum war dieser Gefühlsausbruch ein wenig unheimlich, denn mit seinem verzerrten Gesicht war Dr. Steinicke kaum von denen zu unterscheiden, die draußen mit dem Holzgewehr exerzierten. Aber egal, jeder hatte ihm gesagt, nur dieser neue Arzt aus Österreich könne ihm helfen.

Endlich hatte sich Dr. Steinicke beruhigt und fragte ihn, was ihn in seine Ordination geführt habe.

»Das, was ich in Großbeeren erlebt habe.« Kahlbaum schilderte ihm seine furchtbaren Erlebnisse, als es vor dem Friedhof der kleinen Stadt zum Kampf Mann gegen Mann gekommen war. »Auch heute noch, nach fast dreißig Jahren, leide ich wie ein Hund, wenn ich die alten Bilder wieder vor mir habe, und besonders im Schlaf überfallen sie mich. In meinen Träumen sterbe ich immer, obwohl ich in Wahrheit mit einer kleinen Blessur davongekommen bin. Morgens bin ich dann ohne jede Kraft, kann nichts essen und nichts trinken, und die ganze Welt ist grau in grau, ein einziges Grauen.«

Dr. Steinicke hatte nur mit halbem Ohr zugehört und machte eine wegwerfende Handbewegung. »Ach, kommen Sie, damit muss man leben. Hart sein gegen sich selbst! Der Dank des Vaterlandes sollte doch die beste Medizin für Sie sein.«

»Und gegen meine Alpträume und meine Kopfschmerzen sollte es kein Mittel geben?«

»Reißen Sie sich zusammen, ansonsten sind Sie doch kerngesund, haben keine Krampfanfälle, befinden sich nicht im Delirium und sehen keine Gespenster. Was sagt denn Ihre Frau Gemahlin dazu?«

»Ich bin nicht verheiratet.«

»Na bitte, das ist es: Ihr Samen staut sich und vergiftet Körper und Hirn. Beherzigen Sie das, was ich immer sage – und Sie werden keine Beschwerden mehr haben: Der Coitus ist für jeden Mann ein Muss.«

Kahlbaum verließ das Gelände der Charité mit einem Gefühl, in dem sich Wut und Ohnmacht mischten. Scharlatane und Armleuchter wie diesen Dr. Steinicke hätte man mit einem Fußtritt aus der Stadt jagen sollen. Wenn ihm aber schon ein Nervenarzt nicht helfen wollte oder konnte, wer sollte es dann fertigbringen? Lange hielt er es nicht mehr durch, der Welt den heiteren Genussmenschen, den

Lebemann und Müßiggänger vorzuspielen. Er zog seine Taschenuhr hervor. Gott, es war Zeit, ins Geschäft zu eilen! Sein Bruder hatte am Morgen einen Ladenschwengel zu ihm geschickt: Es sei dringend, er möge so bald wie möglich in die Unterwasserstraße kommen.

Er wäre lieber zum Zahnziehen gegangen als zu Kahlbaum & Gillieux. Aber er wollte sich alles nachsagen lassen, nur nicht, ein Feigling zu sein. Sein Bruder würde ihn wieder mit Vorwürfen überhäufen: dass er sich nie um das Handelshaus gekümmert habe und dass sie nicht kurz vor dem Absturz stünden, wenn er seine Gewinne in der Firma gelassen hätte, anstatt sich mit ihnen ein schönes Leben zu machen. Gott ja, aber wie anders hätte er über den Schrecken von Großbeeren hinwegkommen sollen!

Als er ins Comptoir trat, fand er Ludwig über die Warenbücher gebeugt.

»Ich wollte dich nicht stören, ich kann auch erst nach oben gehen und Clara und Luise begrüßen. Du hast mich sprechen wollen?«

Endlich hob Ludwig den Blick. »Ich habe einiges Neue in Erfahrung bringen können, und da ist mir eine Idee gekommen ... Nimm Platz, Magnus!«

»Danke.« Er zog sich einen Stuhl heran und hoffte, den Bruder ein wenig aus dem Konzept zu bringen, wenn er erst ein anderes Thema anschlug. »Was sagst du denn dazu: Friedrich Wilhelm IV. stiftet zum Militärorden *Pour le mérite* jetzt auch einen anderen, die Friedensklasse für Verdienste um Wissenschaft und Künste. Was meinst du: Will er damit die umgarnen, die am lautesten nach einer Verfassung und einem einigen Deutschland rufen?«

Ludwig Kahlbaum reagierte unwirsch auf dieses Ablenkungsmanöver. »Das interessiert mich wenig, mich interessiert im Augenblick einzig und allein die Frage, wie ich, was Kahlbaum & Gillieux betrifft, den Karren wieder aus dem Dreck ziehen kann. Und da habe ich von einem Handelsreisenden gehört, dass es in Lissa einen jungen Mann geben soll, der für uns die Rettung sein könnte.«

»Lissa …«, wiederholte Magnus Kahlbaum und brauchte Sekunden, um zu realisieren, dass damit nur die Stadt gemeint sein konnte, die irgendwo fern in der preußischen Provinz Posen gelegen war. »Lissa … War das nicht da, wo Friedrich der Große nach der gewonnenen Schlacht bei Leuthen im Schloss Nachtquartier beziehen wollte, auf sein Klopfen hin aber gegnerische Offiziere in der Tür erschienen, Österreicher, und er seiner Gefangennahme nur dadurch entgangen ist, dass er die ganz ruhig mit *Bonsoir, Messieurs!* begrüßt und diese damit getäuscht hat? Oder gibt es womöglich noch ein anderes Lissa?«

»Das ist mir völlig egal. Mir geht es einzig und allein um Casimir Obornik.«

»Wer ist Casimir Obornik?«, fragte Magnus Kahlbaum, konnte sich aber daran erinnern, den Namen schon einmal gehört zu haben.

»Ein entfernter Vetter von Luise, einer über drei Ecken. Clara hat ja vier Brüder und fünf Schwestern, und einer ihrer Brüder handelt mit Pelzen aus Russland, Rudolph glaube ich, und dessen Neffe ist der Casimir. Wenn wir ihn mit Luise verheiraten und er in unser Handelshaus eintritt, wäre Kahlbaum & Gillieux gerettet, denn er würde sowohl eine außergewöhnliche Begabung wie auch viel Geld mit in die Familie bringen.«

Magnus Kahlbaum musste sich an der Tischkante festhalten, so schwindlig war ihm geworden. »Casimir soll Luise heiraten?«

»Ja, das wäre auch für das Kind das Beste, denn sie ist nun fast 25 Jahre alt und muss aufpassen, dass sie nicht als alte Jungfer sitzenbleibt. Das zu verhindern, sind wir auch unserem toten Bruder schuldig.«

Magnus Kahlbaum hatte sich nun wieder im Griff. »Heinrich und Amalie haben uns ihre Tochter anvertraut, uns beiden – obwohl du ihr eigentlicher Ziehvater bist, weil sie in deinem Hause aufgewachsen ist. Und wenn ich mir so vorstelle, was sie von deinem Vorschlag halten würden, dann höre ich ihren Ausruf: ›Da kauft ihr doch die Katze im Sack!‹ Das ist auch mein Einwand: Wie können wir sie einem Mann zur Frau geben, den wir nicht im Geringsten kennen?«

»Das lässt sich leicht ändern, mein lieber Magnus.«

»Und wie, bitte?«

»Indem du nach Lissa reist und Casimir unter die Lupe nimmst.«

Neun

Die Gegend vor dem Halleschen Thor war nicht gerade ein *Bois de Boulogne*, aber immerhin wurden auch hier Pferderennen veranstaltet. Hinter dem Belle-Alliance-Platz, den eine Siegessäule schmückte, war das eigentliche Berlin zu Ende, und es gab bis hin nach Tempelhof und Rixdorf vieles, was zu vergnüglichen Ausflügen lockte, aber auch Geländestücke, auf denen verschiedene Truppenteile ihre Schießübungen veranstalteten, sowie diverse Friedhöfe. Es war schon eine merkwürdige Mischung. Die Wege waren weithin unbefestigt, es lagen aber überall Steinhaufen herum, die anzeigten, dass hier »chaussiert« werden sollte. An der Straße zum Kreuzberg hin gab es den Dusteren Keller, in dem sich einst der legendäre Hans Kohlhase verborgen haben sollte. Auf der höchsten Stelle des 66 Meter hohen Berges war am 30. März 1821 das deutsche Nationaldenkmal für die Siege in den Befreiungskriegen eingeweiht worden. Wer anders als Karl Friedrich Schinkel hätte es entwerfen können! Die Berliner berauschten sich daran ebenso wie am Bier, das von der Hopf'schen Brauerei auf dem Bock ausgeschenkt wurde. Auch eine nahe gelegene Weißbierkneipe, die mit Trompetenconcerten auf sich aufmerksam machte, hatte regen Zulauf. Das Denkmal galt als Juwel in einer Gegend, die in den Stadtführern als *verwahrlost* bezeichnet wurde.

Vor dem Berg – der ja bestenfalls ein Hügel war, zog man von seiner Höhe die rund dreißig Meter ab, die Berlin über dem Meeresspiegel lag – dehnte sich eine trostlose Fläche mit einer Riesenkaserne, hinter ihm erstreckte sich eine dürre Ebene, die teils zu Paraden und Manövern, teils zu Wettrennen genutzt wurde. Sich Paraden anzusehen gehörte zu den größten Vergnügungen der Berliner. Egal ob es Schusterjungen regnete oder die Sonne höllisch vom Himmel brannte, man eilte hinaus vor das Hallesche Thor, um die Soldaten in ihren wunderschönen Uniformen zu bewundern. »Det muss man mitmachen«, hieß es, »denn det kost' uns 'n jutet Stück Jeld, und et is det Einzije, wat wa davor haben.« Man marschierte stundenlang und schwitzte fürchterlich, und am schönsten war es, wenn man Seine Majestät zu sehen bekam.

Auch der Buchbindergeselle Louis Schmiedefeld hatte sich auf den Weg gemacht, um das Schauspiel zu genießen. Seine Augen leuchteten heller, und Stolz erfüllte ihn, als er mit langem Hals die Garde du Corps, die Kürassiere, die Ulanen und die Artillerie vorüberziehen sah. Da vergaß er sogar seine Cigarre und seinen Kümmel.

Nach einiger Zeit zog er weiter in Richtung Johannistisch, wo in der Nähe des Königlichen Reitplatzes Pferderennen abgehalten wurden. Wetten wollte er auch, in erster Linie aber den Auftrag erfüllen, den Dr. Wiesenburg ihm gegeben hatte: sich umzuhören und Elemente ausfindig zu machen, die Preußens Ordnung und damit die Weltordnung gefährdeten. Er tat dies gern, denn Leute zu belauschen war seine wahre Leidenschaft, und außerdem hatte ihm der Geheime Oberregierungsrath eine ganz besondere Belohnung versprochen: eine Stelle im Staatsarchiv.

Er kam in einen Bereich des Tempelhofer Feldes, das ein ungewöhnlich festliches Aussehen hatte. Große Tribünen waren errichtet worden, auf denen nicht immer schöne, auf alle Fälle aber elegante Damen zu bewundern waren. Alles, was Berlin an Mode aufzuweisen hatte, war hier vertreten. In einer glänzenden Calèche rollte gerade eine Fürstin heran, und eine Victoriachaise brachte eine Tänzerin mit ihrem Geliebten. Das gewöhnliche Publikum kam zu Fuß oder mit billigen Pferdefuhrwerken. Manche hatten nicht einmal das Geld für einen hinteren Tribünenplatz und mussten sich mit einer Rolle als Zaungast begnügen. Es gab eine Absperrung, an der das einfache Volk zurückbleiben musste und die nur der passieren durfte, der von Adel war oder Rang und Namen hatte. Da war zum Beispiel der Staatsanwalt, das Lorgnon im Auge, der einer gefeierten Schönheit vom Theater das sagte, was ihr schon hundert andere gesagt hatten. Ein Gardeoffizier, dessen Pferde bei jedem Rennen einen Sieg errangen, plauderte mit einem Landjunker, der gerade auf dem Wollmarkt einen großen Gewinn erzielt hatte.

Schmiedefeld mischte sich unter die Gaffenden, bekam aber vorerst nichts zu hören, was eine Arretierung gerechtfertigt hätte, obwohl manche Äußerung hart an der Grenze war.

»Kiek ma, der Jockey da! Mensch, is det 'n Hämekin.«

»So wenig, wie wir zu essen kriejen, da wer'n wa bald alle so aussehen als wie der.«

»Jetz steckta sich Steine inne Taschen, damita so ville wiecht, wiea muss.«

»Nu issa steinreich.«

»Det bin ich ooch jleich, denn diesmal hab ick uff den richtichen Jaul jesetzt.«

»Ick setze uff Friedrich Wilhelm IV., da jewinne ick imma.«

Schmiedefeld hatte das Gefühl, dass die letzten Worte nur gesagt worden waren, um ihm zu bedeuten, dass man ihn als Schnüffler erkannt hatte. Einerseits ärgerte ihn seine Enttarnung, andererseits genoss er es, bedeutsam zu sein. Früher hatte ihn keiner so richtig wahrgenommen, jetzt war er wer. Er war bekannt, er war gefürchtet.

Er schlenderte weiter, um aus der Ferne die Rennen zu verfolgen. Erst ging es über die flache Strecke, dann über Hindernisse hinweg. Er wettete und gewann eine kleine Summe. Es schien sein Glückstag zu sein, und es fehlte ihm nur noch etwas Weibliches. Er sah sich um und entdeckte am Rande des Areals eine Marketenderin, die mit Schnaps und Knoblauchwürsten handelte. Er mochte solche dralle Frauen wie die - spack, wie er war. Siegesgewiss näherte er sich ihrem Stand, bestellte sich einen Kümmel und begann, mit ihr zu schäkern.

»Was machen Sie denn hier? Ich habe Sie doch erst gestern im Hennig'schen Sommertheater gesehen ... in der Chausseestraße.«

»Det muss 'n Irrtum sein. Sie, wat dit da kostet, det kann ick mir nich leisten.«

Schmiedefeld spielte den Charmeur. »Nicht im Parkett hab ich Sie gesehen, sondern auf der Bühne ... als die wunderschöne Prinzessin.«

»Na, Sie tragen aba dicke uff!«

»Nun, ich bete Sie an.« Schmiedefeld hielt ihre Hand fest, als sie ihm den Kümmel reichen wollte. »Gehen wir beide tanzen nachher?«

Die Marketenderin schien nicht abgeneigt, aber bevor sie den Mund auftun konnte, stand ihr Galan hinter Schmiedefeld und riss ihn zurück.

»Hände weg von die Marie!«

»Hände weg von mir!« Schmiedefeld schlug den Arm des Mannes mit einer solchen Wucht zur Seite, dass es schmerzen musste.

Der fuhr einen Schritt zurück und machte Anstalten, sich auf Schmiedefeld zu stürzen und ihn kräftig zu verdreschen. »Du wagst et, mir anzufassen, du dünnet Hemde, aus dir mach ick Frikassee!«

»Adolph, mach dir nich unjlücklich!«, rief die Marketenderin, denn ihr Liebhaber war dem anderen nicht nur an Gewicht weit überlegen, sondern hatte auch schon wegen einiger Roheitsdelikte in der Stadtvogtei gesessen.

»Komm doch!«, sagte Schmiedefeld und holte sein Messer aus der Jacke. Er war in seinem Leben so oft verprügelt worden, dass er sich diese Waffe zugelegt hatte. Aus Angst, dass ihm einer von denen, die er bei Dr. Wiesenburg denunziert hatte, einmal ans Leder wollten, trug er es ständig bei sich.

Doch das Messer konnte den anderen nicht abschrecken. Ohne Zögern warf er sich auf Schmiedefeld.

Blamier mich nicht, mein schönes Kind,
Und grüß mich nicht unter den Linden;
Wenn wir nachher zu Hause sind,
Wird sich schon alles finden.

Heinrich Heine, der von 1821 bis 1823 in Berlin studiert hatte, kannte den Strich Unter den Linden. Aber auch im Lustgarten, auf dem Schloßplatz und im Thiergarten promenierten die *marchandes d'amour*. König Friedrich

Wilhelm II., dem man nachsagte, selbst eifriger Besucher von Bordellen gewesen zu sein, wollte die Damen vom horizontalen Gewerbe nicht mehr vor seiner Haustür sehen, deshalb erklärte er die Straßen und Plätze um das Brandenburger Thor zum Sperrbezirk und griff zur Feder: *Wir, Friedrich Wilhelm von Gottes Gnaden, verfügen hiermit, zur Steuerung der heimischen Unzucht öffentliche Häuser einzurichten. Wir verbieten, dass sich galante Frauenpersonen in der ganzen Stadt verbreiten, und befehlen statt dessen, sie in diesen Häusern zu halten.* Insbesondere in der Gasse an der Königsmauer, welche die Kloster- mit der Königstraße verband, entstanden an die fünfzig Etablissements. Gerade schlossen sich die Berliner, die hier wohnten und Handel trieben, zu einer Initiative zusammen, um die Bordelle, die alles mögliche Gesindel anlockten, das stahl, dunklen Geschäften nachging und ständig in Raufereien verwickelt war, in weniger dicht besiedelte Gegenden am Stadtrand umzusiedeln.

Dies alles konnte Louis Schmiedefeld nicht abschrecken, denn die Marketenderin auf dem Tempelhofer Feld hatte ihn heißgemacht. Es war spät geworden, weil er nach dem Recontre am Stand mit dem Kümmel und den Knoblauchwürsten einige Zeit auf der Constablerwache hatte zubringen müssen. Adolph Rotzis, so der Name seines Gegenparts, hatte behauptet, seine Braut vor den Attacken des anderen schützen zu müssen, doch Augenzeugen hatten angegeben, dass er, Schmiedefeld, sich der Dame keinesfalls unsittlich genähert habe und das Ziehen seines Messers nichts anderes als Notwehr gewesen sei. Rotzis hatte auch nur eine kleine Wunde an der linken Hüfte abbekommen, und Schmiedefeld konnte sichergehen, dass Dr. Wiesenburg die ganze Sache sehr schnell niederschlagen würde. Er brauchte sich also keine Sorgen zu machen.

Schmiedefeld kam von der Münzstraße und wollte eine Abkürzung nehmen, um schneller an der Königstraße zu sein, lief also nicht geradeaus weiter und die belebte Alexanderstraße entlang, sondern bog rechts ab in den stillen Weg am Königsgraben, einem schmalen Wasserlauf, der mit seiner dicken Schlammschicht einen höllischen Gestank verbreitete. Doch den Buchbindergesellen störte das wenig, er hatte schon das köstliche Parfüm der Schönen in der Nase, die er gleich besitzen würde. Vorfreude und Erregung waren so groß, dass er bereits die linke Hand in der Hosentasche stecken hatte, um sein Glied zu massieren und die erste Lust zu genießen. Nach wenigen Schritten überfiel ihn heftiger Harndrang, und er trat schnell an die Kaimauer. In der Nähe war niemand, und außerdem wurde es schon langsam dunkel.

Doch kaum hatte er seinen Hosenschlitz aufgeknöpft, hielt hinter ihm eine Droschke. Der Fahrer beugte sich vom Bock herab. »Pardon, mein Herr, wo ist hier die Marienstraße?«

»Hier gibt es keine Marienstraße, da sind Sie völlig falsch.«

»Aber ich soll da eine Dame abholen«, sagte der Kutscher.

»Die Marienstraße liegt in der Friedrich-Wilhelm-Stadt«, erklärte ihm Schmiedefeld. »Da müssen Sie jetzt umkehren und sehen, dass Sie zur Oranienburger Straße kommen.«

»Ich bin fremd hier ... Die Oranienburger Straße geht zum Rosenthaler Thor?«

»Nein, da müssen Sie hinten die Münzstraße hoch und dann ...«

Weiter kam er nicht, denn in diesem Augenblick hatte ihm jemand von hinten einen Strick um den Hals geworfen und versuchte nun, ihn zuzuziehen.

Zehn

Waldemar Werpel hatte in der hinteren Ecke seines Bureaus noch immer die Umhängetasche stehen, mit welcher der Kolporteur und Einbrecher Franz Karbusch seine Romane ausgetragen hatte, und da er an diesem Morgen nichts Besseres zu tun hatte, ging er hin und suchte sich etwas Lesbares heraus. Es war ja zu prüfen, ob die Bögen etwas enthielten, was gegen die Sittlichkeit verstieß. Die Lieferung, die ihm in die Hände fiel, kam von den Reutlinger Druckern und gehörte offensichtlich zum Roman *Die schöne Magelone*. Das klang gut, Werpel begann zu lesen – und kam von der Geschichte gar nicht mehr los. Magelone war die Tochter des Königs von Neapel. Sie und Graf Peter von Provence verliebten sich ineinander und flohen gemeinsam vom Hof, obwohl Magelone einem anderen versprochen war. Auf der Flucht raubte ein Vogel den Ring der Magelone, und als Peter ihm nachging, geriet er in türkische Sklaverei. Zwar konnte er entkommen, fand aber erst nach jahrelanger Irrfahrt wieder zu seiner Magelone zurück, die inzwischen ein Armenhospital gegründet hatte.

Werpel mochte gut und gerne anderthalb Stunden gelesen haben, als energisch an die Tür geklopft wurde. Schnell warf er die Bögen in die Tasche des Kolporteurs zurück und rief nicht eben freundlich, aber laut »Herein!« – bereit, denjenigen, der ihn da gestört hatte, im nächsten Moment gehörig zusammenzustauchen. Doch als er seinen Gast erblickte, sprang er eilends auf, nahm Haltung an und war die Verbindlichkeit in Person.

»Einen schönen guten Morgen, Herr Dr. Wiesenburg! Nehmen Sie doch bitte Platz, Herr Geheimrath, wie kann ich Ihnen behilflich sein?«

Wiesenburg setzte sich auf den Besucherstuhl. »Indem Sie mir mitteilen, wer für den Überfall auf den Buchbindergesellen Louis Schmiedefeld verantwortlich ist.«

Werpel verzichtete darauf, sich ebenfalls zu setzen. »Ich kenne keinen Buchbindergesellen Louis Schmiedefeld.«

»Was, das hat man Ihnen noch nicht gemeldet?«

»Nein, das hat man mir noch nicht gemeldet«, erwiderte Werpel und merkte nun selbst, dass er sich wie ein Rekrut verhielt, der vor der Musterungscommission strammzustehen hatte. »Was ist denn mit diesem ... äh ... Schmiedefeld passiert?«

»Er ist am Königsgraben überfallen worden und sollte erwürgt werden. Nach Dölau und Kesselschläger hätte ich in kurzer Zeit fast meinen dritten Kundschafter verloren.«

Nun wagte es Werpel doch sich zu setzen. »War er also auch ein ...«, fast wäre ihm das Wort Schnüffler entfahren, »... auch einer Ihrer Leute?«

»Ja, sonst wäre ich nicht hier.« Wiesenburg war immer noch ungnädig.

»Am Königsgraben«, wiederholte Werpel. »Nein, der zuständige Viertel-Commissarius ist hier noch nicht aufgetaucht.«

»Gott, wo sind wir denn hier«, rief Wiesenburg, »in Russisch-Polen oder in Preußen?«

Jetzt wurde Werpel doch etwas mutiger. »Pardon, aber halten zu Gnaden, dass wir nicht wissen konnten, von welcher Wichtigkeit dieser Schmiedelfeld für Sie ist.«

»Schmie*de*feld!«, rief Wiesenburg.

»Meinetwegen Schmiedefeld. Trotzdem sehe ich da keinen Zusammenhang.« Werpel machte eine kleine Pause, um seine nächsten Worte bedeutsamer erscheinen zu lassen. »Dölau und Kesselschläger haben sich erhängt, und Schmiedefeld sollte erwürgt werden, wir haben es also mit zwei Selbstmördern zu tun und mit einem Mann, der ermordet werden sollte.«

Wiesenburg sprang auf. »Dass da ein Unterschied ist, das sehe ich selber, da brauche ich mich von Ihnen nicht belehren zu lassen. Sie machen sich jetzt sofort auf den Weg zum Buchbinder Grosse in der Kronenstraße und lassen sich von Schmiedefeld berichten, wie gestern Nacht alles abgelaufen ist. Dann versuchen Sie sofort, die Spur aufzunehmen und den Täter dingfest zu machen. Ich erwarte Ihren Bericht!« Damit war der Leiter der politischen Polizei wieder draußen auf dem Flur. Krachend fiel die Tür ins Schloss.

Werpel zögerte keine Sekunde, sich in Marsch zu setzen. In der Kronenstraße fand er Schmiedefeld an der Spindelpresse und bat ihn zur Anhörung in einen separaten Raum. Beim Gang ins Papierlager entdeckte er am Hals des Buchbindergesellen Striemen, wie sie nur ein Strick verursacht haben konnte. Sie setzten sich auf zwei Hocker.

»Nun erzählen Sie mal!«

Schmiedefeld kratzte sich an der Stirn. »Ja, wo soll ich anfangen?«

»Nicht bei Ihrer Geburt«, brummte Werpel.

»Ich war also gestern auf dem Tempelhofer Feld, um …« Er stockte.

»Ich weiß, im Auftrage von Dr. Wiesenburg.«

»Ja, und da habe ich ein Auge auf eine Marketenderin geworfen. Da hat mich dann deren Bräutigam attackiert, dieser Rotzis, Adolph Rotzis, ich konnte ihn aber mit meinem Messer abwehren. Die Constabler haben uns dann mitgenommen.« Schmiedefeld geriet abermals ins Stocken. »Danach ist es Abend geworden …«

»Das soll öfter vorkommen«, sagte Werpel. »Und?«

»Ich bin durch die Stadt gelaufen, um …«

Werpel nickte. »Ich verstehe.«

»In der Gipsstraße hat Rotzis mir dann aufgelauert und wollte mich zu Boden schlagen. Es kamen aber Leute, und er musste von mir ablassen. ›Dich kriege ich noch!‹, hat er gerufen, und am Königsgraben hat er dann versucht, mir einen Strick um den Hals zu werfen. Hier …« Er zeigte Werpel die Spuren dieses Angriffs.

»Sie haben sich aber befreien können?«

»Ja. Ich konnte noch mein Messer herausreißen und ihm in die Hüfte stechen. Da hat er dann losgelassen und ist mit einer Droschke weg. Bei der hat sein Kumpan auf ’m Bock gesessen und mich abgelenkt. Nach ’m Weg hat er mich gefragt, und Rotzis ist dann von hinten mit seinem Strick an mich rangeschlichen und …« Schmiedefeld schloss die Augen und stieß aufstöhnend die Luft aus den Lungen. »Ich war schon am Röcheln und dachte: Jetz isses aus.«

An der Friedrich-Wilhelms-Universität ging es hoch her. Professor Julius Stahl, prominenter Vertreter der christlichen Staatslehre, zog wieder einmal kräftig gegen Hegel und seinen Schüler Eduard Gans vom Leder. »Wir haben die Entstehung und Entwicklung von Menschen gemachter Gesetze als naturgegebene Phänomene zu betrachten und auszulegen, da sie dem Menschen gleichsam von Gott als ewig mit auf den Weg gegeben sind – und nicht, wie Herr Gans meint, aus dem Geist philosophischer Spekulation und historischer Zuordnung.«

»Unsinn«, rief einer der Studenten, »die herrschenden Werte sind immer die Werte der Herrschenden!«

Das Scharren mit den Füßen und das Zischen geriet nun langsam zum Tumult, und schließlich kam der Rektor herbeigeeilt, um die Störer des Saales zu verweisen, unter ihnen auch die Studenten Heinrich Pütte und Franz Rakow.

Die eilten durch die Flure und schimpften über die Verhältnisse. Die Professoren waren überwiegend konservativ-monarchistisch eingestellt, und der Progress, wie die oppositionelle Bewegung radikalreformerischer und revolutionärer Studenten genannt wurde, hatte seine Befürworter und Förderer fast ausschließlich in den Reihen der Privatdozenten, über die ein Gedicht in Umlauf war, das alles sagte:

Privatdozent ist krank und bleich,
an Hunger und an Durst nur reich.
Weil ihm nichts zahlen tut der Staat,
wird er ein roter Demokrat.

Pütte und Rakow kamen in der Eingangshalle an der Stelle vorbei, an der etwas mehr als hundert Jahre später an einer Marmorwand die Worte von Karl Marx stehen sollten, der hier von 1836 bis 1841 studiert hatte: *Die Philosophen haben die Welt nur verschieden interpretiert; es kommt aber darauf an, sie zu verändern.* Sie kannten diese These nicht, und dennoch hatten sie bereits begonnen, ihr gemäß zu handeln. Hätten Dr. Wiesenburg, der Criminal-Commissarius Werpel und die Staatsanwaltschaft von ihrem Tun gewusst, wäre es zur folgenden Anklageschrift gekommen:

Die Studiosi Heinrich Pütte, geboren am 3. Oktober 1813 zu Angermünde als Sohn des Chirurgen Dr. Traugott Pütte, und Franz Rakow, geboren am 14. September 1812 in Nennhausen im Havelland als Sohn des Gutsinspectors Konrad Rakow, sind während ihres Studienaufenthalts in Paris in den Jahren 1834 bis 1836 mit dem »Bund der Geächteten« in Berührung gekommen, dessen Ziele mit der Befreiung und Wiedergeburt Deutschlands und Verwirklichung der in der Erklärung der Menschenrechte und Bürgerrechte ausgesprochenen Grundsätze umrissen worden waren. Als sich diese Organisation im Jahre 1836 spaltete, entschieden sich Pütte und Rakow für den radikalen Flügel, den »Bund der Gerechten«. Wieder heimgekehrt nach Berlin, ließen sie aber niemanden ihre verderbliche Gesinnung erkennen und lebten als harmlose Studenten im Haus eines Onkels, des Fabrikanten und Fuhrunternehmers Ferdinand Pütte in der Landsberger Straße. Ein Onkel Püttes, der Schullehrer und Kantor Theodor Pütte, ein stadtbekannter Demagoge, hatte sich, eingedenk seiner Verfehlungen, im Jahre 1837 erhängt. Heinrich Pütte und Franz Rakow glaubten nun in ihrer Verblendung, dass er ein Opfer staatlicher Observierung geworden sei, und schworen in pathologischer Rachsucht, alle die Männer umzubringen, die ihn in seinem frevelhaften Tun beobachtet hatten. Ihre Devise lautete: Tod allen Schnüfflern! So erdrosselten sie am 7. Mai 1842 den Schneidergesellen Ludwig Dölau und am 22. Mai 1842 den Handlungsdiener Johann Kesselschläger. Ihr modus operandi war beide Male ebenso raffiniert wie verwerflich: Sie überfielen und erdrosselten ihre Opfer zuerst, indem sie ihnen einen Strick um den Hals schlangen und zuzogen, und verbrachten sie dann in den Thiergarten, wo sie sie an einen Ast hingen, um einen Selbstmord vorzutäuschen. Einen dritten Mord planten sie für den 9. Juni 1842, doch dem Buchbindergesellen Louis Schmiedefeld gelang es, sie abzuwehren.

Diese Anklageschrift gab es nicht, und dennoch hatten Pütte und Rakow sie ständig vor ihrem geistigen Auge. Nach dem missglückten Anschlag auf Schmiedefeld liefen die beiden bedrückt durch die Stadt, und Rakow hatte Angst, dass man bemerken könnte, wie er hinkte, denn Schmiedefelds Messer war ihm in den Oberschenkel gefahren. Nicht tief, und er hatte nicht einmal zum Wundarzt gehen müssen – aber im Zweifelsfalle war diese Wunde für sie das Todesurteil.

»Ach, was soll uns schon passieren!«, rief Pütte, als sie die Landsberger Straße entlanggingen und niemand in der Nähe war, der sie belauschen konnte. »Es war zu dunkel, als dass mich Schmiedefeld erkannt hätte, und du hattest ja eine Maske vorm Gesicht.«

Rakow fluchte und suchte, sich einmal mehr zu rechtfertigen. »Dass dieser Kerl auch so lang sein muss, verdammt noch mal! Ich bin beim ersten Versuch mit meinem Strick an seiner Stirn hängengeblieben, und ehe ich neu ansetzen konnte, hatte er schon sein Messer aus der Tasche gerissen und zugestoßen. Da musste ich loslassen und ...«

»Na, jedenfalls haben wir uns noch aus dem Staube machen können, bevor der Constabler da war. Und bald wird Gras über die Sache gewachsen sein ...«

Johann Friedrich August Borsig hatte, nachdem er lange Jahre in der Eisengießerei von Franz Anton Egells gearbeitet hatte, am 22. Juli 1837 eine eigene Gießerei und Maschinenbau-Anstalt gegründet, und zwar im Berliner »Feuerland«, draußen vor dem Oranienburger Thor. In der Anfangszeit waren bei Borsig Dampfmaschinen gebaut worden, dann hatte man für die Berlin-Potsdamer Eisenbahn Dampflokomotiven repariert und schließlich selbst welche gebaut. 1840 war die erste Lokomotive aus der Halle gerollt. Werpel, der sich stark für alles interessierte, was mit der Eisenbahn zusammenhing, wusste, dass die Fabriknummer 1 den Namen *Borsig* bekommen hatte und die Achsfolge 2'A1 aufwies. Sie hatte eine Wettfahrt gegen eine Maschine von George Stephenson, die von Berlin nach Jüterbog und zurück gegangen war, mit zehn Minuten Vorsprung gewonnen.

Werpel kam die Chausseestraße hinauf. Von weitem sah es so aus, als sei auf dem Borsig-Areal ein Vulkan ausgebrochen, derart schwarze und kompakte Rauchwolken stiegen dort in den Himmel. Er sah das ein jedes Mal mit Freude, denn jeder rauchende Schornstein erfreute das Herz des Berliners. Industrie hieß Arbeit und Überleben für alle und war deshalb wichtig in diesen lausigen Zeiten. Obwohl ihn der lange Weg angestrengt hatte, war er bei guter Laune. Doch das sollte sich ändern, als er den Pförtner nach Adolph Rotzis gefragt hatte.

»Weeß ick nicht! Bin ick Jesus? Wer iss'n ditte?«

Werpel zeigte mit seiner Entgegnung, dass er doch nicht so humorlos war, wie manche seiner Gegner behaupteten. »Wer Jesus ist, sollten Sie eigentlich wissen.«

»Quatsch, der mit dem Rotz.«

»Ein Arbeiter hier, was sonst!« Werpel verdrehte die

Augen. »Wo Borsig zu finden ist, das wüsste ich schon selber.«

»Wat woll'n Se eijentlich hier, wenn ick mal fragen darf?«

Werpel war verblüfft über diese Frage, denn er ging davon aus, dass ihn in Berlin ein jeder kennen würde. Er schwieg erst einmal, weil er sich beleidigt fühlte, dann nannte er seinen Namen und teilte dem anderen mit, dass er als Criminal-Commissarius in amtlicher Mission ins Feuerland gekommen sei.

»Ach, so is dit!« Der Pförtner nahm sogleich Haltung an und war im Nu überaus freundlich. »Dann geh'n Se mal in't Lohnbureau.« Er kam sogar aus seinem Kabuff, um Werpel den Weg zu zeigen.

Es stellte sich heraus, dass Rotzis in der Gießerei arbeitete. Als Werpel dort eintrat, hustete er sich fast die Lunge aus dem Hals, denn giftige Dämpfe waberten durch die Halle, und es stank nach Schwefel und allen möglichen Chemikalien. Endlich hatte er den Glaskasten der Meisterei erreicht, zog die Tür auf und rief hinein, man möge ihm doch bitte den Arbeiter Adolph Rotzis zuführen.

»Hat der wieder wat ausjefressen?«, kam die Frage des Meisters.

»Nur ein kleiner Händel um eine schöne Frau.«

»Na, wo der Adolph zuschlägt, da wächst keen Gras mehr. Aber tüchtig zupacken kann er. Da verzeihen wir ihm so manchet. Warten Sie mal, ick hol ihn.«

»Danke. Ich warte vorm Eingang, da ist die Luft doch 'n bisschen besser.«

Damit lief Werpel zwar Gefahr, dass Rotzis das Weite suchte, aber das nahm er seiner Gesundheit zuliebe in

Kauf. Außerdem wäre ein Fluchtversuch so gut wie ein Geständnis gewesen. Und in Preußen entkam niemand.

Doch Werpel brauchte keine zwei Minuten zu warten, da stand Rotzis schon vor ihm.

»Ick dachte, det is allet erledigt mit dem Schmiedefeld, det der mich mit sei'm Messa verletzt hat. Wir jehn vor Jericht, und da wird sich allet klären, wat da uff 'm Tempelhofer Feld passiert is.«

»Es geht hier nicht um Ihre Auseinandersetzung wegen der Marketenderin«, erklärte ihm Werpel, »sondern darum, dass Schmiedefeld behauptet, Sie hätten ihn am Abend am Königsgraben attackiert und versucht, ihn mit einem Strick zu erwürgen.«

Rotzis schüttelte den Kopf. »Det is ja nu erstunken und erlogen, Herr Commissarius! Inne Gipsstraße wollte ick ihm 'n paar inne Fressen jehm, det stimmt, aba da waren zu ville Zeugen dabei, da bin ick dann lieba unjesehn ab quer durch die Mitte.«

»Haben Sie ein Alibi?«

»Wen soll ick lieb ham?«

»Ob Sie Zeugen dafür haben, dass Sie gegen elf Uhr abends nicht am Königsgraben waren?«

»Ja, meine Minna, det is die mit dem Stand uff 'm Tempelhofer Feld.«

»Hm ...« Werpel überlegte. Ein Alibi von der Braut war nicht viel wert, und vielleicht war es besser, wenn er es mit einer Gegenüberstellung versuchte. Aber wenn Schmiedefeld später vor Gericht behaupten würde, er hätte Rotzis als Täter ausgemacht, dann würde der nur höhnisch lachen: »Bei die ägyptische Finsternis, die wa hatten, könnten Se mit Ihre Jabe in 'n Circus ufftreten.« Da hatte Werpel eine Idee. »Bei ihrem Recontre auf dem Tempelhofer

Feld hat Ihnen Schmiedefeld doch einen Messerstich beigebracht?«

»Ja, hier.« Rotzis zog sein Hemd aus der Hose und zeigte die verbundene Stelle an der Hüfte.

»Und am Königsgraben hat er dem Täter auch einen Messerstich versetzt.«

Rotzis kapierte schnell, worauf der Commissarius hinauswollte. »Also müsste ick noch eenen ham, wenn ick et war?«

»So ist es!«

»Soll ick mir hier nackicht ausziehen?«, fragte Rotzis.

»Nein, kommen Sie mit auf die Toilette!«

Rotzis tat es, und es stellte sich heraus, dass er tatsächlich nur eine Wunde aufzuweisen hatte. Damit war er aus dem Schneider, und Werpel duckte sich unwillkürlich, als er daran dachte, wie ihn Dr. Wiesenburg zusammenstauchen würde, wenn er bei ihm zum Rapport erschien.

Elf

Christian Philipp von Gontard wollte das zweite Wochenende im Juni nutzen, um seine Lieben zu besuchen. Aber das war leichter gesagt als getan, denn von Berlin nach Wutike waren es an die zwölf Meilen, und die in einer Postkutsche zurückzulegen war die reinste Tortur. Schön, er hätte sich auch in den Sattel schwingen können, aber so gern er auch durch den Thiergarten ritt, derart lange Strecken waren ihm ein Greuel, schließlich kam er von der Artillerie und nicht von den Ulanen. Alles würde besser werden, wenn die Berlin-Hamburger Eisenbahn erst einmal fuhr, aber man war noch immer nicht über die Planung hinausgekommen, und es hieß, man würde in zwei Jahren mit ihrem Bau beginnen.

»Was tun?«, fragte er den besten Freund, als sie bei Stehely im roten Zimmer saßen.

»Henriette und die Kinder nach Berlin holen«, antwortete Friedrich Kußmaul, »oder selbst aufs Land gehen.«

Gontard schüttelte den Kopf. »Ich brauche meinen Hörsaal, meine Bühne, auf der ich mich austoben kann, und keine Spargelbeete.«

»So wirst du dich weiter von deiner Frau und deinen Kindern entfremden«, fürchtete Kußmaul.

»Die Trennung schweißt uns eher zusammen«, sagte Gontard, obwohl er selbst nicht ganz an diese These glaubte. »Aber ich liebe meine Freiheit nun mal ebenso wie meine Frau und meine Kinder.«

»Ich weiß nicht ...« Kußmaul konnte sich kein Leben vorstellen, in dem er nicht täglich Frau und Kinder um sich hatte.

»Der eine so, der andere so«, sagte Gontard. »Da bin ich ganz der Meinung des Alten Fritzen: Ein jeder soll nach seiner eigenen Façon selig werden.«

»Und was sagt Henriette dazu?«, fragte Kußmaul.

Gontard zögerte mit einer Antwort. »Der wäre es wohl am liebsten, wenn die Kinder hier in Berlin zur Schule gehen könnten, insbesondere der Junge. Sie will nicht, dass er ein typischer Krautjunker wird, grob und einfältig.«

Kußmaul lachte. »Da bin ich ganz auf ihrer Seite.«

»Verrat!«, rief Gontard.

»Nicht als Freund, sondern als Arzt rate ich dir zum beschaulichen Familienleben«, sagte Kußmaul.

Gontard wechselte das Thema. »Hast du schon gehört, dass es einen Mordanschlag auf Schmiedefeld gegeben hat, einen von Wiesenburgs Schnüfflern?«

»Wer hätte es nicht gehört!« Kußmaul dämpfte seine Stimme. »Zwei haben sich erhängt, der dritte sollte umgebracht werden, hm ... Wenn da kein Zusammenhang besteht, dann ...«

»Es kann aber auch alles reiner Zufall sein«, gab Gontard zu bedenken. »Wir sollten uns davor hüten, unsere Wünsche als Realität zu nehmen: dass nämlich jemand ...«

»Pst!«, machte Kußmaul. »Ich verstehe zu wenig von der menschlichen Seele, um mir ausmalen zu können, wie es jemandem gelingen könnte, einem Schnüffler so ins Gewissen zu reden, dass der sich freiwillig erhängt – aber vorstellbar ist es durchaus ...«

»Aber hast du jemanden gesehen, der auf Wiesenburgs Männer zugeht und sie ins Gebet nimmt?«, wandte Gontard ein.

»Nein.«

»Ich auch nicht.« Gontard wusste, dass man sich manchmal damit abfinden musste, nichts ausrichten zu können. »Verlassen wir uns auf unseren wackeren Werpel, der wird's schon machen.«

»Wer sich auf Werpel verlässt, ist selber verlassen.«

Gontard stand auf. »Ich flüchte mich jedenfalls morgen aufs Land. Soll ich nun nach Wutike reiten oder mich in die Hamburger Postkutsche setzen?«

»Setz dich in die Kutsche, da hast du wenigstens Gesellschaft!«

Bis Hildesheim ging's auf ganz abscheulichen Wegen schneckengleich. Vor Hildesheim in der Nacht verfuhren wir uns gänzlich, kamen auf morastige Wiesen, an aufgeworfene Gräben, mussten aussteigen, und durch Koth waten, und waren darauf kaum wieder eingestiegen, als die ganze Postkutsche an einem kleinen Hügel umschlug. Heiliger Gott, welche Finsterniß, was für ein Chaos von Beinen, Armen, Gesichtern! Ich kam bei dieser Gelegenheit recht eigentlich unter Menschen, denn über mir lag ein dicker Portd'epeefähnrich von etlichen Zentnern. Nachdem jeder seine Gliedmaßen wieder zusammengerafft hatte, krochen wir aus dem Bauch des Untiers durch das Guckfenster, einer nach dem Anderen, wie Schornsteinfeger aus dem Rauchfange. Pechschwarze Nacht, unendliches Regengewässer und Schmutz am Boden.

Gontard hatte erst vor einigen Tagen gelesen, was Carl Immermann im Dezember 1821 auf seiner Reise von Magdeburg nach Münster widerfahren war, und er, er könnte

Ähnliches erleben. Doch in den letzten Jahren war so manches geschehen, das das Reisen erträglicher gemacht hatte. Ganz Deutschland war inzwischen mit einem Netz von »Kunststraßen« überzogen worden, und die »Eilwagen« – in Preußen »Schnellpost« genannt – kamen immerhin auf eine Geschwindigkeit von gut einer Meile in der Stunde, um die acht Kilometer. Überfälle gab es auch keine mehr, und dass eine Postkutsche wegen eines gebrochenen Rades oder eines betrunkenen Postillons umstürzte geschah nur selten, dazu hatte der General-Postmeister von Nagler seine Truppe zu gut im Griff.

Es war kurz vor sechs Uhr. Am Ende der Landsberger Straße ging die Sonne auf, und es schien ein heißer Tag zu werden.

Gontard teilte sich das Gefährt mit fünf anderen Reisenden, vier Männern und einer Frau. Die Herren, zwei Handelsvertreter, ein Infanterie-Offizier und ein Professor der Geologie, wie sich später herausstellen sollte, waren ihm bis dato unbekannt gewesen. Die Dame hatte er allerdings schon öfter gesehen, und zwar auf der Bühne des Königlichen Schauspielhauses am Gensdarmen-Markt. Es war keine andere als Amanda Niemann, der man eine Liaison mit Magnus Kahlbaum nachsagte.

Der Postillon stieß noch einmal ins Horn, um die letzten potentiellen Fahrgäste aus den Localitäten zu locken, prüfte mit großer Umständlichkeit die Zugstränge und die Hafervorräte, warf seinen Mantel, da es langsam wärmer geworden war, auf den Wagen, kletterte auf den Bock, griff zur Peitsche und rief den Pferden seine Befehle zu. Widerwillig setzten sich die Tiere in Bewegung, und erst ein scharfer Peitschenknall erinnerte sie an ihre Pflichten. Über Spandau, Nauen, Friesack und Neustadt (Dosse) sollte es nach Hamburg gehen. Gontard wollte in Kyritz aussteigen und von dort mit einem geliehenen Pferd nach Wutike reiten. Wenn alles glattging, hatte er bei Sonnenuntergang sein Ziel erreicht.

Die Kutsche war alles andere als feudal gefedert, und bei jedem Schlagloch wurden sie gehörig durchgeschüttelt. Gontard schimpfte zwar wie die anderen Passagiere, freute sich aber in Wahrheit über jede Turbulenz, denn Amanda Niemann saß neben ihm, und er nutzte jede Chance zur lustvollen Tuchfühlung, denn er war phantasievoll genug, sich auszumalen, was Magnus Kahlbaum mit ihr getrieben hatte.

Der war es auch, den Gontard benutzte, um mit der Schauspielerin ins Gespräch zu kommen, nachdem sie alle anderen Versuche zur Konversation kalt abgewiesen hatte. Erhaben blickte sie über jeden Mann hinweg, der ihr damit kam, dass er sie auf der Bühne gesehen habe und einer ihrer glühendsten Anbeter sei.

»Ich habe schon viel von Ihnen gehört«, sagte Gontard, »vor allem durch meinen Freund Magnus Kahlbaum.«

»So?« Sie funkelte ihn an, und er duckte sich unwillkürlich, weil er fürchtete, von ihr geohrfeigt zu werden. »Das war einmal.«

»Oh.« Ein anderer Kommentar fiel Gontard nicht ein, denn die Schauspielerin hatte eine so herrische Art an sich, dass Männer ganz klein vor ihr wurden. Doch kaum hatte er registriert, dass es zwischen ihr und Kahlbaum aus war, schoss der Gedanke in ihm auf, dass er doch an die Stelle Kahlbaums treten konnte. *Und führe mich nicht in Versuchung …* Amanda Niemann war die Versuchung in Person! Verschämt legte er seine Hände in den Schoß, damit niemand seine Erektion bemerkte. *Du sollst nicht begehren …*

Und wie er sie begehrte! Er hätte in diesem Augenblick ein Jahr seines Lebens dafür hergegeben, wenn sie mit ihm ausgestiegen und in ein Hotel gegangen wäre. »Sie wollen gar nicht wissen, wie es Magnus Kahlbaum geht?«

»Nein, das weiß ich besser als Sie: nämlich schlecht. Da hat sich etwas in seiner Seele eingenistet, das ihn langsam auffrisst.«

»Und was?« In solchen Dingen war Gontard immer neugierig.

Amanda Niemann seufzte. »Wenn ich das nur herausgebracht hätte!«

Fast hätte Gontard gefragt: »Nicht einmal im Bett?« – aber so verwegen war er dann doch nicht, zumal die drei Herren, die ihnen am nächsten saßen, schon die Ohren aufsperrten. Außerdem stieg in Spandau ein Fahrgast zu, der alle Aufmerksamkeit auf sich zog, nämlich Peter Joseph Lenné, der 1816 in preußische Dienste getreten war und wie kein anderer die Gartenkunst des Königreichs geprägt hatte. Der Professor der Geologie fand als Erster den Mut, Lenné anzusprechen.

»Kompliment, Kompliment! Ich habe letzten Monat Ihr Werk *Projectirte Schmuck- und Grenzzüge von Berlin mit nächster Umgebung* gelesen, das Sie mit Karl Friedrich Schinkel zusammen zu Papier gebracht haben. Und nun hört man, dass Sie sich auch im Kanalbau versuchen wollen?«

»So ist es. Der Landwehrkanal, der Luisenstädtische und der Berlin-Spandauer Schifffahrtskanal werden es sein.«

»Die Berliner fangen schon an, Sie ›Buddel-Peter‹ zu nennen«, sagte der Infanterie-Offizier.

Gontard lachte. »Solange mit Buddeln nicht die Schnapsflaschen gemeint sind, mag das ja noch angehen.

Was ich in Ihren Planungen aber besonders wichtig finde, ist, dass Sie in der Stadt Grüngürtel anlegen wollen, damit die Bevölkerung sich erholen kann, ohne große Ausflüge unternehmen zu müssen.«

Lenné winkte ab. »Daraus wird leider nicht viel werden, denn auf jedem Quadratzoll sollen Gebäude errichtet werden, weil nur die das Geld vermehren.«

»Bleiben Sie mal lieber bei Ihren Parks«, riet ihm der Handelsvertreter. »Da haben Sie mehr Freude dran.«

»Und wir auch«, fügte Amanda Niemann hinzu. »Ihre Sichtachsen sind eine geniale Idee.«

»Im Theater wünsche ich mir auch immer eine solche Sichtachse«, sagte Gontard. »Wenn nur Riesen vor mir sitzen, dann ...« Er blickte der Schauspielerin in die grüngraublau changierenden Augen. »Und jede Sekunde, in der man Ihrer nicht ansichtig werden kann, ist verlorene Lebenszeit.«

»O danke, mein Herr!«

Der Geologieprofessor wollte die Unterredung am Köcheln halten und fragte Lenné, woher denn sein Name käme, er habe gehört, dass seine Vorfahren aus Frankreich kämen.

»Nein, aus Lüttich, Liège. Es war eine Gärtnerfamilie, die nach Poppelsdorf ausgewandert ist. Das liegt bei Bonn.«

Hier schwieg Lenné, aber Gontard kannte die ganze Geschichte. »Und die Leute hießen Le Nain, was gar nicht gut war, da ja im Rheinland doch viele Leute Französisch verstehen.«

»Le Nain«, lachte der Geologieprofessor, »der Zwerg! Und das passiert einem, der mit Gärten zu tun hat! Ich verstehe, dass das nicht ging.« Die Gartenzwerge waren gerade dabei, sich in den kleinbürgerlichen Vorgärten auszubreiten.

Mit solcher Plauderei verging die Zeit schneller, als Gontard erwartet hatte, und bei jedem Pferdewechsel, also etwa alle zwei Stunden, konnten sie kurz aussteigen und sich die Beine vertreten. Dabei ließ es sich Gontard nicht nehmen, Amanda Niemann die Hand zu reichen und ihr aus dem Wagen zu helfen. Viel zu schnell waren sie in Kyritz angelangt.

»Ich hoffe, wir sehen uns in Bälde in Berlin«, sagte er beim Aussteigen.

»Kaufen Sie sich ein Billett für die erste Reihe!« Sie lachte, aber ihr Blick war so lasziv, dass er sich durchaus etwas versprechen konnte.

Nein, das konnte er Henriette nicht antun. Er strafte sich für seine sündhaften Gedanken, indem er auf eine Abendmahlzeit verzichtete und sich sofort auf sein Mietpferd schwang, um nach Wutike zu reiten. Über Mechow und Dementhin, immer die Chaussee lang, waren es vielleicht anderthalb Meilen, und die schaffte er, wenn der Mond aufgegangen war, vielleicht in einer Stunde.

Und so war es dann auch. Gegen zehn Uhr ritt er an der Feldkirche vorbei und hatte wenig später Rittergut und Herrenhaus erreicht. Henriette und die Kinder begrüßten ihn mit Jubel, und man küsste und herzte sich minutenlang. Bei aller Freude spürte er aber ihren stillen Vorwurf, dass er nicht Tag für Tag bei ihnen war, und er musste, wie bei jedem Besuch, erst einmal gegen sein Schuldgefühl ankämpfen. Lebte er allein in Berlin, fehlte ihm seine Familie, war er länger als drei Tage bei seiner Familie, fehlte ihm seine Freiheit.

Nachdem sie zusammen zu Abend gegessen hatten,

konnte es ihm gar nicht schnell genug gehen, dass die Kinder zu Bett gingen, denn er wollte Henriette endlich für sich alleine haben. Der Appetit, den er sich bei der Begegnung mit Amanda Niemann geholt hatte, verlangte eine ausgiebige Mahlzeit.

Am nächsten Morgen ging es gleich nach dem Frühstück mit der Kutsche nach Groß Pankow, wo eine der ältesten märkischen Familien, und zwar die mit der Gans im Wappen, seit langer Zeit ansässig war. Man schrieb das Jahr 1147, als einige »Gans Edle Herren zu Putlitz« mit dem Wendenkreuzzug im Heer Albrechts des Bären die Elbe überschritten und nach der Kolonisation mit umfangreichem Landbesitz im Gebiet des Flusses Stepenitz bedacht wurden. Die Gründungen von Wittenberge, Putlitz, Perleberg und Wolfshagen gingen auf sie zurück. Im 17. Jahrhundert erwarb die Familie auch Groß Pankow. Der berühmteste Spross dieses Zweiges der »Gänse« war Gebhard Gans Edler Herr zu Putlitz, der von 1742 bis 1826 gelebt und eine Reihe von bedeutenden Ämtern ausgeübt hatte, so war er Erbmarschall der Kurmark und Ritterschaftsdirector der Prignitz gewesen. Er hatte an mehreren Universitäten studiert und seine Dissertation in Latein vorgelegt. Daneben beherrschte er auch die französische und die holländische Sprache. Während seiner Zeit am Königlichen Kammergericht in Berlin hatte er Kontakte zu Friedrich Nicolai, Lessing, Moses Mendelssohn und Christian Martin Wieland unterhalten und sich als Denker, Gelehrter und Philosoph einen Namen gemacht.

Obwohl sie mit den »Gänsen« – wenn auch über drei Ecken – verwandt waren, hatte Gontard Gebhard nie persönlich kennengelernt, dafür aber war er mit Gustav Gans gut befreundet, seit sie sich in der »Gesetzlosen Gesellschaft zu Berlin« getroffen hatten. Gustav, 1821 zur Welt gekommen, hatte auch literarische Ambitionen, gefördert vom Umgang mit Paul Heyse und Willibald Alexis, und bisher auch schon einige Märchenbücher veröffentlicht.

Gontard umarmte ihn, als sie in der Bibliothek des Schlosses aufeinandertrafen. »Auch wieder mal in Groß Pankow, mein Lieber?«

Gustav lachte. »Wo die große Welt zu Hause ist, darf ich nicht fehlen.«

Das war ebenso spöttisch wie anerkennend gemeint und bezog sich auf seine beiden älteren Brüder Albert Eduard und Carl Theodor. Letzterer war an allem Politischen stark interessiert, und Eduard gehörte zu den Pionieren der modernen Landwirtschaft. Zunächst für eine militärische Karriere ausersehen, war er in die Berliner Militärakademie aufgenommen worden und 1806 in das Leib-Garde-Regiment eingetreten, um die schmähliche Niederlage Preußens in der Doppelschlacht von Jena und Auerstedt hautnah mitzuerleben. Nach den Befreiungskriegen, an denen er als Hauptmann der Landwehr teilgenommen hatte, war er in die Prignitz zurückgekehrt und hatte sich zusammen mit Carl Theodor um die Bewirtschaftung der zu Groß Pankow gehörenden Vorwerke gekümmert.

Gustav dagegen hatte es immer in die Stadt gedrängt, seine Welt war die der Literatur und die des Theaters, obwohl er die Jurisprudenz zu seinem Beruf gemacht hatte.

»Trotzdem zieht es mich immer wieder in meine alte Heimat zurück«, gestand er Gontard. »Und wenn mich mein Vater eines Tages bitten sollte, eines unserer Vorwerke zu bewirtschaften, dann würde ich zwar lange zögern, aber schlussendlich nicht nein sagen.«

»Du solltest mal einen Roman schreiben, der hier in Groß Pankow spielt«, sagte Gontard.

»Christian, du wirst lachen, aber in meinem Kopf ist dieses Buch schon da. *Mein Heim* soll es heißen.«

»Ich bin gespannt darauf!«

Damit gingen sie in den großen Saal hinüber, dessen Wand mit rotem chinesischem Seidendamast bespannt war. Eduard und Carl Theodor standen dort am Fenster und beobachteten die Bauern, die gerade aus dem Krug kamen, in dem sie nach dem sonntäglichen Kirchgang eingekehrt waren. Noch war man unter sich und konnte offen miteinander reden.

»Wie sieht es aus in der Residenz?«, fragte Carl Theodor. »Was ist mit all den Hoffnungen, die mit dem neuen König verbunden waren?«

Gontard zuckte mit den Schultern. »Hoffen und Harren macht manchen zum Narren.«

»Wie lange lassen sich die Bürger noch zum Narren halten?«, fragte Eduard.

»Wer soll das wissen!«

Gustav lachte. »Revolutionen kommen so plötzlich und unerwartet wie der Schlagfuß.«

»Wie sehr es im Volke gärt, weiß am besten, wer der politischen Polizei vorsteht«, erklärte Gontard. »Und mir scheint, dass Dr. Wiesenburg eine Menge weiß. Was er nicht weiß, ist allerdings, was mit seinen Schnüfflern Dölau und Kesselschläger passiert ist. Die haben nämlich einen Abschiedsbrief geschrieben und sich im Thiergarten erhängt. Ein anderer, ein Buchbindergeselle namens Schmiedefeld, ist gerade einem Attentat entgangen. Der Täter könnte ein Nebenbuhler gewesen sein, aber vielleicht auch jemand, der es auf Wiesenburgs Leute abgesehen hat. Jedenfalls kommen Wiesenburg und seine Commissarii nicht weiter, und er hat mich sozusagen um Amtshilfe gebeten.«

Gustav lachte. »Sollst du deine Artilleristen auf die Demagogennester schießen lassen?«

»Nein, aber Wiesenburg die Frage klären helfen, warum sich zwei seiner Leute plötzlich das Leben genommen haben. Er fürchtet, dass das Nachahmer finden könnte. Ich habe ihm gesagt, dass möglicherweise einer durch Berlin läuft, der seine Leute in Trance versetzt und sie dazu bringt sich aufzuhängen.«

»Viel eher glaube ich, dass jemand die beiden Schnüffler zuerst umgebracht und dann erst aufgehängt hat«, sagte Eduard.

Gontard nickte. »Die Idee hatte ich auch schon, aber die Überprüfung der Abschiedsbriefe hat ergeben, dass sie aller Wahrscheinlichkeit nach echt sind.«

»Erstens gibt es geniale Fälscher«, erwiderte Carl Theodor. »Und zweitens kann man sie auch mit vorgehaltener Pistole gezwungen haben, die Briefe zu verfassen.«

»Durchaus – aber der Leichen-Commissarius hat keinen Hinweis darauf entdeckt, dass Dölau und Kesselschläger schon tot waren, als man sie aufgehängt hat. Und ich habe mir auch die Bäume genau angesehen, an deren Ästen sie im Thiergarten gebaumelt haben: Da sprach alles dafür, dass sie sich selbst aufgehängt haben.«

Gustav konnte da nur auf Adolf Müllner zurückgreifen: »*Erkläret mir, Graf Örindur, diesen Zwiespalt der Natur.*«

»Ich bin nicht Graf Örindur, ich kann ihn nicht erklären«, sagte Gontard. »Irgendwo steckt da ein Fehler, aber ich weiß nicht, wo und wie ich ihn finden kann.«

Zwölf

Lissa, polnisch Lézno, lag in der preußischen Provinz Großherzogtum Posen, dem Gebiet also, das im 10. Jahrhundert den Herzögen von Polen gehört hatte und seit dem Ende des 18. Jahrhunderts abwechselnd an Preußen und Russland gefallen war. Die letzte Grenzziehung hatte es beim Wiener Congress 1815 gegeben. Die Bevölkerung bestand zu sechzig Prozent aus Polen, was Berlin anfangs zu der Concession gezwungen hatte, den Fürsten Anton Radziwill als polnischen Statthalter dem preußischen Oberpräsidenten an die Seite zu stellen. Seit es aber 1830 den Aufstand in Congresspolen gegeben hatte, war dieses Amt abgeschafft worden, und in der polnischen Bevölkerung rumorte es immer stärker: Ein Aufstand gegen die Preußen lag in der Luft. Deshalb hatte die politische Polizei eine Reihe von Leuten angeworben und beauftragt, sich im Lande umzuhören und alles Verdächtige nach Berlin zu melden. In Lissa war es der Lederhändler Casimir Obornik.

Obornik ging auf die dreißig zu und war schon viel in Preußen, Congresspolen und Russland umhergekommen. Intelligent und gerissen, wie er war, hatte er es mit dem Handel von geschmuggeltem Leder zu einigem Wohlstand gebracht. Der Landrat und die Polizei wussten davon, zumindest ahnten sie etwas, drückten aber beide

Augen zu, denn Obornik, dessen Vater polnische Wurzeln hatte, lieferte die besten Informationen über das, was bei den möglichen Insurgenten gedacht, geredet und geplant wurde.

An diesem Junimorgen streifte er durch Lissa, um nach Ludwig Kalisch Ausschau zu halten. Aus Berlin war die Nachricht gekommen, dass der von Mainz aus, wo er sich als Sprachlehrer niedergelassen hatte, auf dem Wege nach Posen sei.

Zwei große Söhne hatte das kleine Lissa aufzuweisen: Comenius und Kalisch. Ersterer war zwar nicht in Lissa auf die Welt gekommen, hatte aber hier um 1650 als Lehrer und Rektor am Gymnasium ein dürftiges Auskommen gefunden. Ludwig Kalisch war am 7. September 1814 in Lissa geboren worden und hatte seine Vaterstadt 1826 verlassen, um in Glogau zur Schule zu gehen und anschließend in Heidelberg und München Medizin zu studieren. Viel gereist war er, durch ganz Deutschland und durch Frankreich, und hatte sich bald als Schriftsteller versucht. 1836 war sein Buch *Barbiton oder Stunden der Muse* erschienen. Einen Namen hatte er sich vor allem als Autor der Karnevalszeitschrift *Narhalla* gemacht, deren wichtigste Aufgabe es war, Feudalismus und Zensur bloßzustellen. Kalisch vertrat frühe sozialistische Überzeugungen. Man sprach in Mainz davon, dass er bald Herausgeber der *Narhalla* werden sollte, aber auch an eine eigene Zeitung dachte, die *Der Demokrat* heißen sollte. Es war also nicht verwunderlich, dass ihn Dr. Wiesenburg im Auge behalten wollte.

Obornik schlenderte durch die Innenstadt, vorbei an der evangelischen und der katholischen Kirche, der Synagoge, der Präparandenanstalt, dem Landgericht, dem

Gymnasium und dem altertümlichen Rathaus, ohne dass er Kalisch begegnet wäre. Auch im Schlosspark war er nicht zu entdecken. Blieben nur die Promenaden an den alten Festungswerken ... Und richtig: Dort flanierte ein Mann, der dem Signalement nach der Gesuchte sein konnte. Obornik entschloss sich, ihn ganz einfach anzusprechen.

»Gestatten Sie, mein Herr. Sie sind doch der berühmte Ludwig Kalisch?«

»Ja – wieso?«

»Nun, mein Name ist Casimir Obornik, und ich bin ein großer Verehrer von Ihnen.«

»So ... Das freut mich.« Kalisch schien ein misstrauischer Mensch zu sein.

Obornik war insoweit geschult worden, dass er nicht sofort mit der Tür ins Haus fiel, sondern erst einmal zu einem neutralen Thema kam. »Ich handele mit Leder, kann Ihnen aber auch zu einem einmalig günstigen Preis einen Pelz ablassen.«

Kalisch lachte. »Ich weiß, dies sind Zeiten, in denen ich mich auch im Sommer warm anziehen muss.«

Obornik stellte sich dumm. »Wie meinen Sie denn das?«

»Auf das Wetter bezogen natürlich.«

»Ich dachte schon politisch.« Obornik senkte seine Stimme. »Es geht ja das Gerücht, dass dieser Mierosławski wieder unterwegs ist, um seine Fäden zu ziehen. Und Sie waren doch auch in Frankreich ...«

Ludwik Mierosławski wurde als Sohn einer Französin und eines emigrierten polnischen Offiziers 1814 in Frankreich geboren, hatte ab 1820 im russischen Teil Polens gelebt, im sogenannten Congresspolen, und war 1830 als

16-Jähriger am Novemberaufstand gegen das Zarenreich beteiligt gewesen. Nach dessen Niederwerfung war er nach Frankreich gegangen und betrieb von dort die Befreiung und Einigung Polens.

Kalisch gab an, Mierosławski weder zu kennen noch jemals getroffen zu haben. »Frankreich ist zu groß, als dass da jeder jeden kennte.«

»Nun gut ...« Obornik wiederholte sein Angebot, Kalisch zu günstigen Konditionen mit Lederwaren und Pelzen zu versorgen.

Kalisch bedankte sich. »Darüber wäre in der Tat zu reden, denn einen Pelz könnte ich gut gebrauchen, um damit zu üben, wie man ihn waschen kann, ohne ihn nass zu machen.« Damit nickte er dem Schnüffler freundlich zu und setzte fröhlich pfeifend seinen Weg in Richtung Schlosspark fort.

Obornik wusste nicht recht, wie er Kalisch einzuschätzen hatte. Hatte er sich nur über ihn lustig gemacht? Wie auch immer, das Beste war es, er setzte sich in seinen Landauer, fuhr zu seinen Eltern und aß dort zu Mittag.

Als er ankam, waren sie schon alle versammelt, und sein Vater, der strenger Katholik war, sprach das Tischgebet: »Ein gütiges Auge wird gesegnet; denn er gibt von seinem Brot den Armen. Amen.«

»Amen«, murmelte auch Casimir Obornik, obwohl er mit der Religion nichts im Sinn hatte, es sei denn, es ließ sich in ihrem Namen ein gutes Geschäft machen.

Ihm gegenüber thronte sein Vater, der Victualienhändler Stanisław Obornik. An dessen Seite hatte die Mutter Platz genommen, Theresa mit Vornamen und eine geborene Ciazinsky, aber trotz dieses polnischen Namens deutscher Herkunft. Neben Casimir saß seine Schwester Maria, die gerade 22 Jahre alt geworden war und die keinen Bräutigam finden konnte, was seine Eltern schier verzweifeln ließ, da auch er noch keine Frau fürs Leben gefunden hatte.

Sein Vater sah ihn fragend an. »Nun, Casimir, ist deine Ware aus Sibirien endlich angekommen?«

»Nein, immer noch nicht.« Er fürchtete, die Zöllner, die preußischen oder russischen, hätten doch einmal Lunte gerochen. Um von diesem heiklen Thema abzulenken, zeigte er auf die Flasche Weißwein, den sich der Vater aus Bomst hatte kommen lassen. »Wieder dieses Essigwasser aus Bomst.«

»Warum denn in die Ferne schweifen, das Gute liegt so nah! Und Rheinwein mitten in der Woche, wer kann sich das leisten?«

»Ich!«, rief Casimir Obornik und lief nach draußen, um eine Flasche aus seinem Landauer zu holen. Doch er kam nicht mehr dazu, sie zu entkorken, denn kaum war er wieder am Tisch angelangt, erschien der Briefträger am offenen Fenster.

»Entschuldigung, die Herrschaften, aber ein Brief aus Berlin.«

Maria lachte. »Jetzt wird mein Herr Bruder Hoflieferant!«

Für abwegig hielt Casimir Obornik dies keinswegs, denn wenn einer über außergewöhnliche Talente verfügte, dann er. »Ist das Schreiben denn von Seiner Majestät?«

»Nein, von einer Clara Kahlbaum.«

»Das ist eine Cousine von mir«, erklärte Theresa Obornik, »über drei Ecken aus der Breslauer Linie.«

Stanisław Obornik ging zum Fenster, nahm den Brief und schlitzte ihn mit einer Zacke seiner Gabel auf, kam aber noch nicht zum Lesen, da die Köchin gerade mit den ersten beiden Tellern hereinkam. Da heute Montag war, gab es den aufgewärmten Braten vom Vortage.

»Ist das Grüne da schon Schimmel?«, fragte Casimir.

»Nein, nur ein bisschen Thymian.«

»Was schreibt denn Tante Clara?«, wollte Casimir wissen. »Wollen sie uns besuchen kommen?«

»Gott bewahre!«, rief Theresa Obornik. »Flora war ja bei ihnen und kann diesen Magnus nicht verknusen. Der kann keine Frauen ausstehen und soll ...« Erschrocken brach sie ab.

Ihr Sohn brach in schallendes Gelächter aus. »... und soll ein Hinterlader sein.«

»Bitte, Casimir!« Maria Obornik war empört. Für sie war Magnus Kahlbaum ein so feiner Herr, wie es ihn in der ganzen Provinz nicht gab.

»Das ist ja interessant«, murmelte Stanisław Obornik.

»Was denn?« Casimir war neugierig.

»Kahlbaum & Gillieux soll es nicht gutgehen«, fasste sein Vater das Gelesene zusammen. »Man fragt an, ob du nicht als Teilhaber in die Firma einsteigen willst.«

»Nur wenn ich Luise dafür kriege!«, rief Casimir Obornik laut.

»Ich glaube, da wirst du offene Türen einrennen«, sagte seine Mutter.

Dreizehn

Der verdächtige, mit einem blauen Mantel umwickelte Pack, welcher zu Meitingen in die Kutsche gelegt worden war, fand sich jetzt hinten aufgepackt. Und als man ihn öffnete, zeigte sich in demselben der mit Wunden bedeckte Leichnam eines Frauenzimmers.

Magnus Kahlbaum hatte einige Bücher mitgenommen, so auch *Dorothea Blankenfeld und die Familie Antonini, oder Die Mörder auf der Reise* von Paul Johann Anselm von Feuerbach. Obwohl die Turmuhr nebenan schon neun Mal geschlagen hatte, fühlte er sich noch immer nicht in der Lage aufzustehen und zu frühstücken. Die Reise von Berlin nach Lissa war eine einzige Tortur gewesen, und er hätte schwören können, der Ausdruck »wie gerädert« käme von der Fahrt mit der Eilpost her und nicht vom Brauch, einen Schwerverbrecher aufs Rad zu flechten und so zu foltern, dass er langsam zu Tode kam. Zwar war er im besten Haus am Platze abgestiegen, aber er fühlte sich eher wie im Berliner Stadtasyl. Er verfluchte sich und die Welt, aber er hatte nicht die Kraft gehabt, sich gegen seinen Bruder durchzusetzen.

Seit ihren Kindheitstagen war es immer so gewesen, dass Ludwig seinen Willen bekommen hatte. Und objektiv gesehen war ja gegen die Idee, Casimir Obornik vor Ort unter die Lupe zu nehmen, auch nichts einzuwenden gewesen.

Der Wirt klopfte gegen die Tür und fragte, ob dem Herrn aus der Residenz unwohl sei, weil er gar nicht nach unten käme, der Kaffee würde kalt.

»Es ist sowieso alles kalter Kaffee«, brummte Kahlbaum. »Ist gut, ich komme in einer halben Stunde.«

Immerhin schaffte er es nun, sich aufzurichten und auf die Bettkante zu setzen. Er suhlte sich geradezu in seinem Elend. Eine Stelle aus Hölderlins *Hyperion* kam ihm in den Sinn: *Es gibt ein Verstummen, ein Vergessen allen Daseins, wo uns ist, als hätten wir alles verloren, eine Nacht unserer Seele, wo kein Schimmer eines Sterns, wo nicht einmal ein faules Holz uns leuchtet.* So fühlte er sich und wäre am liebsten auf der Stelle gestorben. Erst nach weiteren zehn Minuten hatte er sich aufgerafft und war an die hässliche Emailleschüssel getreten, um sich zu waschen. Mit einem Aufschrei des Unbehagens klatschte er sich das kalte Wasser ins Gesicht. »Los, quäle dich, du Sau! *Nec aspera terrent!*« Auch Widerwärtigkeiten schrecken nicht.

Endlich hatte er sich angekleidet und stieg die knarrenden Stufen hinab ins Gästezimmer, das zu dieser Stunde noch leer war. Der Wirt watschelte herbei und brachte ihm Brötchen, Butter, Marmelade und Kaffee.

»Wohl bekomm's, der Herr!«

»Danke.«

»Darf ich fragen, weshalb der Herr in Lissa weilt?«

In Berlin gab es die Wendung »Quatsch mich nicht von der Seite an«, und Kahlbaum hasste Leute, die ihn ausfragen wollten. Aber vielleicht war es gar nicht schlecht, ein paar Auskünfte über die Oborniks einzuholen, ehe er nachher ihr Haus betrat. »Es ist ein Familienbesuch.« Er erzählte, zu wem er wollte, ohne aber den eigentlichen Grund seines Besuchs zu erwähnen.

Der Wirt freute sich, mit seinem Gast plaudern zu können. »Der Rudolph Obornik, der ist fast jeden Tag bei mir eingekehrt und hat seinen Schoppen getrunken. Mit Pelzen hat er gehandelt. Vor einem Jahr ist er aber gestorben. Es soll ein Jagdunfall gewesen sein ...«

Kahlbaum bemerkte das breite Grinsen des Mannes. »Aber es wird auch anderes geflüstert?«

»Nein, nein. Er hat sich mit der eigenen Büchse das Kinn weggeschossen. Der Chirurgus aus Breslau meinte, zwar, seine Flinte sei viel zu lang gewesen, als dass ... Aber das ist Gerede. Lasst die Toten ruhen.«

»Und wer waren die Erben?«, fragte Kahlbaum.

»Der Stanisław, sein Bruder, und der Casimir, was sein Neffe ist.«

»Und was ist das für ein Mensch?«

Der Wirt senkte die Stimme. »Der will hoch hinaus, der will nach Berlin und sehen, dass er Hoflieferant wird.«

»Das klingt ja gut«, sagte Kahlbaum. »Und – hat er das Zeug dazu?«

»Ja, der weiß, was er will, und bekommt auch immer alles, was er will.«

»Da freue ich mich schon, ihn nachher kennenzulernen. Auch in der Familie erzählt man sich nur Gutes über ihn.«

Kahlbaum beendete sein Frühstück und machte sich auf zu den Oborniks. Wie alle Berliner verfügte er über eine angeborene Arroganz und konnte nicht fassen, dass eine Kleinstadt, ein Provinznest wie Lissa überhaupt zu existieren vermochte. Wie konnte ein kultivierter Mensch hier leben - ohne Königsschloss und Lustgarten, ohne Oper und Theater, ohne die Königstraße und die Linden, ohne die Spree und ihre Brücken, ohne Universität und Bibliothek, ohne Delicatessen-Handlungen und Weinstuben, ohne Stehely und Spargnapani! Und wenn er in die Gesichter der Leute hier sah, dann fand er nicht nur, dass die französische Entsprechung - Visagen - angebracht war, sondern dachte auch mit Horaz: *Odi profanum vulgus.* Ich hasse die ungebildete Menge. Derart emotional aufgeladen trat er in die Victualienhandlung des Stanisław Obornik am Marktplatz ein.

Als er den entfernten Verwandten erblickte, war der gerade dabei, sich tief über ein Butterfass zu beugen, einen Klacks der goldgelben Masse ans Tageslicht zu befördern, auf ein Stück ausgebreitetes Pergament zu legen und zu einem Quader zu formen. Er tat dies mit einer Konzentration und Hingabe, die Kahlbaum an einen königlichen Bildhauer denken ließ, ein Eindruck, der noch dadurch verstärkt wurde, dass der Mann einen weißen Kittel trug. Sein Körper hatte die Form eines Berliner Pfannkuchens, sein Kopf glich einem Kürbis, in den die Kinder Löcher für Augen, Mund und Nasenlöcher geschnitten hatten. Seine Kundin war das, was die Berliner einen Trampel nannten. Kahlbaum tadelte sich sofort ob seines Hochmuts, und zwar mit den Worten Luises: »Onkel, vor Gott sind alle Menschen gleich, und welchen Wert einer hat, entscheidest nicht du.«

Also stellte er sich, als die Kundin bezahlt hatte, höflich und bescheiden vor als der Abgesandte der Firma Kahlbaum & Gillieux, Berlin. »Und zwar bin ich einer der drei Brüder Ludwig, Magnus und Heinrich Kahlbaum und bitte dich, lieber Stanisław, nun zu raten, wer von den dreien.«

Stanisław Obornik überlegte kurz und strahlte dann, als er glaubte, des Rätsels Lösung gefunden zu haben. »Der Ludwig ist auf hoher See geblieben, der Magnus soll nur im Caféhaus sitzen und nichts unternehmen, also bist du der Heinrich.«

Kahlbaum lachte. »Fast hast du's herausgebracht, aber in Wahrheit ist der Heinrich damals ertrunken, und der Ludwig kommt nie aus Berlin heraus, aber nicht, weil er nur im Caféhaus sitzt, sondern im Bureau. Wer vor dir steht, ist also der Magnus.«

»Wusste ich doch, wusste ich doch, ich wollte dir nur eine kleine Freude machen. Also, herzlich willkommen im Schoße unserer Familie! Komm nur nach hinten, die anderen warten schon auf dich.« Er hängte ein Schild an die Ladentür, dass wegen einer Familienfeier bis drei Uhr geschlossen sei.

Kahlbaum folgte dem Victualienhändler in die hinteren Räume und wurde in die gute Stube geleitet, wo ihm erst die drei Damen vorgestellt wurden, Theresa, die Gemahlin, Maria, die Tochter, und Flora, die Cousine, und dann die Söhne Casimir und Richard.

»Ich freue mich, euch alle einmal kennenzulernen!«, rief Kahlbaum und schüttelte den neuen Verwandten die Hände. »Das heißt, bei Flora habe ich ja schon das Vergnügen und die Ehre gehabt, ihr bei ihrem Besuch in Berlin ...« Das rechte Verb, den Satz zu vollenden, wollte ihm nicht einfallen, also ließ er diesen mit drei bedeutungsvollen Punkten offen.

Als sie alle an der festlich gedeckten Tafel Platz genommen hatten, fiel ihm auf, dass *sie* auf *ihn* herabsahen, sie, die Provinzler, auf ihn, den Berliner. Sie alle trugen ihr Selbstbewusstsein wie eine Monstranz vor sich her und sahen in ihm den Bittsteller, der nach Lissa gekommen war, um sie anzuflehen, dass sie etwas zur Rettung seines Handelshauses unternahmen. Er brauchte einige Herzschläge, um das zu verdauen – leicht fiel es ihm nicht. Während ein Wildschweinbraten aufgetragen wurde, der sich wirklich sehen lassen konnte, stellte Casimir Obornik geradezu ein Verhör mit ihm an.

»Wie kommt es denn, dass Kahlbaum & Gillieux derart in Nöte geraten ist?«

»Ja nun ...« Magnus Kahlbaum hatte sich selten so herumdrucksen hören. Das Geschäftliche war ihm immer hochgradig egal gewesen, und so konnte er weder mit Zahlen noch plausiblen Fakten aufwarten und begann, seine Phantasie spielen zu lassen. »Ludwig hatte Informationen aus dem Kriegsministerium, dass die Armee Zehntausende neuer Mützen brauchen würde, hatte per Handschlag einen Liefervertrag abgeschlossen und schon mit der Fertigung begonnen. Viel Geld war bereits investiert worden, da kam vom neuen König der Entschluss, in Preußen die Pickelhaube einzuführen.«

Casimir Obornik glaubte das und lachte schallend über diese Dummheit. »Der muss doch ein Narr sein, der etwas beginnt, ohne dass der Vertrag unter Dach und Fach ist!« Ihm wäre dies nie passiert, dazu sei er nun doch zu gerissen. Man möge nur seinen früheren Prinzipal fragen.

Kahlbaum lächelte und hoffte, hinter dieser Maske seine wahren Gefühle verbergen zu können. Er fühlte sich wie ein Feingeist, wie sein geliebter Hölderlein zum Beispiel, der in ein Lager tumber Holzfäller geraten war. *Mei-*

ne Seele ist wie ein Fisch aus ihrem Elemente auf den Ufersand geworfen und windet sich und wirft sich umher, bis sie vertrocknet in der Hitze des Tages. Diese Oborniks waren in ihrer selbstgefälligen Dumpfheit nicht zu ertragen, aber er musste sie ertragen, das war er seinem Bruder schuldig. Und er war nicht nach Lissa gereist, sie zu verdammen, sondern Casimir zu bitten, nach Berlin zu kommen und sich die Sache anzusehen, das Handelshaus Kahlbaum & Gillieux, und vielleicht Gefallen an Luise zu finden. Deren Leben war zu sichern, aber seines auch, denn wovon sollte er leben, wenn er nicht monatlich sein Geld auf dem Konto hatte? Bestimmt nicht davon, dass er im Jahre zwei Abhandlungen für die *Vossische* schrieb und kluge Gespräche bei Stehely führte! Nun denn, nicht nur Paris war eine Messe wert, auch Lissa war es.

»Familie ist eine große Sache«, sagte er deshalb. »Familie ist alles, und es wäre schön, wenn sich unsere beiden Stämme in Kürze froh vereinen könnten.«

Casimir Obornik lachte. »Ihr braucht also jemanden, der Kraft genug hat, den Karren aus dem Dreck zu ziehen. Na, da seid ihr bei mir an den Richtigen gekommen.«

Und sie redeten noch eine gute Stunde hin und her, um sich richtig zu beschnuppern, wie Casimir Obornik das ausdrückte. Dann erhob sein Vater das Glas. »Darauf lasst uns alle feierlich anstoßen, dass unser Casimir nach Berlin geht und sich alles einmal ansieht.«

Der Wind blies Staubwolken vom Alexanderplatz in die Königstraße hinein. Über den Steinfiguren auf den Königskolonnaden, den Puppen, zogen weiße Wölkchen dahin, um den Turm der Parochialkirche kreisten die Dohlen und wirkten auf Luise Kahlbaum wie schwarze

Schmetterlinge. Sie ging mit ihrem Einkaufskorb in der Hand die Königstraße entlang. Auf dem Fahrdamm zwischen den Abwasserrinnen, dessen Pflaster holprig war und sich kaum benutzen ließ, ohne dass man sich den Fuß vertrat, rumpelten die Postwagen, zumeist hoch bepackt, in die Welt hinaus, und sie musste daran denken, wann und mit welchen Nachrichten Magnus wohl heimkehren würde. Sie war gezwungen, einen Bogen um die Blumenhändler zu machen, die ihre Töpfe auf dem Pflaster aufgestellt hatten, wie auch um den Lumpenmatz, der die Leinenreste prüfte, die ihm die Kinder brachten. Alles aber sah auf, wenn sie auf der großen Bühne Berlin erschien, denn es gab kein hübscheres Mädchen weit und breit. Das Klick-Klack ihrer kleinen Schuhe mit den breiten Schnallen, ganz in Silbergrau, war Musik in ihren Ohren. Die drei Reihen von Volants am weiten Rock rauschten dazu. Die breiten Bänder mit den Rosenknospen, die ihre Schute auf dem Kopf hielten, flatterten fröhlich. Um die Schultern trug sie einen indischen Schal mit langen Fransen, an den Armen mattblaue Handschuhe. Stolz und aufrecht schritt sie daher und wusste – auch wenn sie es nicht darauf anlegte –, dass sich alles nach ihr umdrehte. Sie war eine reizvolle junge Frau, was sie aber recht eigentlich zu einer Schönheit machte, war der Hauch von Schwermut, den jeder, der etwas vom Leben verstand, in ihrem leicht gebräunten Gesicht erkennen konnte. Es gab Jünglinge in der Gegend, die ihr ein Sonett gewidmet hatten, überschrieben mit *An die Holde, die vorüberschwebte.*

Einer der jungen Dichter, der Schauspieler und Stückeschreiber Samuel Koser, kam ihr gerade entgegen. Er war ihr verfallen und hatte es immerhin geschafft, sie nach einer Aufführung in kleinem Kreise in die Arme zu nehmen und heiße Küsse mit ihr auszutauschen. Luise wusste jedenfalls nach diesem Abend, dass Leidenschaft mehr war als nur ein Wort.

Als Koser vor ihr stand, zitierte er mit großer Geste Goethe:

Ich denke dein, wenn mir der Sonne Schimmer
Vom Meere strahlt;
Ich denke dein, wenn sich des Mondes Flimmer
In Quellen malt.

Luise zog ein Schmollmündchen. »Von dir hätte ich schon Eigenes erwartet.«

»Nun gut …« Koser versuchte sich als Schnelldichter. »Du bist benannt nach einer Königin, / Und nach dir steht mir Tag für Tag der Sinn.«

»Bravo!« Luise klatschte in die Hände. »Wer so schnell so schöne Verse findet, schafft es bald hoch auf den Olymp.«

»Nur mit dir an meiner Seite!«, rief Koser.

Luise schloss kurz die Augen, und plötzlich war alles Heitere verflogen. »Du bist ein Narr, Samuel, dass du nicht bemerkst, wie alles schon beschlossen ist und kommen wird, wie es kommen muss.«

»Du sprichst in Rätseln …«

»Das muss ich wohl. Für dich sollte es dennoch ein Zeichen sein, wie es eindeutiger nicht sein könnte.«

Koser kniete vor ihr nieder, so als stünde er nicht auf der belebten Königstraße, sondern auf einer intimen Bühne, aber es war ihm egal, er konnte nicht anders. »Luise, bitte, ich bin dir doch verfallen!«

Sie zerrte ihn hoch. »Bitte keine Szene, der gute Ruf von Kahlbaum & Gillieux ist eh schon in Gefahr!«

»Du denkst immer nur an deine Zieheltern und das Handelshaus«, warf er ihr vor.

»Schweig! Was verstehst du denn von Dankbarkeit und Pflicht!«, herrschte sie ihn an.

Koser war verzweifelt. »Liebst du denn einen anderen?«

»Ja!«, rief sie.

»Und wirst ihn zum Manne nehmen?«

»Nein!«

Damit wandte sich Luise zur Seite und stürmte an Samuel Koser vorbei zum Alexanderplatz, um einzukaufen, was man ihr zu Hause aufgetragen hatte.

Magnus Kahlbaum war zurück aus Lissa und saß mit seinem Bruder und dessen Frau im guten Zimmer, um Bericht von dem zu erstatten, was es dort gegeben hatte, und darüber zu diskutieren, welche Schlüsse man daraus ziehen sollte.

»Was diesen Casimir Obornik betrifft, so kann ich meine Eindrücke nur in einem Begriff fokussieren, den ich bei meinen Dienstboten aufgeschnappt habe.« Sein Blick ging in Richtung seiner Schwägerin. »Ich zögere aber, ihn zu gebrauchen, um deine Gefühle nicht zu verletzen, denn es ist deine Verwandtschaft.«

Clara Kahlbaum schien wenig amüsiert, als sie das hören musste. »Lieber Schwager, was mir die Cousine Flora aus Breslau geschrieben hat, lässt die Vermutung zu, dass sie in Lissa über dich auch nur wenig Gutes sagen werden.«

»Sollte mich wirklich jemand einen Kotzbrocken genannt haben?«

»Magnus!«, rief sein Bruder. »Können wir bitte etwas sachlicher werden!«

»Nun gut ...« Er gab sich alle Mühe, seiner Gefühle Herr zu werden. »Casimir Obornik macht durchaus den Eindruck, der Mann zu sein, der sich hier in Berlin durchzusetzen vermag und Kahlbaum & Gillieux zu neuer Blüte führen kann. Er will eine Summe Geldes einbringen, mit denen sich alle Schulden begleichen und alle Kredite bedienen lassen, aber dafür gleichberechtigt die Geschäfte führen, insbesondere mit den Kunden verhandeln und die großen Messen besuchen.«

»Der Name Kahlbaum & Gillieux kann aber bestehen bleiben?«, fragte sein Bruder.

»Ja, wenn nur darunter steht: *Inhaber Casimir Obornik und Gebrüder Kahlbaum*.«

Ludwig Kahlbaum seufzte. »Damit wird sich leben lassen.«

»Und was habt ihr in Hinblick auf Luise beschlossen?«, wollte Clara Kahlbaum wissen.

»Nur so viel, dass einer Ehe von unserer Seite nichts in den Weg gelegt würde, wenn er denn Luise haben will.«

»Wer würde denn Luise nicht haben wollen!«, rief Ludwig Kahlbaum. »Einen grundsoliden Mann soll sie bekommen und keinen Filou wie diesen Koser, der ihr andauernd nachstellt.«

»Vielleicht sollten wir sie selbst einmal hören«, sagte Magnus Kahlbaum.

»Ach!« Clara Kahlbaum echauffierte sich bei diesem Gedanken. »Du hast sie doch verdorben, Magnus, du hast sie doch zu deinem Geschöpf gemacht! Dass du ihr Bücher über Bücher geschenkt hast und mitgeschleppt in die Theater und zu den Concerten, willst, dass sie eine zweite

Bettina von Arnim wird und keine tüchtige Hausfrau und Mutter. Das ist doch die Wahrheit! Und ich danke Gott im Himmel, dass er uns einen Casimir Obornik schickt, der sie heilen wird von all dieser süßlichen Schöngeisterei!«

Nun hätte Magnus Kahlbaum viel darauf erwidern können, aber im Grunde hatte seine Schwägerin ja recht. Und wenn sie Luise jetzt riefen und sie fragten, ob sie sich vorstellen könne, die Frau des Lederwarenhändlers und entfernten Verwandten Casimir Obornik aus der preußischen Provinz Posen zu werden, dann konnte sie nicht anders, als ja zu sagen, denn zu viel hatte sie ihren Zieheltern zu verdanken und ein Nein käme einem so einfühlsamen und gütigen Menschen wie ihr niemals über die Lippen. Für ihre Zieheltern und das Handelshaus Kahlbaum & Gillieux würde sie sich opfern, das wusste er. Sie war nicht der Mensch, der die innere Kraft hatte, sich gegen sein Schicksal aufzulehnen, sie nahm alles so hin, wie es eben kam. Er aber raffte sich nun auf, einmal gegen den Strom zu schwimmen.

»Ihr seid also dafür, Luise diesem Obornik zur Frau zu geben, wenn er denn will – und daran hege ich keinerlei Zweifel.«

»Ja«, kam die Antwort von Clara Kahlbaum. »Ihr Liebreiz birgt die Gefahr, dass zu viele um sie werben und sie sich schließlich an irgendeinen Kerl verliert, der sie in den Abgrund reißt. Casimir dagegen ist die Gewähr dafür, dass sie in Ehren durchs Leben kommt, hohes Ansehen genießt und viele Kinder haben wird.«

»An der Seite dieses ungehobelten Klotzes wird sie todunglücklich werden!«, rief Magnus Kahlbaum. »Sie ist doch viel zu schade für einen Lumpen wie diesen!«

»Ich bin dafür«, sagte Ludwig Kahlbaum. »Auch im

Namen unseres verstorbenen Bruders. Es ist das Beste für sie.«

»Und vor allem für die Firma!«, höhnte Magnus Kahlbaum.

Sein Bruder blieb ganz ruhig. »Von der auch du lebst, mein Lieber, denn ohne Kahlbaum & Gillieux müsstest du betteln gehen.«

Was blieb ihm da übrig, als den Kopf zu senken und zu schweigen, denn das war die Wahrheit, an der sich nicht drehen und nicht deuteln ließ.

Clara Kahlbaum erhob sich. »Ich gehe jetzt, Luise zu holen. Dann soll sie selbst entscheiden. Lehnt sie Casimir ab, dann schreiben wir nach Lissa, dass er auf sie verzichten muss.«

Magnus Kahlbaum nickte, obwohl er wusste, dass sein Spiel verloren war. »Gut.« Eine andere Wahl hatte er nicht.

Und richtig, als Luise eingetreten war und man ihr ausführlich geschildert hatte, wie die Dinge lagen und welche große Chance für alle Casimir war, da zögerte sie keinen Augenblick mit ihrer Antwort.

»Ich bin mit allem einverstanden, was ihr beschlossen habt. Casimir soll kommen.« Sie warf einen langen Blick auf ihren Onkel. »Lass mich deinen Hölderlin zitieren: *Laßt Demut, Demut euer erstes sein, / Wie sehr das Herz nach Außenglanz sich sehne, / Laßt Demuth, Demuth euer erstes sein.*«

Vierzehn

Gontard hatte an diesem Dienstag seine Lehrverpflichtungen schon zur Mittagszeit erfüllt und war nach Hause geeilt, um ein wenig auf Vorrat zu schlafen, denn für den Abend war er zu einer großen Gesellschaft geladen. Doch er war gerade ein wenig eingeduselt, da schreckte er schon wieder hoch, denn unten auf dem Hof spielten die Jungen Schlacht bei Fehrbellin, das heißt, sie hieben mit Stöcken aufeinander ein und bewarfen sich mit kleinen Kartoffeln. Wer getroffen wurde, stieß einen Todesschrei aus und sank zu Boden. Die Mädchen eilten hinzu, beweinten den sterbenden Helden und stießen grässliche Klagelaute aus. Gontard wollte schon zum Fenster stürzen und das Treiben mit einem Eimer kalten Wassers beenden, ließ es dann jedoch, als er an seine eigenen Kinder dachte.

Die Hauswartsfrau aber riss ihr Küchenfenster auf und keifte los: »Schluss jetz mit det Jeschrei! Det bringt ei'm ja noch in't Irrenhaus.«

»Da jehörste doch ooch hin!«, rief Georg, der immer der Frechste war.

»Na, warte mal, du missrat'ne Jöhre, det sag ick deine Mutter, und dann kriegste deine Dresche. Runta vom Hof!«

Gontard schmunzelte. Georg nahm die Tracht Prügel

gottergeben in Kauf, wenn er nur die Freiheit des Hofes und der Straße genießen konnte. Zu Hause herrschten unerbittlicher Zwang und fürchterliche Enge, und man wurde andauernd zu ungeliebten Hilfsarbeiten herangezogen. Wenn Ferdinand und Luise in Berlin zur Schule gingen, würden sie es besser haben als die Kinder der unteren Stände, und dennoch würden auch sie allerlei Unfug anstellen, insbesondere der Junge. Wenn er da an seine eigene Jugend dachte ...

Es trieb ihn in die Stadt. Das machte den Unterschied zu Wutike, dass man in der Residenz flanieren konnte, bis sich das Auge sattgetrunken hatte und die Füße voller Blasen waren. Er ging auf den Korridor, setzte seinen grauen Zylinder auf und trat auf die Straße hinaus. Die Spielgefährten, die vom Hof gejagt worden waren, tobten sich jetzt auf der Straße aus. Dem Nachbarn hatten sie vom Rosenbäumchen, das in seinem Vorgarten wuchs, den Pfahl gemopst, um einen Speer zu haben. Andere hatten Äste abgerissen und nutzten sie als Peitschen. Die Burschen machten sich einen Spaß daraus, dicht vor den in vollem Lauf begriffenen Gespannen über den Straßendamm zu setzen, so dass die Kutscher fürchterlich fluchten. Halbwüchsige Mädchen sprachen Herren in gesetztem Alter an und fragten sie mit treuherzigem Blick nach entlegensten Straßen. Ein Stückchen weiter spielten sie Hopse, Murmeln und Versteck. Die Abzählreime klangen poetisch:

Ong dong dree,
Katterlemmersee,
Lemmersi, Lemmerso
Die Kapelle Sanktimo,

Sanktimo de Colibri,
Colibri de Tepperi,
Ong, dong, dree,
A ree!

Ein Trupp Jungen hatte gerade den Zaun des Bauplatzes zur Friedrichstraße hin überwunden, kletterte nun auf die Gerüste, trug Ziegelhaufen ab, kletterte über Bretterstapel und verschleppte alles, was nicht niet- und nagelfest war. Gontard zögerte, hätte als gesetzestreuer Bürger eigentlich eingreifen müssen, gönnte aber andererseits den Jungen ihren Spaß, denn allzu viel davon hatten sie in diesem Lande nicht. Da kam aber auch schon der Wächter aus der Destille gestürzt und begann zu zetern. Gontard machte, dass er weiterkam. Der erste Bekannte, den er traf, war Werner Siemens, der gerade wie er den Schloßplatz überquerte.

»Drei Monate noch, dann haben wir Sie hier an der Artillerieschule«, sagte Gontard.

Siemens nickte. »Ja, ich freue mich auch schon auf Berlin, aber bei allem Patriotismus muss doch gesagt werden, dass die Musik recht eigentlich in London spielt, vor allem an der Royal Institution. Und wie gern wäre ich Humphry Davy einmal begegnet!«

»Wann ist er gestorben?«, fragte Gontard, um gleich selber die Antwort zu geben: »Vor dreizehn Jahren, 1829 in Genf.«

»Ja, bei seinen Experimenten hatte er viele schädliche Stoffe eingeatmet. Am meisten interessieren mich seine elektrisch betriebenen Bogenlampen, noch faszinierender ist aber, was sein Assistent herausgebracht hat.«

»Dieser Michael Faraday!«, rief Gontard. »Ein Genie!«

Faraday baute 1821 zwei Vorrichtungen, um das herzustellen, was er elektromagnetische Rotation nannte, also eine konstante kreisförmige Bewegung einer magnetischen Kraft um einen Draht. Zehn Jahre später leitete er eine Serie von Experimenten ein, die letztendlich am 29. August 1831 in der Entdeckung der elektromagnetischen Induktion gipfelte.

»Was Faraday entdeckt hat, wird die Welt mehr verändern, als es die Entdeckungen von Columbus und Kopernikus getan haben«, sagte Siemens. »Wenn wir erst Dynamos haben, Generatoren, die ... Ach, da gibt es noch unendlich viel zu entwickeln. Aber wir Deutschen, wir haben leider kein London!«

»Machen *Sie*, lieber Siemens, Berlin zum neuen London!«

Siemens lächelte. »Erst einmal schicke ich meinen Bruder Wilhelm nach London, um dort die Lage zu eruieren. Ich selbst kann ja nicht über den Kanal, weil ich mich um meine Familie kümmern muss.«

»Wann immer Sie am Tüfteln sind: Ich bin dabei!«, rief Gontard.

»Reicht Ihnen die eine Leidenschaft nicht?«, fragte Siemens. »Die, Mörder zu finden?«

»Nein, denn das eine wie das andere entspringt demselben Verlangen, nämlich dem, Zusammenhänge herauszufinden und die großen Rätsel zu lösen.«

Sie disputierten noch eine Weile, dann musste sich Siemens verabschieden, weil sein Bruder im Hotel »König von Portugal« auf ihn wartete. Gontard schlenderte weiter Richtung Zeughaus, bis ihm einfiel, er solle Werpel einmal fragen, ob er die Männer schon gefasst habe, die es auf den Schnüffler Schmiedefeld abgesehen hatten. Also machte er kehrt und lief über die Poststraße zum Molkenmarkt. Er fand den Criminal-Commissarius in denkbar schlechter Stimmung.

»Nichts!«, rief Werpel, als er nach Schmiedefeld gefragt wurde. »Ich habe seinetwegen schon schlaflose Nächte.«

»Deswegen also Ihre Misserfolge«, sagte Gontard.

»Wieso?«

»Na, Sie wissen doch: Den Seinen gibt's der Herr im Schlafe.«

»Sie haben gut lachen«, sagte Werpel. »Ihnen sitzt ja kein Dr. Wiesenburg im Nacken.«

»Doch, er hat mich sozusagen um Amtshilfe gebeten.«

»Als Ballistiker?« Werpel staunte. »Die wir suchen, sind meines Wissens mit keiner Kanonenkugel zu erledigen.«

»Da irren Sie sich aber gewaltig«, erwiderte Gontard, »denn wie oft wird mit Kanonen auf Spatzen geschossen.«

»Schmiedefeld ist von keinem Spatzen attackiert worden«, widersprach ihm Werpel.

Gontard wechselte den Ton. »Und wie sieht es mit Dölau und Kesselschläger aus?«

»Die liegen weiterhin auf dem Friedhof.«

»Ich meine, bezüglich der Frage, wieso sie Selbstmord begangen haben.«

Werpel zuckte mit den Schultern. »Weil sie ihr Gewissen gedrückt hat.«

»Jeder, der für Dr. Wiesenburg arbeitet, glaubt doch, dass er es für eine gute Sache tut: für Preußen und den König.«

»Aber in ihren Abschiedsbriefen steht doch, dass sie ...« Werpel wühlte in seiner Schublade. »Hier der von Dölau:

Meine liebe Braut, ich bitte Dihr um Vergebung, aber ich konte nicht anders. Meine Schult wiecht zu schwer. Dein Ludwig. Was denn sonst für eine Schuld?«

»Vielleicht hat er seine Braut mit einer anderen betrogen, vielleicht hat er etwas auf dem Kerbholz, von dem wir nichts wissen«, sagte Gontard, obwohl er es selbst nicht glaubte.

»Ich habe in dieser Hinsicht nichts herausfinden können.« Werpel machte eine Geste der Hilflosigkeit. »Was kann uns weiterhelfen?«

Gontard wurde drastisch. »Dass Dr. Wiesenburg erhängt aufgefunden wird.«

Die Berliner Kulturszene des Jahres 1842 hatte am 21. Juni ihren großen Tag, denn die Königliche Hofschauspielerin Louise Schröck, geborene Mühl, feierte ihr fünfzigjähriges Bühnenjubiläum. Sie war am 5. Juni 1777 in Berlin auf die Welt gekommen, und diese Jahreszahl mit den drei Siebenen hatte ihr Glück gebracht. Sie hatte sich von Kind an zur Schauspielerei berufen gefühlt und nach einer umfänglichen Ausbildung 1792 im Königlichen National-Theater am Gensdarmen-Markt zum ersten Mal auf der Bühne gestanden. Man sagte ihr nach, dass ihr Spiel durch Anmut und Gefühlswahrheit gleichermaßen gekennzeichnet war. Ihrer Karriere förderlich war auch die Ehe mit dem berühmten Schauspieler Ferdinand Fleck, der 1757 in Breslau geboren worden war und ab 1790 auch als Regisseur am National-Theater arbeitete. Seine Glanzrollen waren der Götz, Karl Moor, König Lear und Wallenstein. Er glänzte aber auch im bürgerlichen Trauerspiel bei der Darstellung komischer Charaktere. Louise hatte er vor allem mit seiner starken, wohlklingenden und innigen Stimme in seinen Bann geschlagen. 1793 hatten die beiden geheiratet, und Louise hatte bis zu Flecks Tod im Jahre 1801 glückliche Jahre verbracht, obwohl ihr Mann sehr launisch sein konnte. 1807 war sie dann mit dem Kammermusikus Schröck, einem Flötisten, die zweite Ehe eingegangen.

Auch Gontard, der die Schröck seit langem kannte, war zur Feier ins Foyer des National-Theaters eingeladen worden und hatte selbstverständlich zugesagt, wenn auch mit dem Ausruf »Schröcklich!«, denn er hasste die Abfütterung der Menge ebenso wie die endlosen Reden und die langweiligen Stücke für Oboe und Flöte, die der Herr Kammermusikus mit einem Kollegen spielen würde. Vielleicht aber ließ sich bis zum Beginn dieser Schrecknisse noch ein wenig plaudern, und so suchte er nach bekannten Gesichtern. Ah, da stand ja Wilhelm Wattenbach, ein junger Wissenschaftler aus Holstein, den er im Café Stehely kennengelernt hatte.

»Sie hier, wie das?«, fragte Gontard.

»Ganz einfach, Madame Schröck fragt mich immer um Rat, wenn sie in historischen Stücken nicht recht weiß, wie sie ihre Rollen anlegen soll.«

»Ah ja ... Ich habe Sie den ganzen Sommer nicht ein einziges Mal bei Stehely getroffen«, sagte Gontard. »Sind Sie Eremit geworden?«

Wattenbach lachte. »Nein, ich sitze die ganze Zeit über an meiner *Monumenta Germaniae Historica.*«

»Das klingt wirklich monumental.«

»Ja, da bin ich zwar als Historiker gefordert und weniger als Paläograph, wie das bei den alten Griechen und Römern der Fall wäre, und dennoch ist es ein gewaltiges Pensum, das ich jeden Tag zu absolvieren habe.«

Gontard stutzte. »Als Paläograph ... Pardon, aber was ist das?«

»Paläographie, vom griechischen *palaiós* – alt –, ist die Lehre von alten Schriften«, erklärte ihm Wattenbach. »Paläographische Kenntnisse dienen dazu, verschiedene Schriftweisen in ihren Entwicklungsphasen zu erkennen, was einem ermöglicht, undatierte Schrift- und Literaturdenkmäler räumlich und zeitlich einzuordnen. Die Analyse der Buchstabenformen ist oft die einzige Datierungsmöglichkeit, da Stein – anders als organische Stoffe wie Papier oder Leder – kaum Datierungshilfen gibt.«

Gontard war hellhörig geworden. »Wenn Sie etwas von Schriften und Buchstaben verstehen, dann könnten Sie mir vielleicht einmal einen kleinen Gefallen tun und zwei Schriftstücke miteinander vergleichen: einen Abschiedsbrief und einen Liebesbrief, beide an die Braut gerichtet.« Er erzählte Wattenbach von den Fällen Dölau und Kesselschläger.

»Gern«, sagte Wattenbach. »Obwohl ich nicht das beherrsche, was es noch nicht gibt und was man in Anlehnung an das griechische *graphos* – schreiben – vielleicht Graphologie nennen könnte: die Deutung von Handschriften im Sinne der Erforschung der Seele des Schreibers.«

»Das wäre schön, wenn das möglich wäre«, sagte Gontard. »Aber darum geht es mir gar nicht. Ich will nur wissen, ob zwei Schriftstücke vom selben Verfasser stammen. Der Criminal-Commissarius meint dies zwar, und für mich als Laien sieht es auch ganz so aus, aber irgendwie habe ich da ein Gefühl, dass das nicht die ganze Wahrheit ist, denn ...«

Er wurde unterbrochen, denn in diesem Augenblick

war sein Freund Friedrich Kußmaul auf ihn zugetreten, und da hatte eine Begrüßung absoluten Vorrang.

»Ich muss dich schnell einmal unter vier Augen sprechen«, sagte Kußmaul.

Gontard runzelte die Stirn. »Warum denn?«

»Weil bei Stehely das Gerücht umgeht, du würdest jetzt auch zu Dr. Wiesenburgs Leuten gehören.«

Gontard fuhr auf. »Das ist doch völliger Unsinn!«

»Es gibt welche, die gesehen haben wollen, dass er dich zu Hause besucht hat«, erklärte Kußmaul.

»Sicherlich war er bei mir und hat auch versucht, mich vor seinen Karren zu spannen. Aber natürlich habe ich mich geweigert und ihm nur zum Schein versprochen, mich um die Sache zu kümmern. Du weißt ja, worum es geht.«

»Ja, natürlich, um Dölau, Kesselschläger und Schmiedefeld, diese elenden Schnüffler, die ich von ganzem Herzen zum Teufel wünsche, aber ...«

Gontard stöhnte auf. »Ich bin dem König per Eid verpflichtet und kann nicht offen Front gegen Dr. Wiesenburg machen. Ich esse Friedrich Wilhelms Brot, also muss ich auf der Straße auch des Königs Lieder singen, egal, was ich in meinen vier Wänden oder unter Freunden sage und denke.«

»Einst wird der Tag kommen, wo du offen Farbe bekennen musst«, sagte Kußmaul mit leiser Stimme, aber umso pathetischer.

»Das werde ich dann auch.«

Damit wandte sich Gontard Magnus Kahlbaum zu, der gerade eingetreten war, eine wunderschöne junge Frau an seiner Seite, die sofort alle Blicke auf sich zog.

»Das ist meine Nichte Luise«, erklärte er stolz und fügte

hinzu: »Sie ist die Tochter meines verunglückten Bruders Heinrich.«

Man konnte ausgiebig miteinander plaudern, denn Louise Schröck ließ auf sich warten, und Kußmaul bot Luise Kahlbaum an, ihr inzwischen den Bühnenraum zu zeigen.

Magnus Kahlbaum erzählte von seiner Reise nach Lissa und seinem Eindruck, dass die Polen sich im preußischen Königreich nicht gerade wohl fühlten. »Aber unter russischer Herrschaft sind sie auch nicht viel glücklicher«, schloss er.

»Wenn das kein Trost ist!«, sagte Gontard. »Noch ist Polen nicht verloren.«

Kahlbaum stöhnte unter der Hitze in der Stadt. »Meine Schwägerin wird morgen mit Luise in unsere Sommerfrische nach Charlottenburg ziehen, und mein Bruder und ich werden ihnen am Sonntag folgen. Mit dem Thorwagen vom Brandenburger Thor ist das ganz bequem. Da wird es ein kleines Fest geben. Haben Sie nicht Lust, uns zu besuchen – oder sind Sie wieder in Wutike?«

»Diesmal nicht«, antwortete Gontard. »Ich fahre nur alle vierzehn Tage dorthin, alles andere wäre mir zu viel, trotz aller Sehnsucht nach den Meinen.«

»Wunderbar, dann sehen wir uns also.« Kahlbaum stahl sich nach diesen Worten davon, denn Amanda Niemann war just in der Tür erschienen und hatte Kurs auf ihn genommen.

»Feigling!«, rief sie ihm hinterher.

»Da müssen Sie wohl mit mir vorliebnehmen«, sagte Gontard, gepackt von einem erotischen Kitzel, gegen den nicht anzukommen war.

»Hoffentlich sind Sie von anderem Kaliber als Ihr

Freund!« Ihr kehliges Lachen ließ erahnen, dass Kahlbaum im Bett ihren Erwartungen nicht ganz entsprochen hatte.

Gontard nahm die Herausforderung an. »Ich bin Königlicher Artillerie-Offizier, meine Gnädigste, und kein Schöngeist. Ich weiß, wie die Geschosse fliegen müssen, um haargenau ins Ziel zu gehen.«

»Haargenau ...«, wiederholte die Schauspielerin. »Es ist ja ziemlich schamlos, dies einer Dame so deutlich ins Gesicht zu sagen.«

Das war zu viel der Anspielungen, und Gontard, der solche Attacken nicht gewohnt war, wurde unwillkürlich rot. *Lass dich nicht gelüsten deines Nächsten Weibes ...*

Zum Glück aber betrat nun die Schröck das Foyer, und für die nächsten zwei Stunden war es mit der Balz vorbei, denn während der endlosen Reden und der musikalischen Darbietungen hatte man tunlichst zu schweigen. Doch er wich nicht von der Seite der Niemann, und als die Feier langsam zu Ende ging und jeder an den Heimweg dachte, kam er ihr mit dem *Faust*: »*Mein schönes Fräulein, darf ich wagen, meinen Arm und Geleit Ihr anzutragen?*«

Amanda Niemann entschied sich bei ihrer Entgegnung für Schiller. »*Der Mut ist's, der den Ritter ehret; / Du hast den kühnen Geist bewähret.*«

Gontard musste einen Augenblick überlegen. »Ist das nicht aus *Der Kampf mit dem Drachen*?«

»Eben«, antwortete sie lakonisch.

Für einen Augenblick war er perplex, denn so viel Selbstironie hätte er bei dieser Frau nicht erwartet. Aber irgendwie stimmte es schon: Sie war von einer furchteinflößenden Dominanz, und wer sie erobern wollte, musste sich auf einen langen Kampf einstellen und mit Wunden rechnen, die sicherlich heftig schmerzten. Kahlbaums Flucht eben sprach für diese These. Andererseits aber versprach diese Frau einem Eroberer so viele Wonnen, dass sich das Risiko allemal lohnte. Gontard war bereit, sich auf alles einzulassen. Amanda war unwiderstehlich, und die Männer ringsum – er eingeschlossen – waren allesamt zu schwach, sich ihren Lockungen zu verschließen.

Die Schauspielerin wohnte am unteren Ende der Niederwallstraße, fast schon am Spittelmarkt, und immer wieder musste Gontard ihren Arm nehmen, damit sie nicht stürzte, denn der Belag auf den Straßen und Plätzen war nicht so eben wie auf einem Tanzboden, sondern voller Fallgruben, und die wenigen Laternen konnten bestenfalls als ferne Leuchtfeuer dienen. Ein Nachtwächter, der ihnen heimleuchten konnte, war weit und breit nicht zu entdecken.

»In fünfzig Jahren wird hier alles anders sein«, sagte Gontard, »und keiner wird sich mehr die Beine brechen.«

»Wieso das?«, fragte Amanda Niemann. »Wird es da verboten sein, nachts aus dem Haus zu gehen?«

Gontard lachte. »Nein ... Aber ich habe vorhin gehört, dass sie in England elektrische Bogenlampen haben, die alles in ein gleißendes Licht tauchen, und irgendwann wird auch einer kommen, der sie nach Preußen bringt.«

»Da werde ich längst gestorben sein.«

»Sie sind doch unsterblich!«, rief Gontard.

»Schmeichler, Sie! Was Sie damit wohl erreichen wollen?«

»Na, was wohl?« Gontard legte seinen Arm um ihre Taille und glaubte, schon in den nächsten Minuten am Ziel zu sein.

Doch als sie dann vor ihrer Haustür standen und er mit

ihr hineinschlüpfen wollte, stieß sie ihn aufs Pflaster zurück. »Diese Gunst, lieber Gontard, müssen Sie sich erst noch verdienen. Ich lasse wieder von mir hören.« Damit schlug sie ihm die Tür vor der Nase zu.

Gontard stand bedeppert da und kam sich vor wie ein hungriger Kater, der das Mäuslein, auf das er scharf gewesen war, im Sprung verfehlt hatte. Ein Glück, dass es keine Zeugen gab! Beschämt schlich er von dannen. Nun gut, sagte er sich, wer nicht wagt, der nicht gewinnt. Dennoch brauchte er einige Zeit, um über seine Niederlage hinwegzukommen. Andererseits war er auch ein wenig erleichtert darüber, dass es mit Amanda nichts geworden war, denn so war er Henriette treu geblieben und hatte nicht die inneren Qualen eines Ehebrechers zu erleiden.

Um mit sich ins Reine zu kommen und richtig müde zu werden, lief er noch ein Weilchen durch die Residenz. Sich jetzt allein im Bett herumzuwälzen war eine grässliche Vorstellung. Die Straßen waren weithin leer. Die Frauen, die jetzt noch angetroffen wurden, galten als liederlich und wurden in die Stadtvogtei gebracht, und die Männer mussten aufpassen, nicht als Landstreicher zu gelten und im Arbeitshaus zu landen. Alle Soldaten hatten bei Einbruch der Dunkelheit in ihren Kasernen zu sein, und wer die Nacht über im Wirtshaus blieb, wanderte am nächsten Morgen in den Arrest.

Die Nachtwächter hatten längst zehn Uhr geblasen. An die 150 von ihnen gab es in Berlin. Es waren durchweg besonders kräftige Männer, die in schwarzem Mantel, Pellerine und Schlapphut durch die Stadt zogen, behängt mit Laterne, Spieß, Stundenpfeife und zwei Feuerhörnern. Als Gontard in die Parochialstraße einbog, begegnete er einem, den er kannte, und wechselte ein paar Worte mit ihm. Die Singuhr der Parochialkirche mit ihren 37 Glocken spielte wie jede Viertelstunde ihre Melodie. Nun war er endlich müde genug, um ans Schlafen zu denken, und strebte heimwärts. Er beschloss, den Bogen der Neuen Friedrichstraße auszulaufen, um dann auf Höhe des Lustgartens die Spreearme zu überqueren und am Kupfergraben die Dorotheenstadt zu erreichen. Als er am Kadettenhaus vorbeikam und links von ihm die Klosterkirche auftauchte, bemerkte er, dass ihm jemand folgte und immer dichter zu ihm aufschloss. Gleichzeitig löste sich vor ihm ein Schatten von der Mauer des Königlichen Lagerhauses. Man war offenbar dabei, ihn zu umzingeln. Waren das die Männer, die Schmiedefeld attackiert hatten? Sollte er um Hilfe rufen und davonlaufen, oder sollte er die Chance nutzen herauszufinden, wer es auf Dr. Wiesenburgs Schnüfflerbande abgesehen hatte? Sicherheit oder tödliches Risiko – das war die Frage. Er zögerte sich zu entscheiden.

Fünfzehn

Casimir Obornik setzte an, die Residenz zu erobern. Am 24. Juni war er nach Berlin gekommen und hatte sich im Hause Friedrichstraße 137 bei der Witwe Thieme einquartiert. Latein als Sprache war ihm fremd, und von Julius Caesar hatte er nur vage gehört – nichtsdestoweniger hatte er sich dessen *veni, vidi, vici* aufs Panier geschrieben. Sein Plan war schnell umrissen: Luise Kahlbaum heiraten, die Firma Kahlbaum & Gillieux übernehmen, sie um den Handel mit Leder und anderen Waren erweitern, das führende Haus in Preußen und Königlicher Hoflieferant werden und auf die Märkte jenseits von Oder und Weichsel vordringen, aber auch Niederlassungen in Frankreich, England, Italien und Holland eröffnen.

»Da haben Sie sich ja eine Menge vorgenommen«, sagte die Inhaberin des Hôtel Garni, als er ihr von seiner glänzenden Zukunft berichtet hatte. »Aber wie der geborene Berliner sagt: Lieba een bisken mehr, aba dafür wat Jutet.«

Obornik war weit davon entfernt, den Hintersinn des Spruches zu begreifen, und verabschiedete sich, um einen kleinen Stadtbummel zu unternehmen.

»Verlaufen Sie sich aber nicht!«, rief ihm die Witwe Thieme hinterher.

»Meinen Sie, Lissa ist ein Dorf?«, erwiderte Obornik. »Und außerdem war ich schon in Breslau und in Riga.«

Dass es schwer werden würde, sich in Berlin durchzusetzen, merkte er, als er auf der Weidendammer Brücke aus Versehen einen Eckensteher anrempelte und der sofort die Fäuste hochriss.

»Heh, du kleena vollgeschissener Strumpf, pass doch jefälligst uff – oda wiste 'n paa hab'n?!«

Obornik stellte sich der Herausforderung mit breiter Brust. »Sie wissen wohl nicht, wen Sie vor sich haben?«

Der Eckensteher grinste. »Klar, eenen von die Latrinenreiniga.«

Das konnte Obornik nicht ungestraft hinnehmen, und er zielte mit seiner rechten Faust auf die Magengrube des anderen, doch der konnte den Schlag mühelos abwehren und landete einen Schwinger auf Oborniks linkem Auge.

»Noch een Schlag, und dir kullert det Oooge übert Chemisett!«

Da der Mann ein paar Kumpane zur Hilfe rief, hielt es Obornik für besser, das Recontre zu beenden und seinen Weg fortzusetzen, schließlich hatte er es nicht nötig, sich mit diesem Pöbel abzugeben. Da er immer wieder betonte, einen sechsten Sinn für die Grundrisse großer Städte zu haben – weit gereist, wie er war –, hielt er es für weit unter seiner Würde, Einheimische nach dem Molkenmarkt zu fragen, und so verlief er sich auf dem Weg zu Dr. Wiesenburg mehrere Male. Er wollte es nicht versäumen, der Obrigkeit sogleich anzuzeigen, dass man überall und jederzeit mit ihm rechnen könne. Wer Königlicher Hoflieferant werden wollte, musste sich rechtzeitig mit allen gutstellen, die später um Auskunft über ihn gebeten wurden, vor allem mit Dr. Wiesenburg.

»Na, haben Sie umweglos hergefunden?«, fragte ihn

der Leiter der politischen Polizei, als er eingetreten war und sich vorgestellt hatte.

Obornik lachte. »Nach Berlin? Das hat doch der Kutscher der Eilpost für mich erledigt.«

»Ich meine, in mein Bureau.«

»Aber ohne jede Mühe!«, rief Obornik. »Schließlich habe ich bei den Ulanen gestanden und oft das Rekognostifizieren geübt.«

»Das was?«, fragte Dr. Wiesenburg und brauchte ein paar Sekunden, um zu begreifen, dass der andere das Rekognoszieren meinte. »Das Erkunden also, aha. Und was bringen Sie mir mit aus Posen?«

»Nicht aus Posen, sondern aus Lissa.«

Dr. Wiesenburg verzog ein wenig das Gesicht. »Ich meine nicht die Stadt Posen, sondern die gesamte preußische Provinz.«

»Was ich Ihnen mitbringe: viel, sehr viel, denn wenn einer überall herumkommt, dann bin ich es, und zu mir haben die Leute Vertrauen, denn sie wissen, dass ich ihnen nur gute Ware anbiete, und das zu niedrigen Preisen. Leder! Das ist ein wunderbares Material.« Obornik war nicht mehr zu bremsen und hielt Dr. Wiesenburg einen kleinen warenkundlichen Vortrag: »Leder ist eine durch Gerbung chemisch haltbar gemachte Tierhaut, deren natürliche Faserstruktur weitgehend erhalten ist. Es wird zwischen den Begriffen Leder und Pelz unterschieden.«

»Das ist mir bekannt«, sagte Dr. Wiesenburg. »Wenn Sie nun aber die Güte haben würden, mich über das zu unterrichten, was Sie über die in Ihrem Bereich tätigen Demagogen herausgefunden haben.«

»Sehr wohl, Herr Geheimrath!« Mit einer kleinen Verbeugung begann Obornik, seine Beobachtungen wiederzugeben. Er schloss mit seinen Erkenntnissen über Ludwig Kalisch. »Ich habe seinen Worten entnommen, dass er mit diesem Ludwik Mierosławski unter einer Decke steckt.«

»Ah ja ...« Das nun fand Dr. Wiesenburg außerordentlich interessant, und er bat Obornik, weiterhin Augen und Ohren offen zu halten.

»Immer zu Diensten, Herr Geheimrath, allerdings muss ich Sie dahingehend unterrichten, dass ich meinen Wohnsitz alsbald hier in Berlin nehmen werde.« Er teilte dem Beamten mit, was ihn in die Residenz getrieben hatte.

»Kahlbaum ...« Dr. Wiesenburg lächelte vielsagend. »Der sitzt oft im Café Stehely mit Männern zusammen, denen nicht recht zu trauen ist, und es wäre von einigem Nutzen für uns, wenn Sie uns von seinem Tun regelmäßig unterrichten könnten. Es soll auch nicht zu Ihrem Schaden sein.«

Zufrieden mit sich und der Welt, verließ Casimir Obornik den Trakt der politischen Polizei und machte sich auf, das Berliner Nachtleben zu genießen. Wenn er erst mit Luise Kahlbaum verheiratet war, würde er sich zurückhalten müssen, was die liederlichen Frauenzimmer betraf, und konnte sich nur austoben, wenn er auf Reisen ging.

Gegen neun Uhr abends öffneten die Vergnügungsstätten ihre Pforten, Locale, die bis hinab zur gemeinsten Kabache ihre Tanzveranstaltungen angezeigt hatten. Zuerst geriet Obornik in eine Halle, in der Ladendiener und duftende Friseurgehülfen den Ton angaben, bald aber auch Juristen, Ärzte aus der Charité und Offiziere in Civil hinzukamen, ergänzt durch entlassene Sträflinge, Künstler und Provinzler. Allmählich fanden sich auch Tänzerinnen ein, und Obornik gelang es, einem Maler das Modell abspenstig zu machen, das er mitgebracht hatte. Sie nannte sich Narcissa und hatte eine in schottische Seide gezwängte Taille, die ihn rasend machte. Er flüsterte ihr ins Ohr, für welchen Preis sie denn zu haben sei. Der war hoch, aber für seine erste Liebesnacht in Berlin war ihm nichts zu teuer.

»So wie du hat mich noch keiner genommen«, sollte sie später sagen. Das gehörte bei ihr zum Geschäft.

Casimir Obornik wusste, dass er unwiderstehlich war, und Narcissa sollte nur der Anfang einer langen Liste von Eroberungen sein.

Sechzehn

Gontard hatte eine Schwäche für Rituale, und so liebte er es, an den Sonntagen, die er nicht bei seiner Familie in Wutike verbrachte, mit seinem Freund Friedrich Kußmaul am Frühstückstisch zu sitzen. Erstes Gesprächsthema war das, was er in der letzten Nacht erlebt hatte. Am Ende seiner ausführlichen Schilderung brach Gontard in Lachen aus.

»Weißt du, wer der Mann hinter mir war?«

Kußmaul musste nicht lange raten. »Wenn du so fragst, dann kann es doch nur einer gewesen sein: unser famoser Criminal-Commissarius Waldemar Werpel.«

»Richtig. Du bist nicht nur in der Medizin ein Meister der Diagnose. Aber wer der Mann war, der am Königlichen Lagerhaus gestanden hat, darauf kommst du nicht ...«

»Doch – dieser Schmiedefeld. Werpel hat ihn als Lockvogel benutzt – in der Hoffnung, dass es eine zweite Attacke auf den Buchbindergehilfen geben würde.«

»Genial!«, rief Gontard. »Als ich auf Schmiedefeld zugegangen bin, um mich von ihm angreifen zu lassen, haben wir ein paar Worte gewechselt, und Werpel hat mich an der Stimme erkannt.«

»Nun seid ihr also alle so klug als wie zuvor«, stellte Kußmaul fest.

»Leider ja, wobei mich am meisten schmerzt, dass mich

einige in dieser Stadt wirklich für einen von Dr. Wiesenburgs Leuten halten«, klagte Gontard.

»Wer den Teufel bei sich zu Hause empfängt, ist selber schuld.«

»Ich habe ihn nicht bei mir empfangen«, protestierte Gontard, »vielmehr hat er meine Wohnung okkupiert.«

Kußmaul nahm sich noch etwas von dem Schinken. »Deiner aus Wutike ist besser als aus jedem Delicatessen-Local. Ja, was deinen Ruf betrifft, mein Lieber, da solltest du ein Zeichen setzen.«

»Soll ich vielleicht Dr. Wiesenburg umbringen?«

»Wie schön, wenn er in der Spree ertrinken würde!«, sagte Kußmaul. »Ich würde dann auch dichten: Das Wasser färbt sich schwarz, die Luft ist rein, / Der Wiesenburg, der muss ertrunken sein.«

Gontard winkte ab. »Wenn wir uns das wünschen, sind wir auch nicht besser als er.«

Kußmaul widersprach ihm. »Der Tyrannenmord war schon immer legitim.«

»Wechseln wir das Thema«, sagte Gontard. »Was gibt es Neues in Berlin?«

»Ich habe am Donnerstag im Königstädtischen Theater das neue Lustspiel gesehen: *Von Sieben die Hässlichste.* Den Autor wirst du kennen ...«

»Nein«, musste Gontard zugeben, »den kenne ich nicht.«

»Franz Xaver Told von Toldenburg, geboren 1792, patriotischer Dichter, Freiheitskämpfer in den Napoleonischen Kriegen.«

»Brot und Spiele in Berlin«, sagte Gontard. »Das Volk soll sich amüsieren, während es dumm gehalten und unterdrückt wird. Ein Lustspiel jagt das andere, am nächsten Mittwoch wird im Schauspielhaus *Doktor Wespe* aufgeführt. Von wem wohl gedichtet?«

»Von Julius Roderich Benedix natürlich, dem neuen Liebling des Volkes, seit sie August von Kotzebue ermordet haben.«

»Na, der ist doch unvergessen, ja unsterblich!«, rief Gontard. »Jeder, der sich in Berlin erbricht, sagt doch, er habe eben Kotzebues Werke studiert.«

»Christian Philipp, ich bitte dich, wir sind noch beim Essen.«

»Gut, reden wir von etwas Appetitlicherem: Das Hochgericht auf dem Gartenplatz im Wedding wird abgeschafft, es gibt dort keine öffentlichen Hinrichtungen mehr. Wenn fürderhin einer einen Kopf kürzer gemacht wird, dann im Hofe des Zellengefängnisses zu Moabit.«

»Ich wüsste dafür schon ein paar Kandidaten«, sagte Kußmaul.

»Womit wir wieder bei Dr. Wiesenburg wären.«

Kußmaul hob seine Kaffeetasse. »Auf das Wohl des deutschen Volkes. Nun aber sprich, o Freund, was hast du an diesem Tage noch vor, unser allgemeines Elend zu vergessen?«

»Am Nachmittag bin ich bei den Kahlbaums eingeladen, nach Charlottenburg in ihre Sommerfrische, und vorher habe ich noch im Thiergarten ein Rendezvous mit Amanda Niemann.«

»Pass bloß auf!«, warnte ihn Kußmaul. »Bei der Häufigkeit, mit der diese Dame von wechselnden Herren frequentiert wird, ist eine Infektion mit venerischen Krankheiten nicht auszuschließen.«

»Das ist doch bloß üble Nachrede«, wandte Gontard ein.

»Meine ärztliche Schweigepflicht gebietet mir, keine Namen zu nennen«, sagte Kußmaul, »aber ich kann dir nur raten, es beim Platonischen zu belassen.«

»Bist du etwa neidisch?«

»Wie soll ich auf einen neidisch sein, der mit einer Gonorrhoe oder gar einer Syphilis zu mir in die Praxis kommt?«

Diese Worte hatte Gontard noch immer im Hinterkopf, als er zwei Stunden später mit Amanda Niemann durch den Thiergarten lustwandelte. So gab er bei ihrer Konversation sehr Obacht und vermied alles, was als Anbahnung eines Schäferstündchens ausgelegt werden konnte. Am unverfänglichsten schien ihm, über ihre großen Kolleginnen und Kollegen zu reden, als da zum Beispiel waren Henriette Sontag und Ludwig Devrient.

Henriette Sontag war am 3. Januar 1806 in Koblenz geboren worden, hatte 1814 zum ersten Mal auf der Bühne gestanden und war mit den Zwischenstationen Prag und Wien 1824 nach Berlin gekommen, wo man sie am neueröffneten Königstädtischen Theater engagiert und bald darauf zur Hof- und Kammersängerin ernannt hatte. Bei Gastspielen in Paris, London und Den Haag konnte sie Triumphe feiern.

»Dann aber zieht sie sich ganz plötzlich von der Bühne zurück«, sagte Gontard und blickte fragend zu seiner Begleiterin hinüber.

»Um ganz für ihren Mann da zu sein«, vermutete Amanda Niemann. Das war der Conte Carlo Rossi, Botschafter des Königreichs Sardinien-Piemont in den Niederlanden. »Immerhin absolviert sie noch Gastspiele in St. Petersburg, Moskau und Hamburg.«

Gontard blieb stehen und zeigte nach vorn ins Gebüsch.

»Pardon, aber hier – ein Stückchen weg von der Allee – hat sich Anfang Mai Dölau erhängt.«

»Wer ist Dölau?«

»Dölau ist a. ein Ort in der Nähe von Halle (Saale) und b. ein Schneidergeselle.«

Die Niemann lachte. »Dann ist es ja keine große Schande, ihn nicht zu kennen. Durch was ist er denn so bedeutsam geworden, dass Sie sich für ihn interessieren?«

»Er war ein Zuträger der politischen Polizei, und da nicht weit von hier entfernt ein anderer Mensch dieser Gattung ebenfalls an einem Ast baumelnd aufgefunden worden ist und ein Dritter überfallen wurde, ist Dr. Wiesenburg nicht sehr amüsiert.«

»Reden wir lieber über Devrient ...«

Ludwig Devrient war am 15. Dezember 1784 als David Louis De Vrient in Berlin auf die Welt gekommen. Ursprünglich sollte er Kaufmann werden und das Geschäft seines Vaters übernehmen, doch bald brach er seine Lehre ab und wandte sich der Schauspielkunst zu. Nach seinem Debüt in Gera und einigen Engagements in den mitteldeutschen Kleinstaaten kehrte er 1808 nach Berlin zurück, trat unter Iffland an der Komischen Oper auf, hatte ein Jahr später als Franz Moor einen sensationellen Erfolg zu verbuchen und galt bald darauf als Theatergenie, um dessen Freundschaft sich alle rissen, so E.T.A. Hoffmann und der Fürst Karl August von Hardenberg. Devrient war schon lange dem Alkohol verfallen, und irgendwann brach er während einer Aufführung von *König Lear* auf offener Bühne bewusstlos zusammen. Zwei Wochen später, am 30. Dezember 1832, starb er mit 48 Jahren in Berlin und wurde auf dem Französischen Friedhof begraben.

»Der Witz ist aber, dass sich Devrient nicht mit seinen großen Rollen ins Bewusstsein der Berliner eingegraben hat, dem Franz Moor, dem Shylock und dem König Lear«, philosophierte Gontard, »sondern mit dem Stoff, der ihn letztendlich umgebracht hat: dem Alkohol.« Das war eine Anspielung darauf, was in der Residenz immer wieder kolportiert wurde. 1825 war Devrient mit seinen Kollegen nach einer Vorstellung in das Weinlokal Lutter & Wegner am Gensdarmen-Markt gegangen. Er hatte vorher den Falstaff gegeben und zitierte nun aus dieser Rolle: *»A cup of sack!«.* Bei Shakespeare war damit ein Sherry gemeint, Devrient aber bekam wie immer sein Lieblingsgetränk: einen moussierenden Wein französischer Herkunft. So entstand aus dem Versprecher zunächst der Begriff »Seck«, später wurde »Sect« daraus.

»Davon sollten wir uns jetzt etwas gönnen«, sagte Amanda Niemann, und das laszive Glitzern in ihren haselnussbraunen Augen ließ erkennen, dass sie danach noch etwas mit ihm vorhatte.

Gontard schreckte zurück. »Ein andermal gern, aber ich muss zur Mittagsmahlzeit draußen in Charlottenburg sein.«

»Feigling!«

»Das kann ich nicht auf mir sitzen lassen.«

Sie gab sich so frivol, wie sie es auf der Bühne der Zensur wegen nicht sein durfte. »Es gibt für einen Mann nichts Schöneres, als wenn ich auf ihm sitze.«

Das Bild, das sie in ihm evozierte, war stark genug, um all seine Bedenken zu zerstreuen, und er wäre ihr auch willig gefolgt, wenn ihnen in diesem Augenblick nicht sein Schwager Heinrich von Herzsprung entgegengekommen wäre, Henriettes älterer Bruder und sittenstrenger protestantischer Pfarrer in der Spandauer Vorstadt. Was blieb Gontard übrig, als den Rückzug anzutreten?

»Ich habe Demoiselle Niemann, die du vom Theater ganz sicher kennen wirst, eben zufällig getroffen und bin mit ihr ins Plaudern geraten, muss aber stehenden Fußes zum Brandenburger Thor eilen, um den Thorwagen nach Charlottenburg zu erreichen. So möchte ich dich bitten, lieber Schwager, unsere verehrte Schauspielerin aus dem Urwald des Thiergartens wieder auf sicheres Straßenland zu geleiten.«

»Ja, liebend gern.«

Beim Wort »liebend« bedachte Amanda Niemann Gontard mit einem vernichtenden Blick und reichte ihm zum Abschied nicht einmal die Hand. Gontard ertrug es mit Fassung. Dass der Herr extra einen seiner Diener geschickt hatte, um ihn am Ehebruch zu hindern, ließ ihn schmunzeln. Er lief mit langen Schritten in Richtung Pariser Platz.

Mit den Pferde-Omnibussen war es in Berlin ein großes Ärgernis. Im Jahre 1829, fast zur gleichen Zeit wie in Paris und London, war in der preußischen Residenz der erste Antrag auf eine Concessionierung gestellt – und vom Innenministerium abgelehnt worden. Während die modernen Verkehrsmittel in England und in Frankreich längst rollten, gab es sie in Berlin im Jahre 1842 noch immer nicht, weil die Behörden trotz des dringenden Bedürfnisses eine Privilegierung weiterhin ablehnten, sich aber ohne diese kein entsprechender Unternehmer finden ließ. Eine Ausnahme waren die sogenannten Thorwagen, die seit knapp zwei Jahrzehnten den Verkehr zu den Vororten bewerkstelligten. 1825 hatte der Berliner Fuhrunternehmer Simon Kremser die Concession erhalten, »ganz alleine sogenannte Omnibusse am Brandenburger Thor aufzustellen«. Er führte feste Fahrpreise und Abfahrtzeiten ein und brachte gefederte und mit einem Verdeck versehene Wagen auf die Straße. So gut die Idee war, die Berliner meckerten dennoch nach Kräften: über die schnell heruntergewirtschafteten Gefährte, die sie Rippenbrecher nannten, und über die Kutscher, die ihre Fahrgäste nach Kräften schikanierten, vor allem dadurch, dass sie nicht abfuhren, solange der Wagen nicht voll besetzt war.

Das war nun an einem herrlichen Sommersonntag wie diesem kein Problem, denn in ganzen Reihen zogen gemächlich Soldaten und Kaufleute, Arbeiter und Handwerker mit ihren lachenden Mädchen vors Thor. Als der Kutscher zweimal »Abfahren, abfahren, es fehlt nur noch eine lumpichte Person!« gebrüllt hatte, löste sich ein Dandy aus der Schar und schwang sich als letzter Fahrgast ins Gefährt. Gontard hatte keine fünf Minuten zu warten gehabt, bis die Peitsche knallte und sich die Gäule in Bewegung setzten. Durch den Thiergarten hindurch ging es bis zur Charlottenburger Brücke und dann weiter durch die Felder bis nach Lietzow, das 1239 zum ersten Mal urkundlich erwähnt und damals zugleich von Deutschen und Slawen bewohnt worden war. Nachdem Preußens erster König, Friedrich I., im Jahre 1701 gekrönt war, ließ seine Gattin Sophie Charlotte das schon vorhandene kleine Schloss Lützenburg zu einer repräsentativen Anlage erweitern. Kurz nach ihrem Tod erhielt die Siedlung gegenüber dem Schloss von Friedrich I. den Namen Charlottenburg und gleichzeitig das Stadtrecht. Bis ins Jahr 1720 war der König zugleich auch Bürgermeister der Stadt.

Magnus Kahlbaum erwartete Gontard schon an der

Charlottenburger Endhaltestelle des Thorwagens. Man begrüßte sich mit einer Herzlichkeit, die überraschend war, wenn man bedachte, dass sie erst vor kurzer Zeit in nähere Verbindung zueinander getreten waren. Sie fühlten sich aber aufgrund ihrer ähnlichen Denkweisen und Lebensstile als Brüder im Geiste.

»Hatten Sie eine angenehme Anreise?«, fragte Kahlbaum.

Gontard seufzte. »Ja, und nun stehe ich klopfenden Herzens hier an historischer Stätte und tue mich schwer mit meinen Gefühlen zwischen Abneigung und Bewunderung.« Er spielte darauf an, dass die Franzosen nach der Niederlage Preußens in der Schlacht bei Jena und Auerstedt im Jahre 1806 Charlottenburg für zwei Jahre besetzt hatten. Napoleon I. selbst war ins Schloss Charlottenburg eingezogen, während seine Truppen ein Stückchen weiter südwestlich ein großes Heerlager errichtet hatten.

Kahlbaum lachte. »Hören Sie auf, vom Einzug der Franzosen zu reden, denn Louis Gillieux, unser ehemaliger Compagnon, hat sich darüber so erregt, dass er einen Tag, nachdem die Franzosen in Charlottenburg einmarschiert waren, einem Herzschlag erlegen ist, am Abend des 27. Oktobers. Er war der letzte gebürtige Franzose bei uns im Handelshaus, und möglicherweise würden wir jetzt nicht am Abgrund stehen, wenn er ... Aber lassen wir das, jetzt, wo der Obornik uns retten wird.« Und er setzte an, Gontard zu erläutern, dass ein neuentdeckter Vetter aus Lissa seine Nichte Luise heiraten und mit seinem Geld das Handelshaus Kahlbaum & Gillieux sanieren solle.

»Da bin ich ja mal gespannt auf diesen jungen Mann«, sagte Gontard. »Grundsätzlich aber lebt ja Berlin vom frischen Blut, das ihm von außen zugeführt wird, angefangen von den Hohenzollern bis hin zu einem Mann wie August Borsig, der aus Breslau kommt.«

Sie liefen ein paar Schritte ins Dorf hinein, bis sie am Haus der Witwe Künzel angekommen waren, in dem sich die Familie Kahlbaum schon seit einem Jahrzehnt zur Sommerfrische einmietete. Es war sechs Fenster breit, einstöckig und hatte ein ziegelrotes Dach, das mit zwei Mansarden bestückt war. Eine offene hölzerne Veranda bot ein lauschiges Ruheplätzchen. Alles steckte unter einer Reihe von alten Linden und Birken, und üppige Büsche von Flieder und Goldregen wuchsen bis dicht an die weiß gestrichene Hauswand. Rotdornhecken bildeten dichte Zäune zur Straße und zu den Nachbarn hin, und auf den kleinen schwarzen Beeten, die neben dem Weg von der Pforte zum Haus angelegt waren, wuchsen Hyazinthen.

»Rechts vom Hausflur die beiden Zimmer nach vorn und das eine zum Hof hin hat mein Bruder für seine Familie gemietet, dazu noch die Küche und die eine Mansarde für das Mädchen«, sagte Magnus Kahlbaum.

»Sehr idyllisch«, fand Gontard.

Sie durchquerten den kühlen, etwas muffig riechenden Hausflur, um in den Hof und den dahinterliegenden Garten zu gelangen, wo unter mächtigen Kastanien der Tisch gedeckt war und Ludwig und Clara Kahlbaum schon warteten. Luise, die in einer Laube gesessen und gelesen hatte, eilte herbei. Man begrüßte erst den Bruder, Schwager und Onkel, dann Gontard. Er spürte, dass zwischen seinem neuen Freund Magnus und dessen Verwandten bei aller zur Schau getragenen Herzlichkeit ein merkwürdiges Spannungsverhältnis bestand, dass sie sich wohl am liebsten angeschrien und unangenehme Dinge gesagt hätten, aber des lieben Friedens wegen alles herunterschluckten, was ihnen auf der Zunge lag. Nach dem Grund dafür musste Gontard, wenn er sich die Andeutungen von Magnus Kahlbaum vergegenwärtigte, nicht lange suchen – der konnte nur Casimir Obornik heißen. Und ihm kam der Gedanke, dass er nur deshalb nach Charlottenburg eingeladen worden war, damit nicht explodierte, was sich da zusammenbraute.

»Darf ich schon auftragen?«, fragte Frau Künzel, die zusammen mit Luise und dem Mädchen der Kahlbaums einige Stunden in der Küche gewirkt hatte. »Die Uhr hat eins geschlagen, und so war es verabredet.«

»Unser Vetter ist noch nicht da«, sagte Clara Kahlbaum. »Und er ist die Hauptperson an diesem Tage.«

»Ich dachte, das bin ich!«, rief Gontard, um die Stimmung aufzuheitern. »Schließlich hat im letzten Januar beim Hofball der König diese meine Hand gedrückt.« Er streckte seine Rechte vor. »Sie ist damit eine Reliquie, und ich als ihr Besitzer sollte, wo immer ich mich aufhalte, allen anderen vorgezogen werden.«

»Es tut mir leid, mein lieber Gontard«, sagte Magnus Kahlbaum, »gegen einen Casimir Obornik verblasst Ihr Glanz, denn der wird in wenigen Jahren nicht nur Hoflieferant von Friedrich Wilhelm IV. sein, sondern als Fachmann für den Handel mit allen Ländern jenseits der Weichsel auch seinem Kabinett angehören.«

Während ihm Ludwig Kahlbaum daraufhin ein »Bitte, so nicht!« entgegenschleuderte, kam ihm seine Schwägerin mit der Bibel: »*Tue von dir den verkehrten Mund und lass das Lästermaul ferne von dir sein.*«

Wie auf ein Stichwort hin erschien nun Casimir Obornik auf der Szene und begrüßte alle, die Kahlbaum hießen, mit einem Überschwang, als kennten sie sich seit

Ewigkeiten, dabei sah er die Berliner heute zum ersten Mal. Noch verwunderlicher fand Gontard allerdings, dass Obornik weder für Clara Kahlbaum noch für seine designierte Braut ein Präsent mitgebracht hatte.

Ludwig Kahlbaum bat nun alle zu Tisch und wies ihnen die für sie bestimmten Plätze zu. Er als Oberhaupt der Familie Kahlbaum hatte sich die eine, die linke Kopfseite vorbehalten, Obornik aber die rechte zugebilligt. Mit dem Rücken zum Garten hin wurden seine Frau und Luise platziert, auf der anderen Längsseite, also mit Blick auf den Garten und die angrenzenden Wiesen und Felder, kamen Magnus Kahlbaum und Gontard zu sitzen. Letzterer hatte also Luise direkt vis-à-vis, und Obornik war sein Nachbar zur Rechten, was ihm die Beobachtung beider sehr erleichterte.

Noch ehe aufgetragen war, gab der neue Vetter aus der preußischen Provinz Posen seine Erkenntnisse über die Residenz zum Besten. »Ich hatte mir Berlin ganz anders vorgestellt, viel größer, so wie Paris oder London«, erklärte er. »Aber in Wahrheit ist es hier kaum anders als in Lissa.«

»Da magst du recht haben«, sagte Magnus Kahlbaum mit allem Ernst, der ihm zur Verfügung stand. »Ich habe mich bei meinem Besuch in Lissa auch mehrmals verlaufen.«

Gontard wollte seiner Rolle als Mittler gerecht werden und versuchte, den Tisch mit seinen Erzählungen zu erheitern, zum Beispiel, wie er vergeblich versucht hatte, in Berlin einen Fechtclub zu gründen.

»Wozu brauchen wir noch Florett, Säbel und Degen?«, fragte Ludwig Kahlbaum. »Wenn ich angegriffen werde, kann ich doch mit meiner Pistole jeden über den Haufen schießen.«

»Das Führen eines Säbels oder Degens war das Privileg des Adels, und das Fechten ist somit als ein Versuch des Bürgers zu verstehen, sich vom Adel zu emanzipieren«, erklärte Gontard.

»Sie sind doch aber selber adlig«, kam der Einwand von Magnus Kahlbaum.

»In erster Linie will ich ein freier Bürger sein!«, rief Gontard nicht ohne Pathos.

Obornik lachte. »Bei uns in Lissa wird einer, der ›fechten geht‹, vom Constabler als Bettler aufgegriffen und kommt ins Arbeitshaus.«

»Woher kommt diese Redewendung?« Gontard machte es spannend. »Von den militärischen Fechtlehrern. Die verloren nämlich mit Aufkommen der Handfeuerwaffen im soldatischen Bereich Sold und Brot und mussten sich neue Betätigungsfelder als Lehrer bürgerlicher Fechter suchen. Dabei zogen sie durch die Städte, klopften an die Türen gutbürgerlicher Häuser und Palais und fragten an, ob ein Fechtmeister gebraucht werde: Sie gingen fechten, um sich ernähren zu können.«

»Das ficht mich nicht an«, sagte Magnus Kahlbaum. »Ich bin gegen die Anfechtungen des Fechtens gewappnet.«

So nahm die Mahlzeit ihren Fortgang, und Gontard hatte Zeit genug, Luise Kahlbaum zu beobachten. Obornik redete ununterbrochen auf sie ein, und je mehr er redete, desto unangenehmer schien sie ihn zu finden. Doch sie ließ sich nichts anmerken und war freundlich und zuvorkommend zu Casimir Obornik. Gontard gewann den Eindruck, dass sie bereit war, sich für ihre Zieheltern und deren Lebenswerk, ihr Handelshaus, zu opfern. Wahrscheinlich sah sie keine andere Möglichkeit, ihre tiefe

Dankbarkeit zum Ausdruck zu bringen. Lehnte sie Obornik als Gatten ab, hätte das ihre Zieheltern ins Elend gestürzt und wäre grober Undank gewesen. Sah denn keiner, fragte er sich, welch Unglück dieser Vetter aus Lissa für Luise war? Sie war belesen und feinsinnig, er ein grober Klotz, mehr noch, ein eingebildeter Fatzke und echter Kotzbrocken. Nein, Clara Kahlbaum sah es nicht, denn sie himmelte ihren Neffen um drei Ecken aus Lissa geradezu an, und Ludwig Kahlbaum wollte es nicht sehen, weil ihm das Geschäft über alles ging, und außerdem wollte er seine Ziehtochter so schnell wie möglich versorgt sehen, denn er litt des Öfteren unter Herzattacken, und die Ärzte gaben ihm kein langes Leben. Und Magnus Kahlbaum? Gontard zweifelte keinen Augenblick daran, dass der von Luises Gemütszustand wusste, doch ein viel zu schwacher Mensch war, um noch einzugreifen und das Rad des Schicksals aufzuhalten.

So also lagen die Dinge, und spürbar bedrückt wollte man nach dem Essen zur besseren Verdauung einen kleinen Spaziergang durch den angrenzenden Schlosspark machen. Erst aber ging es zu den Ufern der Spree hinunter, die man in der Nähe der Brücke erreichte, die von Charlottenburg in die Jungfernheide und nach Tegel führte.

Am Ast einer Erle hing ein Strick. Als Gontard ihn erblickte, fuhr er unwillkürlich zusammen. Hatte sich hier nach Dölau und Kesselschläger ein dritter Schnüffler erhängt und war gerade vom Criminal-Commissarius Werpel abgeschnitten worden? Gott, du siehst ja schon Gespenster! Nein, Kinder hatten eben hier gespielt und, das dünne Seil umklammernd, so lange geschaukelt, bis sie über dem Wasser waren, und dann losgelassen. Kreischend waren sie dann in die Spree geplumpst. Gontard trat näher und besah sich den Strick. An einzelnen Fasern haftete Mörtel. Offensichtlich hatten ihn die Kinder auf einer Baustelle stibitzt. Womöglich hatte er zu einem Flaschenzug gehört. Gontard fragte sich, ob Werpel wirklich nach der Herkunft der Stricke geforscht hatte, mit denen sich Dölau und Kesselschläger erhängt hatten. Wahrscheinlich nicht. Vielleicht lagen sie noch bei ihm im Bureau, und man konnte es nachholen. Hatten die beiden sich selbst erhängt, war die Herkunft der Stricke ohne Bedeutung – nicht aber, wenn sie erhängt worden waren.

Siebzehn

Sosehr sich Wilhelm zu Sayn-Wittgenstein-Hohenstein, erst preußischer Polizeiminister, dann Minister des Königlichen Hauses, und seine Untergebenen auch mühten, alles freiheitliche Denken schon im Keime zu ersticken, ganz gelang es ihnen nicht.

So gab es nicht nur lockere Diskussionsrunden liberaler Geister in den Berliner Lesecafés, sondern sogar eine feste Vereinigung oppositioneller Akademiker und Publizisten: den Debattierzirkel der »Freien«, dem unter anderen Bruno Bauer, Karl Friedrich Köppen und Friedrich Engels angehörten. Auch Heinrich Pütte und Franz Rakow ließen sich dort des Öfteren blicken.

»Heute soll dort ein komischer Vogel aus Bayreuth einen philosophischen Vortrag halten«, sagte Rakow, als die beiden in einem Local an der Weidendammer Brücke zusammensaßen. »Lehrer an einer höheren Töchterschule soll er sein und Johann Caspar Schmidt heißen, aber er nennt sich Max Stirner.«

»Was heißt ›komischer Vogel‹?«, sagte Pütte. »Das ist ein ruhiger und zurückhaltender Mensch, der keinem sein Denken aufdrängen will, indem er brüllt. Von dem habe ich schon einiges in der *Rheinischen Zeitung* gelesen. Da bin ich mal gespannt, was der uns sagen will.«

Rakow sah zum Hôtel der Witwe Thieme hinüber. »Wir sollten uns lieber um diesen Obornik kümmern.«

»Ach, der läuft uns nicht weg.«

Christian Philipp von Gontard und sein Freund Dr. Friedrich Kußmaul saßen am frühen Abend im Café Stehely und philosophierten über das Sosein der Welt.

»Heute hatten wir an der Artillerieschule hohen Besuch«, sagte Gontard. »Den Wittgenstein.«

»Was, der lebt immer noch?«, entfuhr es Kußmaul.

»Pst!«, machte Gontard.

Sie überlegten eine Weile und kamen dann überein, dass Wilhelm zu Sayn-Wittgenstein-Hohenstein 1770 geboren worden war. Er hatte eine lange Karriere hinter sich. Nachdem er in Marburg Rechtswissenschaften studiert hatte, war er 1791 zum kurpfälzisch-bayerischen Geheimen Rath ernannt worden und später zum Oberhofmeister der preußischen Königin aufgestiegen. Nach den Wirren der napoleonischen Kriege hatte er es zum Oberkammerherrn am preußischen Hofe und 1814 zum Polizeiminister gebracht.

»Unter dem neuen König ist doch sein Einfluss nicht mehr ganz so groß«, sagte Kußmaul.

»Er reicht immer noch aus, jemanden zu vernichten«, stellte Gontard fest.

Kußmaul schwieg und nippte an seiner Kaffeetasse. »Ich muss dir etwas gestehen, Christian.«

Gontard zog die Augenbrauen hoch. »Dass du ein Attentat auf Wittgenstein planst?«

»Nein, dass ich mich verguckt habe.«

»Oh, in wen denn? In eine unserer Hofdamen oder gar Prinzessinnen?«

»Nein …« Kußmaul zögerte mit seinem Geständnis. »Ich bin gestern zu einer Patientin nach Charlottenburg gerufen worden. Die Leute kennst du besser als ich … Stichwort Kahlbaum & Gillieux.«

»Ah, Clara Kahlbaum!«, rief Gontard.

»Pst!«, machte nun Kußmaul seinerseits. »Nicht Clara, sondern Luise …«

»Was denn, die? Was hatte sie denn?«

Kußmaul wich ihm aus. »Darüber darf ich nicht sprechen.«

Gontard hatte eine Ahnung. »Nach dem, was ich am Sonntag bei den Kahlbaums beobachtet habe, könnte sie an einem Nervenfieber leiden.«

»Ich bewundere deine Menschenkenntnis.«

»Und ich deinen Mut, was die Liebe betrifft«, konterte Gontard.

»Inwiefern?«, fragte Kußmaul.

»Weil nämlich gerade ein entfernter, aber vermögender Vetter aus Lissa nach Berlin gekommen ist, um Luise zu heiraten und das Handelshaus Kahlbaum & Gillieux zu retten.«

Kußmaul schloss die Augen und seufzte. »Und was sagt Luise dazu?«

»Ich weiß es nicht, ich vermute aber, dass sie diesen Obornik nehmen wird – nicht aus Liebe, sondern weil sie es ihren Zieheltern schuldig zu sein glaubt.«

»Da werde ich wohl alle Hoffnung fahrenlassen müssen«, sagte Kußmaul.

»Es gibt tausend andere Frauen und Mädchen, die für dich in Frage kommen«, versuchte Gontard ihn zu trösten.

»Nun gut.« Kußmaul ließ sich ein Glas Rotwein kommen. »Wittgenstein hat auch weder Frau noch Nachkommen.«

»Was anders als bei dir ein Segen für die Menschheit ist.«

»Danke.« Kußmaul wartete auf seinen Rotwein. »Ich muss heute noch etwas unternehmen, um mich abzulenken. Am besten, ich gehe wieder mal zu diesen ›Freien‹.«

Gontard hatte Freiern verstanden und stutzte. »Zu welchen Freiern? Denen, die um die Gunst der käuflichen Damen werben?«

»Den ›Freien‹«, wiederholte Kußmaul, »dem Debattierzirkel. Dieser Stirner soll heute da sein und etwas über seine kryptische Philosophie erzählen, über das *Jenseits in Uns*. Kommst du mit?«

Gontard hatte seine Bedenken. »Wenn ich mich da blicken lasse, wird das meinen Vorgesetzten gar nicht gefallen.«

»Dann sagst du eben, du seist im Auftrag von Dr. Wiesenburg hingegangen«, schlug Kußmaul vor.

»Gute Idee. Dass ich einmal so tief sinken würde ...«

Kußmaul lachte. »Je tiefer einer sinkt, desto höher kann er später steigen.«

Sie machten sich auf den Weg zum Friedrichswerder, wo sie die Tagungsstätte der »Freien« nur mäßig gefüllt vorfanden. Einen großen Verehrerkreis schien Max Stirner noch nicht zu haben. Als sie auf den Stühlen der letzten Reihe Platz genommen hatten, war er gerade dabei, das zu beschreiben, was er das »Jenseits in uns« nannte: »Das Jenseits außer uns ist allerdings weggefegt, und das große Werk der Aufklärer vollbracht; allein das Jenseits in uns ist ein neuer Himmel geworden und ruft uns zu neuen Himmelsstürmen auf. Der vielbeschworene Ausgang aus der Unmündigkeit kann nur so vollendet werden. Der Mensch, der dann entsteht, ist der Eigner, der Mensch, der nur sich selbst gehört. Eigner können auf zweierlei Art und Weise entstehen: zum einen durch den Akt der Empörung, verstanden als das Herausarbeiten meiner aus dem Bestehenden, zum anderen durch eine Erziehung, die das Heranwachsen des Kindes zum Eigner möglichst wenig behindert. Die oberste Devise des Eigners heißt: Mir geht nichts über mich, das heißt, er akzeptiert nichts Heiliges über sich.«

In der sich anschließenden Diskussion fiel Gontard unter den jungen Leuten insbesondere ein eifernder Student auf, der mit einem Freund vor ihm saß und sich überwiegend auf französisch mit diesem unterhielt, wohl um zu verhindern, dass jeder verstand, was er zum Ausdruck bringen wollte.

»*Quel bavardage!*«

»*Tu as raison. Il faut agir et non seulement parler!*«

Jetzt erhob sich der junge Mann und nannte seinen Namen, wie es nötig war, wollte man dem Vortragenden eine Frage stellen oder eine kurze Erklärung zur Sache abgeben.

»Heinrich Pütte. Ich möchte von Max Stirner gern wissen, was er von Hegels Maximen zur Erziehung hält. Hegel sagt doch in seinen *Grundlinien der Philosophie des Rechts*, dass Zucht den Sinn hat – ich zitiere –, *den Eigenwillen des Kindes zu brechen. Das Vernünftige muss als seine eigenste Subjektivität ihm erscheinen. Die Sittlichkeit muss als Empfindung in das Kind gepflanzt worden sein*. Stimmt das so?«

»Nein«, entgegnete Max Stirner, »was sind unsere geistreichen und gebildeten Subjekte größtenteils? Hohnlächelnde Sklavenbesitzer – und selber Sklaven! Ich bin der Auffassung, dass eine Gesellschaft nicht neu werden kann, solange diejenigen, welche sie ausmachen und konstituieren, die alten bleiben.«

»Die Entstehung des neuen Menschen ist also nicht allein aufgrund historischer Gesetzmäßigkeiten zu erwarten?«, fragte Pütte.

»So ist es, mein Herr«, bestätigte Max Stirner.

»Dann ist nur der ein wahrer Revolutionär, der die alte herrschende Kaste aufs Schafott schleppt, so wie es Danton und Robespierre getan haben!«, rief Pütte.

»Unsinn!«, kam es aus dem Saal. »Was ist denn in Frankreich seitdem anders geworden? Stirner sagt doch, dass es auf die andersartige Erziehung der Kinder ankommt und nicht darauf, dass der König in den Sack niest!«

»Solche Formulierungen sollten wir tunlichst vermeiden!«, rief ein anderer. »Dr. Wiesenburg hört überall mit. Darum zu etwas anderem, lieber Max Stirner, nämlich dazu, dass Sie den Altruismus grundsätzlich in Frage stellen. Ich habe bei Ihnen gelesen, dass der Egoismus Triebfeder allen Handelns ist, auch solchen Handelns, das als altruistisch und selbstlos etikettiert wird. Wer anderen hilft und nützt, tut das Ihrer Meinung nach letztendlich nur für sich, um darin eine persönliche Erfüllung zu finden und wegen seiner Güte überall geschätzt zu werden.«

»Ja«, bestätigte Max Stirner, »der Altruismus der meisten Menschen ist nichts weiter als eine Lebenslüge.«

Das gefiel Gontard, denn er hatte schon lange den Verdacht, dass unter den Menschen da die größte Tyrannei herrschte, wo sich jeder als ein guter Mensch in Szene setzte, als einer, der immer nur an die anderen dachte und nie ein böses Wort über sie verlor, geschweige denn sie mit Worten und mit Fäusten attackieren wollte.

Nach Ende der Debatte saßen sie noch auf ein Bier mit Max Stirner und einigen Studenten zusammen an einem Tisch, und Gontard fragte Pütte, ob er mit einem Fuhrunternehmer Ferdinand Pütte verwandt sei, den kenne er gut, denn der habe schon öfter Aufträge für die Artillerieschule ausgeführt.

»Ja, das ist mein Onkel«, antwortete Pütte, »der aus der Landsberger Straße.«

»Berlin ist doch ein Dorf«, sagte einer am Tisch.

Pütte lachte. »Gemessen an Paris und London auf alle Fälle.«

Diese Formulierungen kamen Gontard bekannt vor, sie hätten von Casimir Obornik sein können. Dieser Kotzbrocken aus Lissa stand ihm deutlich vor Augen. Es war ja erst vorgestern gewesen, dass sie sich in Charlottenburg begegnet waren. Und ausgerechnet dieser Obornik sollte nun die wunderschöne und kluge Luise Kahlbaum zur Frau bekommen, in die sich sein Freund Friedrich verliebt hatte ... Das wäre ein schöner Stoff für ein Theaterstück gewesen – die Frage war nur, ob für eine Komödie, eine Tragödie oder eine Tragikomödie.

Kußmaul zog seine goldene Taschenuhr aus der Hose. »Es ist schon nach neun. Was machen wir mit dem angebrochenen Abend?«

Gontard gähnte. »Keine Ahnung ...«

»Gehen wir zu Alexander von Humboldt«, schlug Kußmaul vor. »Der hält in der Akademie der Wissenschaften einen Vortrag über die von ihm ermittelten mittleren Höhen der Kontinentalerhebungen über dem Meeresspiegel.«

»Da müsste ich hingehen, da hast du recht, schon aus dienstlichen Gründen. Wenn wir mal wieder Krieg gegen die Bayern führen müssen und mit der Artillerie die Zugspitze beschießen und die dann in Wirklichkeit fünf Meter höher ist, als in meinen Karten vermerkt, sitze ich in der Bredouille.«

Die Akademie der Wissenschaften war wie die der Künste im Gebäude Unter den Linden 38 untergebracht, also direkt neben der Universität, und von der Neuen Grünstraße aus hatten sie ein ganzes Stück zu laufen. Wieder einmal verfluchten sie die Tatsache, dass es in Berlin keine Pferde-Omnibusse gab. Zwar hätten sie locker das Geld für eine Droschke gehabt, doch sie wollten aus Prinzip keine rufen.

»Schad' meinem Vater jarnischt, det mir die Hände frier'n, warum kooft er mir keene Handschuhe«, sagte Kußmaul. »Als würde sich das Ministerium darüber ärgern, dass wir nun laufen!«

Vom Spittelmarkt ging es durch die Niederwallstraße zum Hausvogteiplatz und von da über die Taubenstraße und quer über den Gensdarmen-Markt zur Charlottenstraße, die direkt zum Akademie-Gebäude führte. Als sie dort angekommen waren, mussten sie feststellen, dass Alexander von Humboldt seinen Vortrag erst am 18. Juli zu halten gedachte.

»Wo du dich sonst so selten irrst!«, sagte Gontard. »Die Sache mit Luise Kahlbaum muss dich ja ganz schön durcheinandergebracht haben.«

»Ja, das scheint mir auch so«, musste sich Kußmaul eingestehen. »Dann geh ich jetzt mal lieber nach Hause und weine still in mein Kopfkissen.«

»Armer Mann, du. Aber ich bin noch schlimmer dran als du ...«

»Wie das?« Kußmaul war erstaunt. »Hast du auch Liebeskummer? Ich denke, die Sache mit Amanda Niemann ist passé?«

»Nein, wenn ich im Dunkeln nach Hause gehe, muss ich doch damit rechnen, dass es mir so ergeht wie diesem Schmiedefeld ...«

Kußmaul war besorgt. »Soll ich dich begleiten?«

»Nein, das lässt meine Ehre nicht zu, schließlich bin ich Königlicher Offizier und von daher per Definition immer ein Held.«

»Irgendwie mache ich mir Sorgen um dich.«

Gontard suchte, das Ganze ins Lächerliche zu ziehen. »Fehlt nur noch, dass du mir mit Schiller kommst, *Ring des Polykrates: Die Götter wollen dein Verderben; / Fort eil' ich, nicht mit dir zu sterben.*«

Heinrich Pütte und Franz Rakow standen gegenüber dem Hôtel Garni in der Friedrichstraße 137 und warteten auf Casimir Obornik. Freunde aus der preußischen Provinz Posen hatten ihnen mitgeteilt, dass er ein ganz übler Bursche sei und in den Landkreisen Krotoschin, Lissa, Neutomischel, Ostrowo, Rawitsch und Pleschen etliche Demokraten ans Messer geliefert habe.

»Nun wird er sich hier in Berlin dem Dr. Wiesenburg andienen«, sagte Pütte.

»Und der wird sich freuen, einen so tüchtigen Zuträger gewonnen zu haben.«

»Tod allen Schnüfflern!«

»Nur sollten wir es in Zukunft geschickter anstellen als bei Schmiedefeld«, meinte Rakow.

In diesem Augenblick – es war vier Uhr nachmittags – kam Obornik aus seinem Hotel und wandte sich südwärts die Friedrichstraße hinunter. Pütte und Rakow folgten ihm in einem Abstand von vielleicht fünfzig Schritten, bis er links in die Jägerstraße abbog.

»Was mag er hier wollen?«, fragte Rakow.

»Seine ersten Opfer suchen.«

Sie blieben stehen, weil auch Obornik innegehalten und am Klingelzug eines zweistöckigen Hauses gerissen hatte. Der Eigentümer erschien in der Tür, und Obornik verhandelte mit ihm. Da sie kein Wort der Unterhaltung verstanden, konnten sie nur Mutmaßungen darüber anstellen, worum es ging.

»Könnte sein, dass Obornik eine Wohnung sucht«, sagte Pütte.

»Will er sich also tatsächlich einnisten bei uns.« Rakow stieß einen Laut des Unmuts aus.

»Ich habe gehört, dass er mit Leder handelt und hier in Berlin ein Geschäft eröffnen will. Was ja auch am klügsten ist, weil da viele Menschen zu ihm kommen und nicht nur etwas kaufen, sondern auch mal plaudern wollen. Über dieses und jenes und auch darüber, was sie politisch denken.« Pütte verwies darauf, dass auch Dölau und Kesselschläger die Kunden ausgehorcht hätten.

Obornik verabschiedete sich von dem Hauseigentümer, ganz offenbar, ohne mit ihm handelseinig geworden zu sein, und setzte seinen Weg Richtung Gensdarmen-Markt fort. Den überquerte er, ohne zu verweilen, und lief zwischen Lotteriegebäude und Seehandlung hindurch zum Werderschen Markt, um schließlich in der Unterwasserstraße im Handelshaus Kahlbaum & Gillieux zu verschwinden.

Achtzehn

Landpartien waren eine große Leidenschaft der Berliner. Auch Gontard, Magnus Kahlbaum und Dr. Kußmaul planten eine für Sonntag, den 3. Juli, denn alle drei brauchten sie Ablenkung von ihren Nöten, die darin begründet lagen, dass sie auf die Wonnen der Liebe verzichten mussten. Gontards Frau war im fernen Wutike, und die beiden anderen konnten auch nur davon träumen, ein Mieder öffnen zu dürfen. Die drei hatten sich am Freitagnachmittag zu einer Partie Billard im Offizierscasino der Moabiter Ulanen-Caserne getroffen, zu dem Gontard Zugang hatte, und berieten nun, wohin es gehen sollte.

»Ich bin für Potsdam«, sagte Gontard. »Mit dem Garten von Sanssouci, dem Mühlen-, Ruinen- und Pfingstberg, dem Neuen Garten und dem Park um das Schloss Babelsberg. Oder meinetwegen auch die Pfaueninsel.«

»Abgelehnt«, sagte Kußmaul. »Potsdam ist mir zu sehr Neben-Residenz, und der König könnte mir begegnen.«

Kahlbaum schloss sich dieser Meinung an. »Sanssouci käme nur in Frage, wenn die hochgelehrten Männer noch dort lebten, die der Alte Fritz um sich geschart hatte.«

Gontard war ein wenig verstimmt. »Dann macht doch selber einen Vorschlag!«

»Ich bin für den Finkenkrug«, sagte Kußmaul. »Schon der Name verspricht alle Genüsse der Romantik.«

»Alle Genüsse? O Gott!«, brummte Gontard. »Von Sodomie mit Kühen und Pferden habe ich ja schon gehört, aber wie soll das mit Finken gehen?«

»Das müssten schon ganz arge Schmutzfinken sein«, fügte Kahlbaum hinzu. »Finkenkrug ist zu weit weg, da warten wir lieber, bis die Eisenbahn nach Hamburg fertig ist. Ich schlage Saatwinkel vor, das liegt vergleichsweise nahe.«

»Das ist nur etwas für Angler!«, rief Gontard. »Abgelehnt.«

»Und wie ist es mit Pankow und Schloss Schönhausen?«, fragte Kahlbaum.

Das fand bei Gontard wie Kußmaul wenig Gegenliebe. »Das liegt mir zu weit außerhalb.«

»Was bleibt denn noch?«, fragte Kahlbaum.

Gontard zählte es auf. »Der Spandauer Berg mit seinem Baierischen Bierlocale oder der Gesundbrunnen mit seinem Heilwasser und der Schwendy'schen Brauerei ...«

Kußmaul und Kahlbaum schüttelten den Kopf. »Zu viel gröhlendes Volk.«

»Dann fällt mir nur noch Tegel ein.«

»Tegel ist gut«, sagte Kahlbaum und zitierte aus dem Faust: »*Das Teufelspack, / es fragt nach keiner Regel, / Wir sind so klug, / und dennoch spukt's in Tegel.*«

So einigten sie sich denn auf Tegel und freuten sich, endlich ein Ziel vor Augen zu haben.

»Aber wo bekommen wir so kurzfristig einen Kremser her?«, fragte Kußmaul.

»Den besorge ich mir von Ferdinand Pütte in der Landsberger Straße«, sagte Gontard.

Das gelang dann auch, zumindest wurden ihnen drei Plätze in einem Fuhrwerk reserviert, das am Sonntagvormittag um elf Uhr am Oranienburger Thor starten sollte. Gontard hatte es von der Dorotheenstraße nicht weit, verließ aber schon eine Stunde früher das Haus, um in aller Ruhe durch die Stadt zu schlendern. Die letzten Geschäfte ruhten jetzt, und auf allen Straßen zeigte sich das bunteste festtägliche Leben, und besonders in der Thorstraße wimmelte es von Familien, die ins Freie strebten, eingehüllt von Staubwolken, so dass die rabenschwarzen Hüte wie die schneeweißen Westen bald gleichermaßen grau erschienen. Die Innenstadt entvölkerte sich mehr und mehr und machte den Eindruck einer trostlosen Öde. Als er sich zehn Minuten vor der Zeit am angegebenen Ort eingefunden hatte, herrschte am Abfahrtplatz der Fuhrwerke ein ziemliches Tohuwabohu. Dank der Eigenschaft jedes wahren Berliners, bei solchen Gelegenheiten immer zu früh oder zu spät, selten aber zur rechten Zeit zu kommen, gab es hier Scharen von Müttern, Vätern, Brüdern und Tanten, die voller Ungeduld säumiger Verwandten und Bekannten harrten und versuchten, inmitten der Scharen von herbeieilenden Ausflüglern die zu erkennen, die zu ihnen gehörten. Man echauffierte sich, drängelte die anderen zur Seite und schwenkte rote Schirme hin und her, um auf sich aufmerksam zu machen. Angst und Verzweiflung machten sich breit, je näher die Abfahrtzeit des bestellten Kremsers rückte.

Gontard musste sich nach vorne kämpfen, um Kußmauls und Kahlbaums Aufmerksamkeit auf sich zu lenken. Endlich hatten sie ihren Wagen geentert und es sogar geschafft, nebeneinander zu sitzen – Gontard als verbindendes Glied in der Mitte. Wer als Letzter kam, wurde wie ein Paket durch das Fuhrwerk gereicht. Mütter schrien auf, weil ihnen jemand auf die Hühneraugen getreten hatte, Kinder weinten, weil sie Erwachsenen Platz machen sollten und nicht auf irgendeinem Schoß sitzen wollten, und der Kutscher fluchte, weil er die unvermeidlichen Kober mit der Naturalverpflegung nirgends mehr verstauen konnte. Aber es gehörte zur liebenswürdigen Eigentümlichkeit des Berliners, sich durch diese Unannehmlichkeiten nicht stören zu lassen, das gehörte eben zu einer richtigen Landpartie. Man hatte sich fest vorgenommen, auch an diesem Sonntag wieder die Fahrt int Jrüne zu genießen, und nichts konnte einem die gute Laune verderben.

»Un det allet bei die Bullenhitze heite!«, rief eine dicke Madame und tupfte sich den Schweiß von der Stirn.

Ab ging es nach Tegel. Magnus Kahlbaum war stolz auf sein historisches Wissen und wollte auch die Begleiter daran teilhaben lassen. »Das Dorf wurde als Tygel erstmals 1322 erwähnt, ist aber wahrscheinlich schon 1237/38 gegründet worden. Von 1361 bis 1558 gehörte es dem Kloster Spandau, von dem es Mitte des 16. Jahrhunderts in die Verwaltung der Stadt Spandau kam, die ein Gut errichtete. Der Berliner Bürgermeister Johann Brettschneider verkaufte das Gut Tegel 1596 an den Grafen Johann Casimir zu Lynar.«

»Noch ein Casimir«, murmelte Kußmaul.

»Wie?«

»Ach, nichts.«

»Das Gut und das Schloss Tegel kamen mittels Heirat in den Besitz von Alexander Georg von Humboldt, dem Vater der Brüder Alexander und Wilhelm von Humboldt«, fuhr Kahlbaum fort. »Tegel gehört zum preußischen Regierungsbezirk Potsdam, Kreis Niederbarnim, liegt am gleichnamigen Havelsee, ist rund anderthalb Meilen von

Berlin entfernt, hat eine evangelische Kirche und eine große Mühle. Besonders sehenswert ist das durch Schinkel 1822 bis 1824 umgebaute Schloss, ehedem Besitzung und Wohnstätte von Wilhelm von Humboldt, mit einigen Kunstschätzen und einem schönen Park, der die Grabstätte Wilhelm von Humboldts enthält. Eine Wanderung zu den grünen Matten von Schulzendorf ist anzuraten.«

»Bravo!« Gontard klatschte in die Hände. »Fehlen nur noch der Hinweis, dass *tegel* im Niederländischen Kachel heißt, und die Information, wer hier Kacheln gebrannt hat.«

»Das müsste man wirklich einmal erforschen«, sagte Kahlbaum, »denn ein Stückchen weiter nördlich in Velten haben sie vor ein paar Jahren begonnen, eine Fabrik für Ofenkacheln zu bauen. Tonvorkommen gibt es westlich von Velten, aber auch in der Tegeler Gegend. Man beachte etwa den Namen des Dorfes Glienicke auf der anderen Seite von Wald und Heide: Denn *glin* ist das slawische Wort für Lehm.«

»Hoch soll er le'm!«, rief der Dicke, der ihnen gegenübersaß, und schwenkte seine Bierkruke.

In Tegel auf dem Dorfanger angekommen, liefen sie über sandige Wege hinunter zum See, und Gontard kam auf die Idee, sich bei einem der ortsansässigen Fischer einen Kahn zu mieten und ein Stückchen auf den See hinauszurudern.

Kußmaul war davon wenig angetan. »Nein, bitte nicht, bei meinen geringen Schwimmkünsten!«

Doch er wurde überstimmt, und schnell war der Handel abgeschlossen. Erst als sie auf dem Steg standen und der Fischer den Kahn losgebunden hatte, fiel Gontard auf, dass er den Namen *Luise* trug.

»Pikant«, murmelte Gontard.

Gontard als Königlichem Offizier wurde der Platz am Steuer zugestanden, er kam also hinten im Boot zu sitzen, während sich Kahlbaum erbot, das Rudern zu besorgen, also das breite Brett in der Mitte einnahm. Der Doktor möge sich am Bug niederlassen und gegen eine mögliche Seekrankheit ankämpfen.

»Wenn wir jetzt noch die preußische Fahne hissen, können wir gleich nach Afrika rudern und unsere verlorengegangenen Kolonien zurückerobern«, sagte Gontard. »Groß Friedrichsburg muss wieder unser werden!«

»Warum nicht!« Kußmaul war begeistert von dieser Idee. »Dann gehen wir nach Preußisch-Westafrika und machen es wie die Engländer in Amerika: lösen uns los von Preußen, werden eine Republik und geben uns eine demokratische Verfassung.«

»Ohne Königin?«, fragte Gontard. »Denkt nur einmal an unsere Königin Luise!«

Das hätte er nicht sagen sollen, denn nun dachten alle plötzlich an Kahlbaums Nichte, und die fröhliche Stimmung erhielt einen gehörigen Dämpfer. Gontard glaubte, die Seelenlage sowohl seines alten Freundes Friedrich Kußmaul wie seines neuen Freundes Magnus Kahlbaum erkannt zu haben: Beide liebten sie Luise. Damit waren sie natürlich Konkurrenten, aber auch traurige Verlierer, denn er zweifelte nicht daran, dass sich die junge Frau für ihre Zieheltern und das Handelshaus Kahlbaum & Gillieux opfern und Casimir Obornik heiraten würde. Es wäre also das Klügste gewesen, sich gegenseitig zu trösten. Kußmaul war zu spät auf der Bühne erschienen, um noch eine Chance zu haben, und Kahlbaum war viel zu alt und käme wohl als Onkel sowieso nicht in Frage. Und das nötige Geld, das Handelshaus zu retten, das hatten sie beide nicht. Intelligent, wie sie waren, hätten sie eigentlich längst erkennen müssen, dass Hoffen und Harren sie zu Narren machte.

Sie hatten die Insel Hasselwerder hinter sich gelassen und hielten auf Lindwerder zu, befanden sich also auf der Mitte des Sees, als sich bei Kahlbaum erste Ermüdungserscheinungen bemerkbar machten.

»Ich kriege gleich einen Krampf in der linken Hand«, stöhnte er.

Gontard lästerte. »Ja, wer immer nur einen Gänsekiel in der Hand hält ...«

»Den halte ich in der rechten Hand, den Krampf habe ich aber in der linken.« Jetzt wurde es so schlimm, dass er mit dem Rudern aufhören und die beiden Ruderblätter sinken lassen musste.

Das erweckte nun den Ehrgeiz des Arztes, der im imaginären Duell um Luise wohl auch zeigen wollte, dass er jünger und kräftiger war als der Mitbewerber. So stand Kußmaul also auf und bewegte sich auf Kahlbaum zu. Obwohl er dies in gebückter Haltung tat, um für einen möglichst tiefliegenden Schwerpunkt zu sorgen, geriet der Kahn heftig ins Schwanken.

»Vorsicht, wir kippen um!«, rief Gontard, konnte dies aber durch geschickte Gegenbewegungen verhindern.

Nun hatte Kußmaul Kahlbaum erreicht und machte Anstalten, dessen Platz auf der Ruderbank zu übernehmen. Dazu mussten sich beide aneinander vorbeiwinden, und um das zu bewerkstelligen, erhob sich Kahlbaum. Dabei verlor er aber für einen Wimpernschlag sein Gleichgewicht und griff in einer Reflexbewegung nach Kußmaul, um sich an ihm festzuhalten. Das misslang, und plötzlich klatschte Kußmaul ins Wasser. Nicht genug damit: Die *Luise* bekam eine derartige Schlagseite, dass sie beide Ruder verloren. Dass die *Luise* nicht vollends kenterte, lag nur daran, dass sowohl Gontard als auch Kahlbaum auf den Boden des Kahns gefallen beziehungsweise gerutscht waren und diesen damit stabilisierten.

Kußmaul trieb im See und schrie um Hilfe. Mit den Schuhen an den Füßen und in voller Montur versuchte er, sich über Wasser zu halten. Doch seine Schwimmstöße wurden immer kraftloser, und in einer halben Minute musste er ertrunken sein.

Gontard erkannte die Gefahr, rappelte sich hoch, streifte sich die Schuhe von den Füßen und sprang in den See. Gerade noch rechtzeitig bekam er Kußmaul zu packen und schaffte es, ihn mit kräftigen Beinstößen zum Kahn zurückzubringen.

Neunzehn

Die Witwe Thieme saß in ihrem Bureau und wartete auf die ersten Gäste an diesem frühen Vormittag. Die *Vossische Zeitung* vom Dienstag, dem 12. Juli, die zusammengefaltet vor ihr auf dem Sekretär lag, zeigte ihr an, dass die Hundstage nicht mehr fern waren, und sie schwitzte jetzt schon gewaltig. Bald war *tout Berlin* in der Sommerfrische, und es kam kein Fremder mehr in die Stadt, um Geschäfte zu machen oder seine Lieben zu besuchen.

Gerade hatte sie sich an die Lektüre der Rubrik *Vermischtes* gemacht, als Mr. Hapgood die Treppe heruntergestürmt kam, ein Ingenieur aus England, der mit der Borsig'schen Maschinenbauanstalt in Verbindung treten wollte. Er war außerordentlich erregt.

»Sie haben mich gestohlen *in the night*!«

»Nee, Sie sind doch da!« Johann, der Hausdiener, der ihm in kurzem Abstand gefolgt war, konnte sich diese Bemerkung nicht verkneifen.

Die Witwe Thieme war aufgesprungen und suchte Mr. Hapgood zu beruhigen. »Was fehlt Ihnen denn?«

»Meine ... wie sagt man? ... Geldsack.«

»Ihr Geldbeutel ist also weg, Ihr Portemonnaie?«

»Ja, während ich habe geschlafen.«

Die Witwe Thieme wollte das nicht glauben. »Sie werden ihn verlegt haben, oder er war schon weg, bevor Sie zu uns gekommen sind.«

»*No*, ich habe mein Geld noch gezählt, als ich in meinem Zimmer abgestiegen bin.«

»Vielleicht hatta recht«, sagte Johann. »Denn jestan Abend is hier wieda der Wölsicke rumjeschlichen, det Subjekt, det.«

»Wir werden den Criminal-Commissarius rufen lassen«, sagte die Witwe Thieme, »und dann wird sich alles schnell aufklären.«

»Und wie komme ich ohne Geld zu Borsig? Der Kutscher lässt umsonst keinen fahren.«

Johann grinste. »Ick schon, ick nehme nie wat dafür, wenn ick eenen fahren lasse.«

Die Witwe Thieme wollte das nicht erklärt haben und holte ein paar Friedrichsd'or aus ihrer Cassette. »Hier, ich leihe Ihnen etwas.«

Mr. Hapgood zog ab, und die Witwe Thieme unterzog den Hausdiener einem kleinen Verhör, um herauszufinden, ob er die Tür zum Hof wieder einmal nicht richtig verschlossen hatte. Er druckste noch herum, als ein stattlicher Herr ihr Foyer betrat, ein Kaufmann, wie sie auf den ersten Blick erkannte.

»Guten Morgen, der Herr – ein Zimmer gefällig?«

»Nein, ich suche nur jemanden, der hier bei Ihnen abgestiegen ist.«

Die Witwe Thieme war enttäuscht und lächelte nicht mehr so entgegenkommend. »Wen bitte?«

»Den Herrn Obornik.«

»Und wen darf ich melden?«

»Kahlbaum mein Name, Ludwig Kahlbaum. Casimir Obornik ist mein zukünftiger Schwiegersohn und wollte um neun Uhr in der Unterwasserstraße sein ... Jetzt ist es aber schon zehn nach zehn.«

»Der junge Herr wird verschlafen haben«, sagte die Witwe Thieme. »Er schläft sowieso immer bis in die Puppen. Am besten, Sie wecken ihn selber. Wenn Sie sich bitte nach oben bemühen würden, erster Stock, Zimmer 12.«

Sie brachte Ludwig Kahlbaum noch zur Treppe. Ihn nach oben zu geleiten, ersparte sie sich. Wer kein zahlender Gast war, musste nicht besonders zuvorkommend behandelt werden.

Sobald der Morgen graute, wurde es lebendig in Berlin. Die Bäckerlehrlinge zogen mit ihren kleinen Handwagen durch die Straßen, um den Kleinhändlern Brote, Schrippen und Schusterjungen zu bringen. Zugleich öffneten die Victualienkeller für die Arbeiter, die auf ihrem Weg in die Fabriken und Manufacturen schnell noch etwas kaufen wollten. Die Straßen, die in der Nähe der Stadtthore und der Märkte lagen, füllten sich mit Leben, denn nun erschienen die Bauernwagen, die Feld- und Gartenfrüchte brachten. Der Rauch aus den Schornsteinen verkündete, dass man Kaffee kochte, und die Fuhrleute mit ihren Einspännern und Hundekarren beeilten sich, frische Milch in die Häuser zu liefern. Gegen sieben Uhr wurde es in den Werkstätten lebhaft, die Dienstmädchen begegneten sich am Brunnen, die Hausfrauen lüfteten die Zimmer, die Rentiers rauchten ihre Morgenpfeife, und die Stiefelputzer stiegen zu den Chambregarnisten hinauf. Gegen halb acht setzten die Tabakhändler ihre ersten Cigarren ab, und auch die verschiedenen anderen Warenlager öffneten ihre Türen. Die Comptoirdiener setzten sich an ihr Pult, die Handarbeiterinnen begaben sich unter die Herrschaft der Directricen, und die Lehrer strebten würdevoll ihren Klassenzimmern entgegen, umgeben von der eilenden Schuljugend, vom Kommunalschüler in Holzpantoffeln bis zum Primaner mit dem Köln-Mindener Vatermörder. Noch bewegter wurde es um acht Uhr, denn nun besorgten sich die Handwerker ihre Rohmaterialien, kassierten ihre Rechnungen und verschickten die fertigen Arbeiten, die Beamten gingen in ihre Bureaus, und die Hausfrauen, vom Dienstmädchen gefolgt, besuchten die Märkte.

Der Criminal-Commissarius Waldemar Werpel schlenderte durch die Straßen und hoffte, dass nirgendwo ein crimineller Akt stattgefunden hatte, der sein Eingreifen erforderlich machte, denn in letzter Zeit hatte er so viele Fehlschläge zu beklagen gehabt, dass ihn jeder neue Fall in Angst und Schrecken versetzte. Trotzdem musterte er jeden, der ihm entgegenkam, mit berufsbedingtem Misstrauen, denn jeder Mensch war für ihn ein potentieller Crimineller. Wenn einer noch nicht mit der Strafjustiz in Berührung gekommen war, dann lag das nur daran, dass man ihn nicht erwischt hatte. Das galt für die Gerichtsboten, die Vorladungen austrugen, ebenso wie für die Schauspieler und Kammermusiker, die zur Probe eilten, die Studenten, die sich in ihre Hörsäle begaben, die alten Sanitätsräthe, die in ihren stattlichen Equipagen zu den Kranken fuhren, die Handelsreisenden, die neue Kunden aufsuchten, die Kolporteure, die ihre Hefte auslieferten, und die Literaten, die Cafés und Conditoreien ansteuerten, um zu plaudern und sich Anregungen zu holen. Das Gewoge auf den Trottoirs wurde ergänzt durch das auf den Fahrdämmen, wo Fuhrwerke aller Größen ihrem Ziel zustrebten, immer wieder behindert von Scherenschleifern mit ihren Gestellen, schreienden Hökern mit ihren Karren und Lastenträgern, betrunkenen Bummlern und boshaften Straßenjungen. Überall waren Constabler bemüht, etwas Ordnung in dieses Chaos zu bringen.

Einer dieser Constabler eilte nun auf Werpel zu, als er ihn an der Ecke Dorotheen- und Friedrichstraße auftauchen sah.

»Sie sollen sofort bei die Witwe Thieme kommen! Da liegt 'n Doter uff'm Zimma, und jestohlen worden is ooch wat!«

»Ich hab's ja kommen sehen«, murmelte Werpel. »Ja, ist gut, danke, ich eile.«

»Eilen« hieß bei Werpel, dass er etwas weniger langsam ging als sonst. Warum sollte er auch hetzen, der Tote lief ihm nicht davon, und der Mörder war bestimmt schon über alle Berge. Zu hoffen war aber, dass der Mann eines natürlichen Todes gestorben war und er sich die Mühe ersparen konnte, nach einem Täter zu suchen.

Als er im Hôtel an der Weidendammer Brücke angekommen war, empfing ihn die Witwe Thieme am Eingang und führte ihn in die erste Etage.

»Wie heißt der Mann denn, der ...«, wollte Werpel wissen.

»Ein gewisser Obornik, Casimir Obornik aus Lissa. Er war in Berlin, weil er die Luise Kahlbaum heiraten wollte, die Ziehtochter von Ludwig Kahlbaum, Kahlbaum & Gillieux. Herr Kahlbaum suchte dann auch nach Herrn Obornik, weil er nicht ...«

»Ich verstehe.« Werpel war schon zu lange verheiratet, um die langen Reden älterer Frauen nicht zu fürchten. »Hoffen wir nur, dass dieser ... Wie heißt er?«

»Obornik.«

»... dass dieser Obornik nicht von Mörders Hand gestorben ist.«

Doch Werpel hatte Pech, denn der Sanitätsrath, den die Witwe gerufen hatte, ließ keinen Zweifel daran, dass hier von einem Kapitalverbrechen auszugehen war.

»Jemand hat den Schlafenden mit einem Kissen erstickt. Das kann ich daran erkennen, dass er kleine Daunen im Mund hat. Zusätzlich ist er auch noch gewürgt worden.«

»Det wird derselbe jewesen sin, der den Mr. Hapgood beklaut hat«, sagte der Hausdiener.

Werpel durchsuchte Oborniks Habe und stellte fest, dass alles Geld noch vorhanden war.

»Dann issa jestört wor'n, der Wölsicke«, sagte Johann. »Wahrscheinlich von mir selba. Ick bin nämlich kurz vor zwölfe uffjewacht, weil ick uff'n Abtritt musste, und da hab ick so komische Jeräusche jehört. Ick also stehn jebliem und die Ohren jespitzt – war dann ab nüscht. Ick konnt ja nich wissen, det ...« Er machte eine Geste der Hilflosigkeit.

»Nein, nein, Ihnen macht ja auch gar keiner einen Vorwurf.« Werpel überlegte. »Wölsicke, sagten Sie?«

»Ja, det is der Suffkopp, der allet klaut, wat nich niet- und nagelfest is.«

Werpel konnte sich an ihn erinnern. Friedrich Wölsicke hatte einst als Seidenwirker gearbeitet und war nach dem Tod seiner Frau der Trunksucht verfallen. Seit er, betrunken im Rinnstein liegend, von einem Pferdefuhrwerk überrollt worden war, hinkte er leicht. Er hatte einige Monate im Arbeitshaus und im Gefängnis verbracht und war danach ins Sächsische ausgewandert, schien nun aber wieder in Preußen zu sein.

Es dauerte keine zwei Stunden, dann hatten die Constabler Wölsicke in einer Budike in der Kleinen Alexanderstraße ausfindig gemacht und zu Werpel ins Bureau geschafft.

»Wären Sie bloß in Leipzig geblieben und hätten die Kaffeesachsen weiter beglückt!«, rief Werpel.

»Nee, wollte ick nich«, erklärte Wölsicke. »Ick liebe doch Berlin.«

»Ich denke, Sie lieben hauptsächlich den Schnaps?«

»Det ooch, Herr Commissarius.«

»Und Schnaps, der kostet.« Werpel fand, dass Wölsicke gar nicht mal so unsympathisch war. Hätte er sich rasiert und anständig gekleidet, wäre er als ehrbarer Bürger durchgegangen. So aber ... Werpel hätte gern gewusst, was Wölsicke in den Taschen seiner zerlumpten Jacke hatte, wagte aber nicht hineinzufassen, weil er Angst hatte, dass Flöhe auf ihn überspringen konnten. »Dann legen Sie doch mal alles auf den Tisch, was sie so in Ihren Taschen haben.«

Wölsicke tat es, und zum Vorschein kamen einige Münzen. Als Werpel sie näher in Augenschein nahm, stellte sich heraus, dass auch einige englische darunter waren.

»Wunderbar, Wölsicke, die haben Sie also gestern Abend mitgehen lassen, als Sie dem Hôtel Garni der Witwe Thieme an der Weidendammer Brücke einen kleinen Besuch abgestattet haben?«

»Ick habe nur 'n Plätzchen jesucht, wo ick schlafen konnte.«

»Klar, draußen war es ja auch bitterkalt«, höhnte Werpel. »Und da Sie bei Mr. Hapgood nur ein paar Münzen gefunden haben, sind Sie weiter ins nächste Zimmer und ...«

»Nee, Herr Commissarius, det hab ick zwar jewollt, aba als ick die Tür uffmache, sehe ick, det sich da jrade een Mann üba eene Frau hermacht – und da bin ick denn schnell wieda ab.«

Zwanzig

Gontard schlenderte durch die Blumenrabatten im Vorhof der Friedrich-Wilhelms-Universität und wartete mit einigen anderen Freunden Wilhelm Wattenbachs auf dessen Erscheinen. Der Historiker und Paläograph hatte in diesen Minuten seine Doktorarbeit zum Thema *De quadringentorum Athenis factione* zu verteidigen. Zwar zweifelte niemand ernsthaft an seinem Erfolg, aber bei einem Rigorosum konnte man nie ganz sicher sein. Die wissenschaftliche Welt war voll von Eifersüchteleien, und in manchen Fächern bekämpften sich einzelne Schulen bis aufs Messer.

So war es ein spannender Augenblick, als Wattenbach die schwere Portaltür des Universitätsgebäudes aufstieß und ins Freie trat. Was verriet sein Gesicht? Erschöpfung und Glück!

»Er hat's geschafft!«

Man stürzte auf ihn zu, um ihn zu umarmen und seine Glückwünsche anzubringen.

Wattenbach wehrte alles ab. »Für den Doktortitel allein kann ich mir nichts kaufen. Erst muss ich noch das Oberlehrerexamen bestehen und dann sehen, ob ich als Probecandidat am Joachimsthal'schen Gymnasium unterkomme.«

»Trotzdem – jetzt wird gefeiert!«

Sie zogen in den Königsgarten in der Leipziger Straße, und Wattenbach hatte tief in seinen Geldbeutel zu greifen, so viel Wein und Bier wurde geordert.

Bevor der frischgebackene Herr Doktor etwas dun war, fragte ihn Gontard nach dem Vergleich der beiden von Ludwig Dölau stammenden Texte, seines Abschiedsbriefs und eines Liebesbriefs.

»Sind wirklich beide von ihm?«

Wattenbach konnte sich sogleich an die Sache erinnern. »Verzeihen Sie, aber durch mein Rigorosum war ich in den letzten Tagen etwas abgelenkt und hatte keine Zeit, Sie aufzusuchen und Ihnen zu sagen, was ich herausbekommen habe.«

»Machen Sie es nicht so spannend, Herr Dr. Wattenbach!«

»Das muss ich gar nicht, denn die Sache an sich ist schon spannend genug.«

Gontard stieß die Luft aus den Lungen. »Das heißt also, dass ...«

»Ja. So sicher wie die Tatsache, dass Natrium und Chlor Kochsalz ergeben, ist das Ergebnis zwar nicht, aber mit einer Wahrscheinlichkeit von, sagen wir, neunzig Prozent sind die beiden Briefe nicht von derselben Hand verfasst worden, das heißt, wenn der Liebesbrief von Dölau geschrieben worden ist, dann ist sein Abschiedsbrief von einem anderen. Es ist eine meisterhafte Fälschung, die ein ungeübtes Auge kaum als solche erkennen kann – aber es ist eine. Wie war das?« Er schloss die Augen, um den Text vor sich zu haben. »*Meine liebe Braut, ich bitte Dihr um Vergebung, aber ich konte nicht anders. Meine Schult wiecht zu schwer. Dein Ludwig.* Wenn ich mich recht erinnere, dann gab es insbesondere bei den großen Buchstaben winzige

Abweichungen. Zudem stimmen Papier, Feder und Tinte auch nicht überein, was allerdings nicht viel bedeuten muss. Erwähnenswert erscheint mir ferner, dass sich im Abschiedsbrief, also der Fälschung, mehr orthographische Fehler finden als im echten Brief, also dem an seine Braut. Aber auch das kann von momentanen Befindlichkeiten abhängen. Entscheidend aber ist für mich der Fluss der Handschrift: Beim Liebesbrief ist alles flüssig und voller Emotionen, beim anderen Text, dem Abschiedsbrief, alles bedächtig und kühl, was doch sehr verwunderlich erscheint.«

Gontard saß mit Kußmaul im roten Zimmer des Café Stehely und diskutierte mit ihm das, was Wattenbach herausgefunden hatte.

»Das kann doch nur heißen, dass jemand Dölau und Kesselschläger zuerst erdrosselt beziehungsweise erwürgt hat, um sie dann – als Tote also – zum Thiergarten zu transportieren und dort an einen Ast zu hängen. Der gefälschte Abschiedsbrief hatte die Aufgabe, alle glauben zu machen, dass es sich um einen Selbstmord handelte.«

Kußmaul nickte. »So weit bin ich d'accord mit dir, würde allerdings noch hinzufügen, dass einer allein Menschen vom Gewicht des Schneidergesellen und des Handlungsgehilfen schwerlich vom Ort der Tat in den Thiergarten gebracht haben kann.«

»Auch nicht in einer Droschke oder einem anderen Fuhrwerk?«, gab Gontard zu bedenken.

Kußmaul lenkte ein. »Dann schon, vorausgesetzt, jemand kommt zu einem solchen Gefährt, ohne dass es einem anderen auffällt.«

»Dass es mehrere gewesen sind, schließe ich eher aus

einer anderen Tatsache ...« Gontard hatte Mühe, das, was ihm durch den Kopf ging, in die richtigen Worte zu fassen, so dass ihm Kußmaul zuvorkam.

»Du meinst, dass es politische Taten waren und man ein Zeichen setzen wollte?«

Gontard nickte und senkte die Stimme. »›Tod allen Schnüfflern!‹ Für die These spricht, dass sie es ja auch auf diesen Schmiedefeld abgesehen hatten, der ebenfalls einer von Dr. Wiesenburgs Schnüfflern ist.«

»Nicht zu vergessen unseren Casimir Obornik«, fügte Kußmaul hinzu. »Von dem heißt es ja auch, dass er die Leute ausgeforscht hat.«

»Obornik lassen wir mal außen vor«, sagte Gontard, »denn a. ist er zwar getötet, aber anschließend nicht an einen Baum gehängt worden, und b. hat Werpel verlauten lassen, dass es ein trunksüchtiger Einbrecher namens Wölsicke gewesen sein soll.«

»Ja, aber der streitet noch alles ab.« Das hatte Kußmaul gehört. »Obwohl feststehen soll, dass er im Nebenzimmer war und da einem englischen Ingenieur Geld gestohlen hat. Außerdem soll Obornik eine Frau im Bett gehabt haben.«

»Eine Frau kann einen so kräftigen Menschen wie Obornik unmöglich erwürgen!«, rief Gontard.

»Er soll mit einem Kissen erstickt worden sein«, korrigierte ihn Kußmaul.

»Auch das kann ich mir schwer vorstellen. Aber mal zurück zu Dölau und Kesselschläger: Sag mal, Friedrich, könnt ihr Mediziner eigentlich an einem Hals erkennen, ob ein Mensch von einem anderen stranguliert worden ist oder ob er sich selbst erhängt hat?«

»Hm ...« Kußmaul setzte zu einem längeren Vortrag

an. »Tod durch Erhängen ist kein Ersticken durch Unterbrechung der Atemwege, sondern wird durch plötzliche Unterbrechung beziehungsweise starke Drosselung der Blutzufuhr zum Gehirn eingeleitet, also durch das Einschnüren der seitlichen Halsschlagadern und der Halswirbelsäulenschlagader. Wir sehen punktförmige, kleinfleckige Unterblutungen in den Bindehäuten der Augen.«

»Ist das denn beim Erdrosseln anders?«

Kußmaul stöhnte auf. »Nein. Allerdings ist das Gesicht des Toten beim Erdrosseln meist bläulich verfärbt und aufgedunsen, beim Erhängen nicht. Außerdem gibt es Unterschiede zwischen einer Drossel- und einer Strangmarke. Erstere verläuft zirkulär, also um den Hals herum in gleich bleibender Höhe, letztere zu einem höchsten Punkt ansteigend.«

»Aber warum haben Werpel und der Leichen-Commissarius das nicht gesehen?«, wunderte sich Gontard. »Und du ja auch nicht – obwohl du doch dabei warst, als man Dölau und Kesselschläger vom Ast abgeschnitten hat.«

Kußmaul rang die Hände. »Mein Gott, wir sind alle von einer Selbsttötung ausgegangen, und eine exakte Klärung ist nur durch eine Sektion möglich. Aber warum sollte sich der Leichen-Commissarius die Mühe gemacht haben?«

Gontard konnte es nicht fassen. »Habt ihr denn die Hände nach Faserspuren abgesucht?«

»Ja, natürlich, und da sowohl Dölau als auch Kesselschläger Fasern an der Beugeseite von Daumen, Zeige- und Mittelfinger kleben hatten, haben wir messerscharf geschlossen, dass die haften geblieben sind, als sie sich die Schlinge um den Hals gelegt haben.«

»Nun ist aber davon auszugehen, dass sie von ihrer Gegenwehr stammen, dass sie in ihrer Todesangst versucht haben, die Schlinge zu lockern, die ihnen jemand um den Hals geworfen hatte.«

»Hinterher ist man immer klüger«, murmelte Kußmaul.

»Dem Schmiedefeld ist es ja gelungen, sich zu befreien«, fügte Gontard hinzu. »Das war ja offenbar derselbe Opus moderandi. Anders als bei Obornik, der ist ja erstickt worden.«

»Ja, weil man einem, der im Bett liegt, schlecht eine Schlinge um den Hals werfen kann.«

»Da magst du recht haben«, musste Gontard zugeben. »Da ist Ersticken einfacher.«

»Für mich waren es dieselben Leute, die Dölau, Kesselschläger und Obornik getötet und es bei Schmiedefeld versucht haben. ›Tod allen Schnüfflern!‹«

Gontard schwieg, denn in diesem Augenblick war ein fürchterlicher Verdacht in ihm aufgestiegen: Sein Freund Friedrich Kußmaul hatte Obornik ermordet, um Luise für sich zu haben. Warum sonst gab er sich solche Mühe, ihm zu suggerieren, Oborniks Mörder sei identisch mit dem von Dölau und Kesselschläger? Ihm wurde plötzlich siedend heiß, und in seinen Därmen rumorte es. Er stürzte zur Toilette.

Gontard saß bei Dr. Wiesenburg im Bureau und berichtete ihm von den Erkenntnissen, die er durch die Arbeit Dr. Wattenbachs gewonnen hatte.

»Wenn es also stimmt, dass Abschieds- und Liebesbrief von zwei verschiedenen Personen geschrieben worden sind, dann ist davon auszugehen, dass Dölau – und wahrscheinlich gilt dies auch für Kesselschläger, obwohl da kein Gutachten des Paläographen vorliegt – erst mit einem

Strick erdrosselt worden und dann nachts im Thiergarten an einen dicken Ast gehängt worden ist.«

»Wie wollen Sie das denn im Nachhinein feststellen?«, fragte Dr. Wiesenburg.

»Indem Sie Weisung geben, die beiden exhumieren zu lassen – zumindest aber Dölau.«

Dr. Wiesenburg hatte da Bedenken. »Sind die beiden nicht schon längst verwest?«

»Beim dem trockenen Wetter in diesem Sommer werden sie eher mumifiziert sein«, vermutete Gontard.

»Gut«, sagte Dr. Wiesenburg, »ich werde alles Nötige veranlassen, damit wir das Grab morgen früh öffnen lassen können, und dann sehen wir weiter. Wenn wir dadurch den Tätern auf die Spur kommen, dürfte das zu rechtfertigen sein. Wo ist denn Dölau begraben?«

»Keine Ahnung.«

»Ich werde es herausbringen und Ihnen morgen früh eine Droschke schicken.«

»Danke.« Ehe er ging, wollte sich Gontard noch in einer anderen Sache vergewissern. »War denn dieser Casimir Obornik aus Lissa, der bei der Witwe Thieme tot aufgefunden wurde, wirklich einer Ihrer Leute?«

Dr. Wiesenburg zögerte mit einer Antwort.

»Also ja«, stellte Gontard fest.

»Es ist aber in seinem Hotelzimmer kein Abschiedsbrief gefunden worden«, sagte Dr. Wiesenburg.

»Das heißt, dass es entweder dieser Wölsicke war, der ihn getötet hat, oder aber Wölsicke hat den oder die Täter gestört, so dass diese Obornik nicht mehr zum Erhängen in den Thiergarten bringen und den gefälschten Abschiedsbrief im Hotelzimmer deponieren konnten.«

Dr. Wiesenburg erhob sich. »Warten wir es ab, lieber

Gontard, was der Leichen-Commissarius sagen wird. Also bis morgen früh.«

So geschah es dann, und Gontard rollte recht feudal auf Staatskosten zum Halleschen Kirchhof, der vor dem Halleschen Thor gelegen war. Von Dr. Wiesenburg und dem Leichen-Commissarius war am Portal nichts zu sehen, und er machte sich auf die Suche nach Dölaus letzter Ruhestätte, nicht ohne mit einem gewissen Vergnügen die Grabsteine nach prominenten Namen abzusuchen. Bald wurde er fündig: August Wilhelm Iffland (* 19. April 1759, † 22. September 1814), der Schauspieler, Intendant und Dramatiker, war hier begraben, dann folgte der Kammergerichtsrath E.T.A. Hoffmann (* 24. Januar 1776, † 25. Juni 1822), neben seiner Tätigkeit als Jurist und romantischer Schriftsteller ebenfalls Komponist, Kapellmeister, Musikkritiker, Zeichner und Karikaturist. Und noch vor einem dritten Grab blieb Gontard stehen: vor dem des Naturforschers und Dichters Adelbert von Chamisso (* 30. Januar 1781, † 21. August 1838).

Endlich sah er die Schaufeln der Friedhofsarbeiter in der Sonne blinken. Dr. Wiesenburg, der Leichen-Commissarius und zwei andere Beamte standen plaudernd in der Nähe. Es hatte sich schon ein ziemlicher Haufen lockerer dunkler Erde am Rande des Grabes aufgetürmt. Als Gontard hinzugetreten war und alle begrüßt hatte, kam gerade das dunkelbraune Holz des Sarges zum Vorschein.

Dr. Wiesenburg schaute den Leichen-Commissarius an. »Wenn Sie sich bitte hinunterbegeben würden …«

»Nur über meine Leiche!«, rief der Mediziner. »Ich trete nur an den geöffneten Sarg, wenn er hier auf den Weg gestellt wird.«

Das Ganze war eine mühselige Angelegenheit, denn

es mussten zwei Seile unter dem Sarg hindurchgezogen werden, wozu sich ein Arbeiter mit dem Bauch auf den Sargdeckel legte und dann wie ein Kind mit den Händen zu schaufeln begann. Als das erledigt war, packten die vier Arbeiter, die Dr. Wiesenburg engagiert hatte, je ein Seilende und versuchten, den Sarg mit vereinten Kräften nach oben zu ziehen – doch sie schafften es nicht. Für einen Physiker wie Gontard war klar, dass das nach den Gesetzen der Mechanik auch gänzlich unmöglich war, und so sagte er zu Dr. Wiesenburg, dass man zwei Pferde herbeischaffen müsste, wenn es gelingen sollte, den Sarg nach oben zu holen. »Oder Sie lassen die Grube an der einen Seite erweitern und besorgen eine Leiter, so dass der Herr Leichen-Commissarius doch hinabsteigen kann.«

Das wurde dann auch veranlasst, und der Pathologe konnte, nachdem die Arbeiter den Sargdeckel aufgeklappt hatten, in die Grube hinabsteigen.

Gontard musste sich sehr überwinden, wagte es aber nach einer Minute des Zögerns dann doch, einen Blick in den offenen Sarg zu werfen – und sollte sich noch Jahre später dafür verfluchen, dass er es getan hatte, denn zu schrecklich war das, was er zu sehen bekam. Dölaus Gesicht war von grünlicher Färbung und stark aufgedunsen. Die Augäpfel waren eingesunken. Eine rötliche Fäulnisflüssigkeit sickerte ihm aus Mund und Nase. Fliegenmaden, Ameisen und Käfer krabbelten überall herum.

»Wollen Sie nicht auch hinabsteigen und sich Dölaus Hals selbst ansehen?«, fragte Dr. Wiesenburg, als er bemerkte, wie nahe Gontard daran war sich zu erbrechen.

»Nicht nötig«, stieß Gontard hervor. »Ich vertraue unserer Kapazität voll und ganz.«

»Es ist nichts mehr zu erkennen!«, rief der Leichen-

Commissarius nach oben, als er den Kragen des Leichenhemdes geöffnet und zur Seite geschoben hatte. »Die Haut hat sich überall in Fetzen abgelöst.«

»›Artillerie‹ geht auf das altfranzösische *artill(i)er* zurück, was so viel heißt wie ›mit Gerätschaften ausrüsten‹. Die Artillerie ist eine Waffengattung im Heer, die sich durch die Verwendung großkalibriger Rohrwaffen definiert, mit denen feindliche Ziele bekämpft werden. Vorher gab es die Wurfmaschinen, die noch bis zum 16. Jahrhundert verwendet wurden. Seit dem 15. Jahrhundert ist die Rohrartillerie im Einsatz. Sie ist mit Geschützen ausgestattet und kann in drei Gruppen unterteilt werden: die Festungs-, Belagerungs- und die Feldartillerie. Dort wiederum unterscheiden wir die Fuß-, die Fahrende und die Berittene Artillerie ...«

Sosehr Gontard diese Aufzählungen ansonsten langweilten, heute genoss er sie, denn sie lenkten ihn von dem Furchtbaren ab, das er am Morgen auf dem Halleschen Friedhof gesehen hatte. Als seine Lehrverpflichtungen erfüllt waren, hatte er sich wieder im Griff und konnte über alles nachdenken, ohne in Panik zu geraten. Er zog sich in seine Wohnung zurück, um über zwei Fragen zu brüten: Wer hatte Casimir Obornik umgebracht? Und wer hatte Dölau und Kesselschläger getötet und Schmiedefeld zu ermorden versucht?

Klammerte er den großen Unbekannten aus – auch wenn er nie ganz ausgeschlossen werden konnte –, dann kamen vier Menschen beziehungsweise Gruppen als Mörder Oborniks in Frage. Und er listete das, was für sie als Täter sprach und was dagegen, mit wissenschaftlicher Akribie auf einem Bogen auf:

1. *Friedrich Wölsicke. Pro Täterschaft: War zur Zeit am Ort der Tat, hat zugegeben, Oborniks Zimmer betreten zu haben. – Contra Täterschaft: Ist nur ein Säufer und kleiner Eierdieb, der keinen Mord begeht, nur um einen Diebstahl zu verdecken.*
2. *die Rebellen gegen die herrschende Ordnung, die auch Dölau und Kesselschläger ermordet hatten. Pro Täterschaft: Sie werden herausbekommen haben, dass Obornik ein Agent von Dr. Wiesenburg ist, und haben nach ihrer Devise ›Tod allen Schnüfflern!‹ gehandelt. – Contra Täterschaft: Sie haben Obornik nicht wie ihre anderen Opfer mit einem Strick erdrosselt, sondern mit einem Kissen erstickt. Warum aber sollten die die Tötungsmethode aufgeben, die sich zweimal bewährt hatte? Außerdem – und das zählt am meisten – ist bei Obornik kein Abschiedsbrief gefunden worden.*
3. *mein alter Freund Dr. Friedrich Kußmaul. Pro Täterschaft: Er liebt Luise Kahlbaum und wollte sie nicht an Obornik verlieren. Er ist intelligent genug, so vorzugehen, dass der Verdacht auf die Mörder von Dölau und Kesselschläger fällt. – Contra Täterschaft: Als Arzt hat er einen Eid geschworen, Leben zu erhalten, und es ist nicht vorstellbar, dass er einen jungen Menschen ermordet.*
4. *mein neuer Freund Magnus Kahlbaum. Pro Täterschaft: Er liebt seine Nichte Luise über alles und wollte ihr die Ehe mit diesem schrecklich tumben Provinzler aus Lissa ersparen, die ein einziges Martyrium für sie geworden wäre. Wie Kußmaul ist auch ihm die Idee zuzutrauen, die Tat so zu begehen, dass sie den Mördern von Dölau und Kesselschläger zugerechnet wird.*

Lange saß Gontard vor seinen Aufzeichnungen und entschloss sich dann, quasi mathematisch vorzugehen, jeden Faktor zu gewichten und zu sehen, welche Lösungsmöglichkeit die meisten Punkte bekam. Das brachte aber wenig, denn auf die drei ersten Möglichkeiten entfiel jeweils ungefähr die gleiche Punktzahl. So musste er sein Gefühl sprechen lassen, und das brachte ein vergleichsweise eindeutiges Ergebnis: Magnus Kahlbaum musste der Täter sein. Ausschlaggebend dafür war womöglich das Bild, das ihm erst spät wieder ins Bewusstsein geraten war: die Szene auf dem Tegeler See. Auf den ersten Blick hatte es so ausgesehen, als hätte Kahlbaum den strauchelnden Kußmaul festhalten wollen, aber wenn es Gontard richtig bedachte, so hatte er ihn mit der rettenden Bewegung recht eigentlich ins Wasser gestoßen. Das hieß, dass Magnus Kahlbaum alle Männer wegbiss, die sich seiner Nichte näherten. Und warum? Weil er Luise tief und innig liebte, nicht platonisch und als Onkel, sondern mit leidenschaftlichem Begehren und als Mann, und sie für sich beanspruchte.

Es gab nur einen Weg, seine gewagte These zu verifizieren: zu Magnus Kahlbaum zu gehen und ein intensives Gespräch mit ihm zu führen. Es gab viele Einwände gegen sein Vorgehen, aber er wischte sie alle hinweg, indem er sich – schließlich war er Offizier – selbst den Befehl zur Attacke gab: Du ziehst jetzt los und schiebst nicht alles auf die lange Bank! Von der Dorotheen- zur Neuen Friedrichstraße war es nicht weit, obwohl er ein wenig im Zickzack laufen musste, um die beiden Arme der Spree zu überwinden. Als er dann am Klingelzug riss, registrierte er bei sich ein Herzklopfen, wie er es sonst nicht kannte. Das Fräulein Köster erschien nach wenigen Sekunden an der Tür und fragte, ohne diese zu öffnen, wer denn draußen stünde. Gontard nannte seinen Namen und tat seinen Wunsch kund, Magnus Kahlbaum zu sprechen.

»Es tut mir leid, Herr von Gontard, Herr Kahlbaum ist außer Haus.«

»Ach ...« Gontard wusste nicht recht, ob er dem Glauben schenken sollte, und fragte, wo er denn stecke.

»Das hat er mir nicht verraten. Er hat nur gesagt, dass ich ihn nicht so bald zurückerwarten solle ...«

Gontard bedankte sich und überlegte, was zu tun sei. Am besten war es wohl, er lief nun ebenfalls durch die Stadt und suchte Kahlbaum im Café Stehely, doch zuerst wollte er es erst einmal im Handelshaus Kahlbaum & Gillieux versuchen, vielleicht hielt sich der Gesuchte in der Unterwasserstraße auf, oder der Bruder wusste etwas.

Doch als er im Comptoir nach Magnus Kahlbaum fragte, bekam er die Auskunft, dass man ihn an diesem Tage noch nicht zu Gesicht bekommen habe und sich Herr Ludwig Kahlbaum in seine privaten Gemächer zurückgezogen habe, da ihm unwohl geworden sei. »Der gewaltsame Tod seines Neffen Casimir hat ihn über alle Maßen erschüttert.«

»Das ist verständlich.« Gontard bedankte sich und beschloss, trotz aller Trauer, die im Hause Kahlbaum herrschen mochte, oben in der ersten Etage vorzusprechen. Das Dienstmädchen wollte ihn abwimmeln, doch er bestand darauf, vorgelassen zu werden. »Wenn Sie bitte melden würden, dass Christian Philipp von Gontard draußen steht.«

Und in der Tat, das half, und er wurde zu Ludwig Kahlbaum vorgelassen.

»Zuerst darf ich Ihnen mein herzliches Beileid zum Verlust Ihres Neffen aussprechen«, begann er und drückte Ludwig Kahlbaum, der sich vom Canapé erhoben hatte, mitfühlend die Hand. Er sah so aus, wie die Berliner es drastisch formulierten: wie der Tod auf Latschen. »Es muss ein harter Schlag für sie sein, Casimir verloren zu haben, bevor ...«

»Ja ... Es war alles so gut eingefädelt, und nun ...« Ludwig Kahlbaum machte eine Geste der völligen Hilflosigkeit.

O Gott, dachte Gontard, wenn sich nun auch noch der Verdacht bewahrheiten sollte, dass sein eigener Bruder Obornik umgebracht hatte, dann brach ihm das vollends das Genick. Ohne es recht zu wollen, brachte er die Sprache auf Magnus. »Wo kann ich Ihren Bruder denn finden?«

»Der ist für zwei Tage nach Dresden gefahren, weil er endlich einmal in die neue Semperoper wollte.«

Das sieht ganz nach Flucht aus, dachte Gontard. Aber wenn dem so war, konnte es ihm nur recht sein, weil er in diesem Falle nicht den Henker spielen musste. Er deutete Ludwig Kahlbaum gegenüber eine leichte Verbeugung an. »Dann entschuldigen Sie bitte die Störung!«

»Keine Ursache, Herr von Gontard, ich wollte mich sowieso auf den Weg zum Commissarius Werpel machen, aber da es mir nicht gutgeht und Sie ohnehin hier sind, kann ich Ihnen auch erzählen, worum es geht, und Sie dann bitten, Werpel davon Kenntnis zu geben.«

»Ja, gerne.« Gontard war gespannt.

»Es hängt mit der Ermordung Casimirs zusammen«, begann Ludwig Kahlbaum. »Er hat mir nämlich berichtet, dass er das Gefühl habe, man würde ihn in Berlin beobachten. Einmal habe er sich von zwei jungen Männern verfolgt gefühlt und dabei zu der List gegriffen, um eine Ecke zu biegen, aber dann nicht weiterzugehen. Die beiden sind auch darauf hereingefallen, und als sie an ihm vorbeigelaufen sind, habe er gehört, dass sie französisch miteinander gesprochen haben.«

»Hat er auch eine Personenbeschreibung geliefert?«, wollte Gontard wissen.

»Ja, der eine soll lang und dürr gewesen sein, der andere kleiner und untersetzt, und der Lange soll den Kopf schief gehalten haben.«

Einundzwanzig

Man schrieb den 22. Juli 1842, als der Kaufmann Casimir Obornik aus Lissa auf dem Sophienkirchhof an der Invalidenstraße zu Grabe getragen wurde. Er habe in der Berliner Erde ruhen wollen, erklärten seine Verwandten aus der preußischen Provinz Posen, Magnus Kahlbaum aber meinte, man habe nur die hohen Kosten der Überführung des Leichnams sparen wollen. Ein Buchhalter des Handelshauses Kahlbaum & Guillieux, der Obornik nach dessen erstem Auftritt im Geschäft auf dem Kieker hatte, verstieg sich sogar zu der Bemerkung, man habe den Kerl ein für alle Mal loswerden wollen. Gegen diese These sprach aber, dass aus Lissa die Eltern und die beiden Geschwister des Ermordeten angereist waren.

»Ich habe ihn immer vor Berlin gewarnt«, sagte Stanisław Obornik. »Berlin tut nicht gut.«

»Er hat euch doch retten wollen!« Theresa Obornik brach in Tränen aus und sank an die Schultern von Clara Kahlbaum. »Er war ein so guter Junge. Und so tüchtig.«

Der Pfarrer sprach von Casimir Obornik als einem wunderbaren Menschen, der in kurzer Zeit die Herzen seiner Mitmenschen gewonnen habe. »Herr, wir bitten dich: Lass das Gefühl der Verlassenheit nicht übermächtig werden in uns.«

Luise Kahlbaum wäre bei diesen Worten fast zusammengebrochen, ihr Onkel, der neben ihr saß, musste sie stützen. Sie war eine kluge Frau, und sie ahnte dunkel, was die Wahrheit war und wer sie in Kürze verlassen würde. Denn es galt: *Es ist nichts so fein gesponnen, es kommt doch ans Licht der Sonnen.* Sie betete: Herr, lass es nicht so sein, wie ich denke, dass es ist. Sie war ihrem Gott unendlich dankbar dafür, dass es ihr erspart geblieben war, ihr Leben an der Seite Casimir Oborniks verbringen zu müssen, und sie betete weiter: Herr, schenke deine Gnade dem, der mich gerettet hat. Aber wie sollte ein Mörder Gnade finden? Sie legte ihren Kopf auf die Schulter ihres Onkels und dachte: Ich weiß, du hast es für mich getan. Sie wusste, dass sie sein Geschöpf war. Gleich dem Künstler Pygmalion von Zypern hatte er sie erschaffen, um sie zu lieben und zu besitzen, nicht bedenkend, dass die Konvention dies nicht zulassen würde. Und sie hing mit aller Liebe an ihm. Was sollte nur werden?

Gontard hatte an der Trauerfeier auf dem Sophienkirchhof nicht teilgenommen, denn zum einen gehörte er nicht zur Familie, und zum anderen erschien ihm sein Verdacht, Magnus Kahlbaum könnte Casimir Obornik ermordet haben, so absurd, dass er sich schämte, dem neuen Freund zu begegnen. Beim Frühstück faltete er sogar die Hände und schickte ein Stoßgebet zum Himmel: Herr, lass es die Mörder von Dölau und Kesselschläger gewesen sein! Und die glaubte er zu kennen: Heinrich Pütte und seinen Freund Franz Rakow. Zehn Tage lang hatte er in jeder freien Minute recherchiert, nachdem er von Ludwig Kahlbaum gehört hatte, dass Obornik von zwei jungen Männern verfolgt worden war, die französisch miteinander gesprochen hatten. Da waren ihm sofort die beiden Studenten eingefallen, denen er bei der Veranstaltung mit Max Stirner begegnet war. Den Namen Pütte hatte er sich wegen des Fuhrgeschäftes Ferdinand Pütte gemerkt. Das war ein wichtiges Indiz, denn die Mörder von Dölau und Kesselschläger hatten unbedingt die Möglichkeit haben müssen, unauffällig an ein Fuhrwerk zu gelangen, um die Erdrosselten in den Thiergarten schaffen zu können. Das passte also wunderbar zusammen. Dazu kam, dass Pütte und Rakow dem »Bund der Geächteten« angehört hatten, aber ausgetreten waren, weil sie nicht nur immer reden, sondern nach der Devise »Tod allen Schnüfflern!« endlich auch handeln wollten.

Gontard freute sich aber über diese seine Erkenntnisse nur wenig, eher litt er darunter, und darum wandte er sich, bevor er etwas unternahm, erst einmal an Kußmaul und schloss, nachdem er alle Fakten und seine Schlussfolgerungen dargelegt hatte, mit einem verzweifelten: »Friedrich, was soll ich nur machen?«

Kußmaul musste nicht lange nachdenken. »Na, zu Werpel oder Wiesenburg gehen.«

»Ich kann doch die nicht ans Messer liefern, die gegen das kämpfen, gegen das auch wir kämpfen!«, rief Gontard.

»Wir kämpfen mit Argumenten, nicht mit feigen Morden!«

Gontard seufzte. »Du hast ja recht, aber dennoch ...«

»Du bist ein Offizier des Königs«, legte Kußmaul nach. »Du kannst gar nicht anders handeln, als deinen Verdacht Werpel mitzuteilen.«

»Es ist richtig: Mord bleibt Mord. Aber warum muss ausgerechnet ich es sein, der Pütte und Rakow – wenn sie es denn wirklich waren – dem Henker zuführt?«, klagte Gontard.

»Weil du ein Opfer deiner Leidenschaft bist, alles immer aufklären zu wollen«, sagte Kußmaul. »Deine detektivische Sucht ist es, die an allem die Schuld trägt.«

Gontard nickte, war aber nach diesem Dialog so niedergeschlagen, dass er darauf verzichtete, Kußmaul auch noch davon zu berichten, dass er Magnus Kahlbaum für den Mörder Oborniks hielt. Das hatte noch Zeit. Und vielleicht ging ja Obornik doch auf das Konto von Pütte und Rakow. So bedankte er sich bei Kußmaul und machte sich auf den Weg zu Werpel.

Der Criminal-Commissarius empfing ihn mit ungewohntem Feuer. War er ansonsten das Phlegma in Person, so sprühte er jetzt vor Tatendrang. »Wissen Sie, wer eben bei mir war?«

»Der Kronprinz?«, fragte Gontard.

»Nein, ein Kutscher.«

Gontard lachte. »Was ja doch ein kleiner Unterschied ist ...«

Werpel ließ sich nicht beirren. »Ein Kutscher von Ferdinand Pütte aus der Landsberger Straße. Und wissen Sie, was der mir gesagt hat?«

»Ja«, antwortete Gontard lakonisch, »der hat Ihnen gesagt, dass ein Neffe von Ferdinand Pütte, nämlich der Student Heinrich Pütte nachts heimlich mit einem Fuhrwerk vom Hof gerollt sei.«

Werpel konnte es nicht fassen. »Haben Sie an der Tür gelauscht?«

Gontard schüttelte den Kopf. »Nein. Ich habe mich auf die Kraft der Logik verlassen – und bin so auf Heinrich Pütte und seinen Freund gekommen.«

»Gratuliere!«, sagte Werpel. »Aber dass bei Ferdinand Pütte auch mehrere Stricke verschwunden sind, das wissen Sie nicht.«

»Nein, ich hätte es mir aber denken können.«

»Was nun?«, fragte Werpel.

»*Sie* sind der Criminal-Commissarius.«

»Ja, natürlich. Also auf in die Landsberger Straße!« Werpel hielt die Sache für so bedeutsam, dass er – in der Annahme, der Staat würde die Kosten tragen – einen Boten losschickte, eine Droschke zu holen.

Gontard gab aber einiges zu bedenken. »Wir müssen uns aber im Klaren darüber sein, dass wir gegen Pütte und Rakow nichts in der Hand haben als die Aussage eines Kutschers, die aber auch eine üble Verleumdung sein kann. Und meine Verdachtsmomente sind nur Indizien, aber keine Beweise. Darum schlage ich vor, dass wir keinen Frontalangriff unternehmen, sondern versuchen, die beiden in eine Falle zu locken.«

Werpel war sichtlich beeindruckt von den strategischen Künsten des Königlichen Offiziers. »Ganz wie Sie meinen ... Aber was meinen Sie?«

»Ich rede allein mit Pütte und Rakow, und Sie und ein Constabler warten versteckt im Hintergrund und greifen erst ein, falls die beiden mich attackieren sollten. Aber auf diese Attacke müssen wir es anlegen, denn sie käme einem Geständnis gleich.«

»Sehr gut, sehr gut!«, rief der Criminal-Commissarius.

So fuhren sie zu dritt, Gontard, Werpel und ein Constabler, in einer Droschke zur Landsberger Straße, hoffend, dass die beiden Studenten schon von ihren Vorlesungen heimgekehrt waren. Sie hielten etwa hundert Schritte vor dem Thor von Ferdinand Pütte. Gontard stieg aus, die beiden Polizeibeamten folgten ihm im Abstand von etwa hundert Schritten.

Als Gontard den weiten Hof des Fuhrgeschäftes betreten hatte, entdeckte er Pütte und Rakow vor einem etwas abgelegenen kleinen Stallgebäude, wo sie gerade dabei waren, an einem Phaeton zu hantieren, einer kleinen, zierlichen Kutsche, vor der schon ein Rappe angespannt war. Sie hatten ihn noch nicht entdeckt, und so trat er schnell hinter einen abgestellten Landauer, um zu sehen, ob sie etwas aufluden, das interessant sein konnte. Im selben Augenblick erschien ein Mann in der Thoreinfahrt, den Gontard an dieser Stelle am wenigsten erwartet hätte: Dr. Wiesenburg. Er hielt einen kräftigen Strick von einiger Länge in der Hand.

»Wollen Sie sich selber aufhängen?«, fragte Gontard, auf ihn zutretend.

»Ich möchte Sie bitten, doch den nötigen Ernst an den Tag zu legen!«, herrschte der Geheime Rath ihn an.

»Wenn es sein muss, bitte.« Gontard nahm es gelassen. »Sie sind also hier, weil einer Ihrer Spezialisten herausgefunden hat, dass sich an dem Strick, an dem Dölau im Thiergarten gehangen hat, Anhaftungen von Pferdehaaren finden, so dass es nun sinnvoll erscheint, alle Fuhrgeschäfte aufzusuchen und nachzuprüfen, ob ... Und bei der Vielzahl von Fuhrgeschäften haben Sie selbst welche übernommen, um schnell voranzukommen.«

Dr. Wiesenburg starrte ihn an. »Sind Sie Hellseher?«

»Ja, sicher. Ich kann in die Zukunft sehen und Ihnen ganz genau vorhersagen, dass morgen Sonnabend ist. Nein, nein, ich habe überall meine Leute sitzen ...«

»Ich verbitte mir Ihren Spott!«, rief Dr. Wiesenburg.

Dies geschah in einer Lautstärke, die Pütte und Rakow

herumfahren ließ. Als sie die beiden Männer erkannt und den Strick in der Hand des Polizeibeamten gesehen hatten, konnten sie sich alles zusammenreimen. Ohne sich weiter zu besinnen, schwangen sie sich auf den Sitz der kleinen Kutsche und hieben mit der Peitsche derart auf den Rappen ein, dass sie in hohem Tempo vom Hof jagten.

»Werpel, fallen Sie den beiden in die Zügel!«, schrie Gontard.

Doch das war unmöglich. Werpel und sein Constabler wurden zur Seite geschleudert, und die beiden Studenten jagten die Landsberger Straße entlang Richtung Landsberger Thor und russischer Grenze.

Zweiundzwanzig

Gontard fiel dieser Gang unendlich schwer. Von der Dorotheen- zur Neuen Friedrichstraße war es nur ein Katzensprung, aber er brauchte eine Ewigkeit für diesen Weg, allein auf den Brücken, die über die beiden Arme der Spree hinwegführten, blieb er zehn Minuten stehen. Irgendwie hatte er die diffuse Hoffnung, dass alles nur ein Traum war oder ein Irrtum, aber auch, dass ein Wunder geschah und der Herr alles ungeschehen machte, was geschehen war.

Es ließ sich aber nicht verhindern, dass er sein Ziel irgendwann doch einmal erreichte, nun jedoch fehlte ihm die Kraft, am Klingelzug zu reißen. Erst als er sich selbst beschimpft hatte, ein Feigling zu sein, tat er es. Drinnen schepperte es, doch niemand eilte zur Tür. Er atmete auf: Magnus Kahlbaum war nicht zu Hause. Nach einer guten halben Minute wurde ihm aber doch noch geöffnet.

»Sie hier?« Kahlbaum schien bis eben geschlafen zu haben.

»Ja, ich bitte um Pardon, aber bei Stehely wollte ich nicht mit Ihnen darüber reden, worüber ich mit Ihnen reden muss, getrieben von meinem Gewissen.«

»Dann bitte ...« Kahlbaum lud ihn mit einer knappen Handbewegung zum Eintreten ein.

Sie gingen in seine Bibliothek. Gontard stieß einen

Laut der Bewunderung aus. »Das ist ja eine wahre Schatzkammer!«

Kahlbaum nickte. »Ja. Wollen Sie sich etwas ausleihen, Herr von Gontard?«

»Später vielleicht. Darf ich mich setzen?«

»Bitte. Meine Wirtschafterin ist nicht im Hause, aber darf ich Ihnen selbst etwas holen?«

»Nein, danke.« Gontard wollte es schnell hinter sich bringen. Er setzte sich und schaute Kahlbaum offen ins Gesicht. »Sie können sich denken, warum ich gekommen bin?«

»Ja.« Kahlbaum zog es vor, beim Reden auf und ab zu gehen, und schob seinen Stuhl zur Seite.

»Sie kennen meine Leidenschaft, den Dingen auf den Grund zu gehen«, begann Gontard. »Es ist ein innerer Zwang in mir herauszufinden, warum etwas geschehen ist.«

Kahlbaum mühte sich zu lächeln. »Ich weiß, Sie haben den Ehrgeiz, ein besserer Criminal-Commissarius zu sein als dieser Werpel.«

»Nun, zusammen haben wir es immerhin geschafft, die Morde an Dölau und Kesselschläger aufzuklären.«

»Nur dass ihnen die beiden Burschen durch die Lappen gegangen sind«, stellte Kahlbaum fest.

Gontard gab sich gleichmütig. »Das interessiert mich nicht weiter, ich werte ihre Flucht als Geständnis – und das reicht mir.«

Kahlbaum, der Gontard und den Tisch, an dem er saß, umrundet hatte, blieb stehen. »Und gibt es einen Grund, den beiden, Pütte und Rakow, nicht auch den Mord an Obornik zuzurechnen?«

»Ja.« Gontard gelang es, den Blick fest auf Kahlbaum

zu richten. »Mein Sinn für Recht und Gesetz, meine innere Haltung, dass ein Mord niemals zu rechtfertigen ist.«

»Auch nicht der an einem Tyrannen, auch nicht, wenn er geschieht, um einen anderen Menschen zu retten, einen Menschen, den man liebt wie sonst nichts auf der Welt?«

Gontard nutzte Kahlbaums Offenheit, vom Abstrakten zum Konkreten zu kommen. »Ich weiß, lieber Magnus Kahlbaum, dass dieser Casimir Obornik ein Schubiak war, ein schlimmer Mensch und dass Ihre Luise an seiner Seite jeden Tag als Qual und Folter empfunden hätte, aber – und dieses Aber ist mit drei Ausrufungszeichen zu versehen – das rechtfertigt nicht, Obornik umzubringen.«

»Doch!«, rief Kahlbaum. »Doch, doch, doch!«

Gontard war tief beeindruckt von der Konsequenz dieses Mannes, und er sagte es ihm. Dann aber fügte er hinzu: »Dann wird es Ihre Ehre gebieten, Ihr Geständnis vor dem Untersuchungsrichter zu wiederholen!«

Kahlbaum schüttelte den Kopf. »Nein, warum sollte ich hingerichtet werden, da ich doch nichts anderes getan habe, als die Welt vor einem Scheusal zu bewahren?«

»Weil es die Gesetze gebieten«, erwiderte Gontard.

»Es ist nicht Ihre Amtspflicht, Herr von Gontard, den Ankläger zu spielen.«

»Aber was sollte ich sonst mit meinem Wissen anfangen, dem Wissen, dass Sie Obornik im Hôtel Garni der Witwe Thieme mit einem Kissen erstickt haben, um ihn dann nach dem Muster der Herren Pütte und Rakow an einen Baum zu hängen und einen Selbstmord vorzutäuschen? Leider sind Sie gestört worden, vom Einbrecher Wölsicke.«

»Sie sind wirklich unübertrefflich!«, rief Kahlbaum, und im selben Augenblick hatte er eine Pistole aus einer

Schublade gerissen und auf Gontard gerichtet. »Nur haben Sie nicht bedacht, dass in mir mehr steckt als ein Flaneur und Müßiggänger, nämlich auch der harte Krieger, der im Kampf gegen Napoleons Soldaten gelernt hat, dann zu töten, wenn sein eigenes Leben in Gefahr ist.«

Gontard hatte sich steil aufgerichtet. »Dann nur zu, Kahlbaum! Wer mich erschossen hat, das wird sogar ein Mann wie Werpel herausbekommen – erst recht, wenn ihm ein Dr. Wiesenburg zur Seite steht. Und was wird Ihre Luise dann tun, wenn sie erfährt, dass ihr geliebter Onkel ein Doppelmörder ist? Mit mir ermorden Sie auch Ihre geliebte Luise.«

Kahlbaum ließ die Waffe wieder sinken und fiel auf den Stuhl, der hinter ihm stand. »Sie haben ja recht, Gontard.«

»Wir dürfen Luises Seele nicht zerstören«, sagte Gontard leise und sacht. »Vor Obornik ist sie gerettet, und nun müssen Sie sie loslassen. An der Seite meines Freundes Friedrich Kußmaul wird sie ein halbwegs glückliches Leben haben.«

Kahlbaum sank in sich zusammen. »Was soll ich denn machen, was soll nun werden? Wenn Sie zum Kadi laufen und man mich aufhängt, dann hat doch Luise keinen frohen Tag mehr ...«

Nachdem er dies gesagt hatte, schwiegen beide für eine Weile. Endlich hatte sich Gontard zu einer Entscheidung durchgerungen.

»Ich mag Sie, und ich mag Luise, und ich sehe nur einen Ausweg aus unserem Dilemma: Ich verzichte darauf, Sie als Mörder vor Gericht zu bringen, und Sie schwören mir dafür, noch im Laufe dieses Monats Berlin zu verlassen und zur Nordseeküste zu reisen, um ein Schiff nach

Amerika zu besteigen und dort in der Neuen Welt das wiedergutzumachen, was Sie hier verbrochen haben.« Mit diesen Worten stand Gontard auf, damit ihm Kahlbaum die Hand reichen und den Pakt besiegeln konnte.

»Danke! Herzlichen Dank! Ja, so wollen wir es halten.« Kahlbaum erhob sich, um Gontard zu umarmen.

Das denkwürdige Gespräch mit Magnus Kahlbaum hatte am 1. August stattgefunden, und es sollten vier Wochen vergehen, bis Gontard in der *Vossischen* las, dass die Studenten Heinrich Pütte und Franz Rakow, denen man die Morde an dem Schneidergesellen Ludwig Dölau, dem Handlungsdiener Johann Kesselschläger und dem Kaufmann Casimir Obornik anlastete, im russischen St. Petersburg festgenommen worden waren. Gontard war mit sich und der Welt zufrieden, zumal ihm sein Freund Friedrich Kußmaul mitgeteilt hatte, dass Magnus Kahlbaum alles Hab und Gut verkauft habe, um in Kürze Berlin zu verlassen. In Amsterdam wolle er an Bord eines schnellen Seglers gehen, der ihn noch vor Einsetzen der Herbststürme nach New York bringen werde.

Da es ein Sonntag war, den Gontard nicht in Wutike, sondern in Berlin verbrachte, machte er sich auf den Weg zur Stallung in der Königlichen Tierarzneischule, um ein Stündchen durch den Thiergarten zu reiten. Sein Pferd freute sich.

»Brav, Waldemar, brav!« Gontard tätschelte das Tier und legte ihm den Sattel auf. Ab ging es! Über die Unterbaumbrücke und die riesigen Holzplätze im Spreebogen erreichten sie den Thiergarten auf Höhe der Großen Querallee.

Er mochte etwa eine halbe Stunde getrabt und galoppiert sein, da hätte er fast einen Mann über den Haufen geritten.

»Mensch, Werpel, passen Sie doch auf!«

Der Criminal-Commissarius hatte sich furchtbar erschrocken und schnappte, sich ans Herz fassend, nach Luft. »Ich hab Sie nicht gesehen, weil ... Da hängt schon wieder einer am Baum!«

»Wie denn das, Pütte und Rakow sind doch in St. Petersburg festgesetzt worden?«

»Weiß ich doch, aber ... Wissen Sie, wer sich da erhängt hat? Der Magnus Kahlbaum!«

Gontard senkte den Kopf und bettete ihn in die Mähne seines Tieres. Werpel brauchte seine Tränen nicht zu sehen.

»Und alles kam, wie es kommen musste«, murmelte er. »Alles, wie es kommen musste.«